新 潮 文 庫

いたずらが死を招く

上 巻

サンドラ・ブラウン
吉 澤 康 子 訳

新 潮 社 版

6980

いたずらが死を招く

上巻

主要登場人物

ジリアン・ロイド…………………一卵性双生児の姉
メリーナ・ロイド…………………その妹
クリストファー・ハート大佐…NASAの宇宙飛行士
ジェム・ヘニングズ……………ジリアンのボーイフレンド
デイル・ゴードン…………………不妊治療クリニック職員
デクスター・ロングツリー……アメリカ先住民の族長
ジョージ・アボット……………ロングツリーの相棒
ローソン……………………………ダラス市警部長刑事
ハンク・トバイアス……………FBI特別捜査官
ルーシー・マイアリック………FBI情報分析官
ブラザー・ガブリエル…………新興宗教教祖
ミスター・ハンコック…………その秘書
マックス・リッチー……………ラメサ郡保安官

1

「キスを受けて、キスを」メリーナ・ロイドは双子の姉の頬のほうへ投げキッスをした。

「イタリアの白ワインを注文したの。きりっとして、軽くて、女っぽくないものを。まさに女っぽいウェイターの言葉によるとね。噂《うわさ》をすれば影よ」

ジリアンは向かいに腰を下ろした。ウェイターはピノ・グリージョのグラスをさし出しながら、つるつるの頭を交互にふたりに向けたので、手に少しこぼしてしまった。

「なんと、これはこれは！」

「一卵性なの」ジリアンはウェイターが質問する手間を省いてやった。

「絶句しますね。びっくり仰天するほどそっくりなので」

メリーナは彼に冷ややかな笑みを向けた。「姉の飲み物の注文をお願いしたいんだけど。よかったら」

ワインと同じくきりっとした口調は、彼の注意を引いた。「もちろんです」ウェイターは実際にかかとを鳴らして気をつけをしながら言った。「すみません、どうも。何になさいますか？」

「炭酸水を。氷をたくさん入れて、ライムをひと切れ添えてちょうだい」

「迅速急いで飲み物をお持ちし、きょうのお勧め料理をご紹介します」

「さっさとしてよね」メリーナは、彼が足早に去ってからつぶやいた。

ジリアンは身を乗り出してささやいた。「迅速急いでって、ちゃんとした言葉？」

「びっくり仰天するわよね？」

姉妹は声を合わせて笑った。「笑顔が見られて、よかった」ジリアンは言った。「ここへ来たとき、あなたったら爆発しそうなほどいらいらしているみたいだったわよ」

「たしかに機嫌は少し悪いわ」メリーナは認めた。「今朝は五時五十八分のフライトに間に合うように、作家を空港へ送らなくちゃならなかったの。五時五十八分よ！　広報担当者って、とんでもない時間の便を予約して、わたしたち要人エスコートを怒らせるんだから」

「その早起き鳥は、だれ？　興味を引きそうな人？」

「名前は忘れちゃった。最初の著作は『子どもをペットのように扱おう』っていうの。副題は〝その驚くべき結果〟」

「二歳児が命令されてチンチンをしたり吠《ほ》えたりするの？」

「さあね。読んでないし。でも、読む人がいるのよ。目下、〈ニューヨークタイムズ〉

のベストセラー・リストの三位だもの」

「嘘《うそ》でしょ」

「神かけて誓うわ。とにかく目新しければ、売れるの。近ごろは、わたしだって本が書けるのよ。書くほど面白いことが思い浮かばないだけ」メリーナはしばし考えをめぐらせた。「出会って一日と我慢できなかった有名人や悪名高い人についてなんて、いいかもね。でも、そんなことしたら、きっと訴えられるわ」

　ウェイターがジリアンの炭酸水と、パンの入った小さな銀のバスケットを持ってきた。お勧め料理の凝った口上をとうとうと述べたが、形容詞を連ねるばかりで内容の説明になっていない。印刷されたメニューにある半切りアボカドのシュリンプサラダ詰めをふたりが注文すると、むっとして下がった。

　メリーナがバスケットをさし出し、ジリアンは砕いたペカン入りの丸パンを割った。

「一卵性双生児に関しては、どう？　それなら書けるでしょ」

「内容が盛りだくさんになるわね。テーマを絞らないと」

「同じ服装をさせられた場合と、そうじゃない場合は？」

「まあまあかな」

「両親の注意を引こうと競争することについては？」

「そのほうがいいわね。超自然的なテレパシーでつながっているかどうかは？」メリーナはワインを飲みながらグラスの縁越しにジリアンを見た。「そういえば、きょう、わたしの片割れはかなり考え深いみたいだけど、どうかしたの？」

返事をする前に、ジリアンは丸パンを素早く食べ終え、指先から粉を払った。「やったのよ」

「やったって？」

「わかるでしょ」人前を気にして、声を落とした。「ここ数カ月ずっと考えに考えてきたこと」

メリーナは驚き、イタリア製の高級な服に締めつけられて窒息しそうになった。ジリアンと同じ青みがかった灰色の目を相手の膝《ひざ》のほうへ向けたが、テーブルに隠れて見えなかった。

ジリアンは笑った。「見たってわからないわよ。まだ、いまのところは。診療所からまっすぐここへ来たの」

「きょうってこと？　したばかり？　こうしてしゃべっているあいだに、わたしは叔母になりつつあるわけ？」

ふたたびジリアンは笑った。「だと思うわ。おちびちゃんたちが上へと泳いで、行くべきところへ行き、するべきことをしていれば」

「まあ、ジリアン」彼女はまた素早くワインをひと口飲んだ。「ほんとに、したの？

したのね。見たところ、とても……普通だけど。ちっとも緊張してないし」

「だったら、婦人科医は喜ぶわ。緊張しないようになんて言ったのよ。できっこないのに。そもそも、内診台が氷みたいに冷たくて、ちっともやすらげないんだもの。しかも、何カ月も迷ったあげくのことだし。軽い気持ちで決めたんじゃないんだから」

提供者の精液を使う人工授精。ジリアンはその是非を何カ月も熟慮してきた。自分の片割れが自己分析に何時間もかけたのは間違いないが、メリーナはいくつかの点に不安をいだかざるをえなかった。「あらゆる角度から考えたの、ジリアン？」

「そのつもり。そうだといいんだけど。でも、気づかなかった面がたぶんあるんでしょうね」

そうした気づかない面が心配だったが、メリーナは胸の内におさめておいた。

「決心がつかなくて、きっぱりあきらめようとしたこともあるわ。人工授精をする気になったことなど、きれいに忘れたくなったものよ。でも、いったん思いついたら、頭から離れなくて」

「それはいい印よ。わたしたちがそんなふうに何かに固執するときは、たいがいちゃんとした理由があるから」

「肉体的には、なんの問題もなかったわ。健康そのものよ。妊娠する別の方法に関して、手に入る資料はすべて読んだ。読めば読むほど、悩みが深くなるの。正直なところ、やめなさいよって自分を説得しようともしたわ」

「そして？」

「人工授精をしない理由がなかったのよ」ジリアンは幸せそうに微笑《ほほえ》んだ。「だから、やったの」

「ウォーターズ・クリニックで？」

ジリアンはうなずいた。「成功率が高いし、評判がいいから。先生が好きなの。とても親切で、辛抱強くて。なんでも細かく説明してくれるわ。じっくり調べたうえで、決心したのよ」

晴れやかな顔からして、彼女が満足していることは間違いない。「前もって話してくれなかったなんて、信じられないわ。頼まれれば付き添ったのに。手を握ったり、何かしたり」

「協力してくれるのはわかっていたわ、メリーナ。このことを相談したのは、あなたとジェムのふたりだけよ。決めたことを教えなくて、ごめんなさい。でも、メリーナ……」目に訴えかけるような色があふれた。「わかってちょうだい。あなたとジェムの意見や考え方には、それぞれ偏《かたよ》りがあるのよ」

「わたしは――」

「最後まで耳を貸して、お願い。意見をすっかり聞いて、するべきことをみんなしたあと、賛否両論が出つくしたら、精液注入を受けるのはわたしよ。成功したら、わたしが妊娠して子どもを産むの。だから、決定はわたしが行なうべきだわ。ひとりで。あなたに話したかったけど、最終的に心を決めたからには、それを――」

「変えられたくなかったのね」

「異議を唱えられたくもなかったの」

「あなたの決心を尊重するわ。心から」メリーナはジリアンの手を取り、ぎゅっと握ることで、思いを強調した。「ジェムは立ち会ったの?」

「いいえ」

「まだ信じられない」メリーナはジリアンの腹部のほうへまたさっと目をやりながら言った。「病院ではどんなふうに……? 実際、どんな具合に……?」

「きのう、自分で行なう尿検査でホルモンが増えているってわかったの。二十四時間から三十六時間以内に排卵があるということよ。診療所に電話して、予約を取ったわ。いかにも診療っていう感じなの。子宮カテーテルを使うのよ」

処置について詳しく語るジリアンに、メリーナはじっと耳を傾けた。「痛かった?」

「ちっとも」

「精液はどこから来たの?」

「どこだと思う?」

メリーナはにやりとした。「体の場所じゃなくて、地理的な場所を訊《き》いているのよ」

「ウォーターズ・クリニックには独自の精子銀行があるんだけど、地元の患者には地元で採取した精液を使わないの」

「いい考えね」

「わたしのはカリフォルニアのとても信頼できる精子銀行のものよ。今朝、ドライアイスで冷やされて届いたの。そのあと、解凍して洗浄し――」

「なんですって？」

「専門用語よ。精液をタンパク質と混ぜて、遠心分離器にかけるわけ。だから、カテーテルに吸いこまれるのは……」ジリアンは笑った。「精子の濃縮液といったところかしら」

「ジョークが山ほど浮かぶけど、どれも言わないでおくわ」

「ありがとう」

「いつもと違う感じがする？」

「全然。実はね、終わってから、うとうとしたの。三十分ぐらい横になっていなくちゃならなかったから。気がついたら、看護婦が処置室に戻ってきて、着替えたあとで診察室にいる医師《せんせい》のところへ行くようにと言ったのよ。お医者さまは成功率が高いと励ましてくれて、今回だめでもがっかりしないようにと言ったわ。それから、わたしは診療所を出て、まっすぐここへ来たの」

　ジリアンが落ち着いていることに安心して、メリーナは椅子《いす》に背を預け、自分とそっくりな顔を見つめた。「おや、おや。これこそ、びっくり仰天だわ」ウェイターの言葉をさかなに、またふたりで笑ってから言った。「いちばん難しいのは、あんな細い紙きれにおしっこをすることとみたいね」

「たしかに、かなりの技術を要するわ。すごく上手になったけど」

「正直なところ……」メリーナは言葉を切り、言いかけた文章を消すかのように胸の前で両手を振った。「気にしないで。何も言うべきじゃないわ」

　それでもジリアンは妹の考えていることをすでに察していた。「昔ながらの受精の仕方のほうが好きだって言おうとしたんでしょ」

　メリーナは指で作ったピストルでジリアンを撃った。「よくわかるわね」

「わたしたちの脳はひとつだって、よくパパが言ったもの」

「あばずれだって言われてもいいけど」メリーナは大げさに肩をすくめて言った。「カテーテルや遠心分離器よりも、血の通った肉体がいいわ。冷たい金属なんて、上がけの下で肌をこする温かい胸や毛の生えた脚のような魅力がないでしょ。ましてや男性自身とは比べものにもならないし」

「やめて！　男性自身の話なんて」

「荒々しい息づかいがほしくないの？　あの素晴らしい硬さは？　〝ああ、いい気持ち、人生ってすてき〟という感覚は？　ほんの少しも？」

「セックスとは関係ないわ。楽しみのためにこうしたんじゃないのよ。赤ちゃんを作るためなんだから」

メリーナは真面目《まじめ》な顔をした。「からかっているだけよ」テーブルの上で腕を組み、真剣な声で言った。「子どもがほしいというのが、根底にあるまぎれもない真実ね」

「そうよ。それこそ、根底にあるまぎれもない真実」

「よくやったわ」メリーナはジリアンに愛情あふれる笑みを向け、少し考えてからつけ加えた。「ジェムが種なしなんて、残念ね。ひとつのところで両方ともそろったのに。セックスと赤ちゃんが一度に」

ウェイターが注文の料理を持ってきた。新鮮なパンジーで飾られ、食べるのがもったいないほどきれいだ。ジリアンはフォークを使って、シュリンプサラダの上にのっている紫色の小さな花びらをもてあそんだ。「ジェムはわたしと出会うずっと前に、精管切除をしたから」

「それはいいことよ」メリーナはワイングラスを掲げ、祝うしぐさをした。「彼はでくの坊だもの」

「メリーナ」ジリアンはとがめるように言った。

「ごめん」だが、それは本心ではなく、形ばかりの謝罪だとジリアンにはわかっていた。

「でも、彼は腰抜けよ、ジリアン。幸せにはしてくれないわ」

「それは違う。わたしは幸せよ」

「ほんと？　恋に夢中って感じじゃないわ。わたしが何かを見のがしているなら別だけど。そうなの？」

「どうやら。だって、ジェムを心から愛しているもの」

メリーナは片眉《かたまゆ》をつり上げ、疑いを表わした。

「絶対よ」ジリアンは語気を強めた。「でも、完璧《かんぺき》な関係なんてある？　すべてがこぎれいな小箱に詰められているはず、ないでしょ。必要なものや望みをひとりの人間で満たそうなんて、求めすぎだわ」

「あなたの場合は赤ちゃんね。子どものころからほしがっていたもの。わたしがスケートにのめりこんでいるあいだ、人形で遊んでいたし」

「いまでもローラーダービーの選手になりたい？」

「ええ。でも、インラインスケートに変わっちゃったから、頭にきているの。そっちのほうが難しいのよ」

ジリアンは笑った。「膝を見るだけで娘たちが区別できるって、ときどきママが言ってたわね」

「わたしのは傷だらけだったから」ふたりは共通の思い出に笑ったが、やがてメリーナの笑みが消えた。「完璧な関係を作るのにジェムの不妊手術が邪魔なら、精管をまた通じさせてって頼みなさいよ」

「一度、切り出したことがあるの。彼は話し合おうともしなかったわ」

「じゃあ、あなたの決めたことをどう思っている？」

「驚くほど好意的よ。実際、わたしが迷ったときは、思いきってやるようにっていつも励ましてくれたし」

「へえ」メリーナはそれを聞いて驚いた。「まあ、これまで何度も言ってきたように、変なやつだものね」

「ジェムの話はやめましょ。その話題になると、決まって言い合いになるし、きょうをいやな日にしたくないわ。ジェムについては、意見が一致しないということで同意するの。いい？」

「わかったわ」

ふたりはしばらく黙って食事をしたが、やがてメリーナが口を開いた。「もうひとつだけ」ジリアンがうめき声をあげたが、メリーナは続けた。「この処置が成功して妊娠したら、ジェムの愛がつらい試練にさらされるわよ」

「それはちゃんと考えたわ」

「あのね、ジリアン。これで赤ちゃんが生まれても、頭で考えているほど現実はバラ色じゃないかもしれないのよ。写真を撮りたくなる場面よりも、汚れたおむつの始末をする回数のほうがずっと多いんだから。いまのところだいじょうぶだと思わせていたって、ジェムは寛容になれないかもしれない。もっとも、たぶん彼は自信があるんでしょうけど」

メリーナは間を置いてワインを飲んでから、気になる点を打ち明けることに決めた。ふたりはいつも互いに腹蔵なく話し、心の内をさらけ出してきたのだから。「実際に赤ちゃんが生まれたら彼の態度が変わるんじゃないかって、ちょっと心配なの。そもそもほかの男性の子どもを受け入れるのって、男には難しいんじゃないかしら？　少なくとも、ジェムは心もとなさを感じるわよ。おそらく、憤《いきどお》りも」

「反発はあると思うわ」ジリアンは言った。「承知のうえよ。でも、可能性や推測をもとにして決められなかったの。〝もしかして〟と自問するのをやめなかったら、踏み切れなかったわ。実行するなら、なるべく早いほうがいい。わたしたち、あと数カ月で三十六歳になるのよ」

「意識させないで」

「わたしは自分が刻々と年をとるのを絶えず意識していたの。もう無視できない」

「わかるわ」

ジリアンはフォークを置いた。「そう、メリーナ？　わかる？」

ふたりは常に相手の同意を求めてきた。メリーナはだれよりもジリアンの意見を尊重し信じているし、その逆でもあるとわかっていた。「ええ」メリーナはゆっくり返事をした。「わかるわ。共有できないだけ。どうしても子どもをほしいと思ったことがないから」悲しそうに微笑みながら、つけ足した。「こんなふうでも、いいわよね？　わたしの人生、わたしの未来は、みんな自分のことばかりよ」

メリーナはテーブル越しに手を伸ばし、ジリアンの手を握った。「母性本能だけが、わたしたちの違いかもしれない。あなたはふたり分の母性本能を備えているのよ。自分自身のと、わたしのと。母性本能がそれほど強いなら、無視しちゃいけないわ。ちゃんと応じてあげないと、幸せになれないでしょうね。だから、あなたの決心は正しかったのよ」

「ああ、ほんとに、そうだといいんだけど」この試みがジリアンにとってどれほど意味のあることかを理解していてさえ、双子の姉の声にこもる心情にメリーナは驚いた。「わたしは子どもがほしくてたまらないけど、もし……子どもがわたしをほしくなかったらどうする？」

「なんですって？」

「この母性本能が本物じゃなくて、わたしが母親に向いていなかったらどうする？」

「ありえないわ」

「聞きたがる言葉がわかるから、そう言っているだけでしょ、メリーナ」

「わたしがあたりさわりのないことを言うと思う？　本当のことだから言っているのよ。あなたは理想的な母親になるわ」

「そうなりたいの」ジリアンの言い方、口調には、熱意があふれていた。ふたりともつい泣いたりはしなかったが、ジリアンはいまにも涙を浮かべそうだった。ホルモンの増加のせいとも考えられるが、そこにもまた思いの深さが表われているのかもしれない。

ジリアンは言った。「いままで決めてきたことのなかで、いちばん大事なことなのよ。これから決めることのなかでもね。それほど大切なことで失敗したくないの。失敗なんかできないわ」

「しないわよ」メリーナはきっぱりと言った。

「わたしが赤ちゃんといて幸せなように、赤ちゃんがわたしといて幸せであってほしいわ。女の子であれ、男の子であれ」

「その子はきっと自分がいちばん幸運だと思うわよ。このくらい自信を持って、ほかのことも請け合いたいくらいだわ。あなたはとても素晴らしい親になるでしょうね、ジリアン。だから、ありそうもない失敗のことは頭から追い払って。消すの。捨てるの。そうなりっこないんだから」

自分の決定を双子の妹に心から認めてもらって、ジリアンはほっとした笑みを浮かべた。まばたきをして、あふれた涙を振り払う。「わかった。懸念《けねん》はちゃんと消して、捨てたわ」

「だったら、問題が片づいてよかった」

またもやメリーナはワイングラスを掲げた。「あなたと現代の医療科学に乾杯。顕微鏡でしか見えないオタマジャクシがちゃんと仕事をしてますように！」

ふたりはグラスを合わせた。ジリアンが言った。「成功率は――わたしのように、あらゆる器官が健康そのものでも――二十五パーセントしかないの。一回じゃだめかもしれないわ」

「わたしたちが初めて車でデートするとき、ママはそう言わなかったけど」

セックスについて語り、それにともなう危険について娘に注意したときに、母親がひどく恥ずかしがったことを思い出して、ふたりは笑った。

「あの話を覚えてる？　体の部位や性交渉を婉曲《えんきょく》に表わす言葉があんなにあるなんて、知らなかったわ！」メリーナは感に堪えぬ声で言った。「でも、間違いなくはっきりと伝わってきたのは、一回きりでも赤ちゃんができるってことよ」

「いまにわかるわ。お医者さまが自信を持って言うには、精子って水泳が上手なんですって」

「ほんとに水泳って言ったの？」

「たしかよ」

ふたりは卑猥《ひわい》な冗談を聞いたティーンエイジャーのように、くすくす笑った。やがて、メリーナは皿を下げてもらってコーヒーを注文しようと、ウェイターに合図した。「提供者については？」

「単なる番号なのよ。通信販売のカタログみたいな精液提供者の資料から選んだの。候補者のなかで、好みにいちばんぴったりだったから」

「髪の色、目の色、体型ね」

「ほかに、趣味や、学歴や、知能指数も」

「じゃあ、カタログからある数字を注文しただけ？」メリーナは意地悪く訊いた。

「科学的なやり方でしょ」

「生物学って感じ。人間の生殖を医療で管理した最たるものだわ」

「そのとおり」

「でも……」

ジリアンは罠《わな》にはまったとわかって、にこりとした。ふたりは思ったことを相手にずっと隠しておけないのだ。「でも、わたしは人間だし、この体は試験管じゃないの。求められているほど客観的にはなれないわ」近くの虚空《こくう》を見つめながら、静かに言った。

「だれかさんの助けを借りて、新しい人間を作りたいの。赤ちゃんを。人格を。魂を。わくわくするようなことよ。当然、提供者については考えるけど。だれなのかとか、外見はどうなのかとか」

「考えないはずはないでしょ？　考えて当たり前よ。それにしても、手がかりはないの？」

「何も。たぶん、おこづかい稼ぎの医学生ね」

「しかも、マスターベーション好きな。だけど、男はみんなマスターベーション好きでしょ」メリーナは隣のテーブルに座っている男性にウィンクした。男性は気に入られたことを喜び、笑みを返した。

そのやりとりを見て、ジリアンはメリーナに聞こえるくらいの小声でたしなめた。

「はしたないわよ」

「どうせ話の内容はわからないわ」

ふたりはそういう点でも異なっていた。メリーナは思ったことを口にするが、ジリアンは胸におさめておくことが多い。ジリアンがしようとしてもたびたびやめる言動を、メリーナはしてしまう。同じ欲求をいだいても、メリーナは行動に移す。高飛びこみの台から真っ逆さまに飛びこんでしまう。ジリアンは思いきって飛びこむ前に、台の端に爪先《つまさき》をかけて立つタイプだ。メリーナは双子の姉の慎重さに感心していた。ジリアンはメリーナの勇気をうらやましいと言っている。

隣のテーブルの紳士が希望をふくらませているのを放っておいて、メリーナは人工授精の成果はいつわかるのかとジリアンに尋ねた。

「一週間後に血液検査を受けにいくの」

「丸一週間も！　何か制限されている？」

「別に。いつもどおりのことをしていいのよ」

「仕事は？」

「この午後に人と会う約束が入っているわ」

「性《セックス》は？」

「女よ」

「なんて面白い。何を訊《き》かれたのかわかっているくせに」

「そりゃあね。いいえ、なんの制約もないわ。それどころか、子どもをいっしょに育てる伴侶《はんりょ》がいたら、さっそく性交渉を持つようにですって。ほかのあらゆる手段に失敗して、提供者の精液を使うことにした不妊カップルにとっては、心理的に役立つそうよ。人工授精の日にセックスをすれば、わずかなチャンスがあって――」

「卵子に入る精子が伴侶のものであるチャンスね」

「そう」

メリーナは人さし指で両方のこめかみを押した。「まあ、これって――」「深刻になってくるでしょ。わかってる。この問題には無数の面があるの。考えるべき数えきれないほどの要素が。じっくり話し合って前向きに解決するべき、倫理的で宗教的な疑問が。でも、わたしはしたことを後悔していない。実行したからには、決めたことに迷いもしない。その証拠に、これで妊娠しなかったら絶対にもう一度やるわ。最近まで、母親になることは幻想で曖昧《あいまい》だったの。遠く離れた未来に起こるものという感じで。でも、妊娠に必要な手続きを実際に踏んだいま、そうした幻想が具体化したわ。赤ちゃんがほしいのよ、メリーナ、汚いおむつや何かが。ものすごくほしいの。世話をする息子か娘が。わたしの愛を求めるだれかが。愛を返してくれるだれかが」

メリーナはごくりと唾《つば》を飲みこんだ。「わたしを泣かせるつもり？」

ジリアンはまばたきをして涙をこらえた。腹部に軽く手をあてて言った。「長い一週間になりそう」

メリーナはしみじみと感じ入ってしまったことに苛立《いらだ》ち、鼻を鳴らした。「あなたに必要なのは気晴らしよ」と言った。「関心をそらしてくれて、時間が早くすぎる何か」

「たとえば？」

「考えているところ」メリーナは先の細い指で唇を軽く叩《たた》いた。しばらくして、ふと名案を思いついた。だが、そのあとすぐに腹が立った。「いやだわ！」声高に言いながら、テーブルをぴしゃりと叩いた。「これをあなたに譲ろうとするなんて」

「何？」

「まあ、しょうがないかな」メリーナは素早く決心した。テーブルに身を乗り出し、興奮ぎみに話す。「今夜、わたしの代わりをしなさいよ」

「何を？　どこで？」

「この夕方からわたしがエスコートする人をあててみて」

「だれでもいいわ」

「よくないわよ。クリストファー・ハートだもの」

「宇宙飛行士の？」

「ほら、やっぱり！　名前を聞いて目が輝いたわ」

「輝いたはずはないけど、そうだとしたら、妹がそんな要人のエスコートを任されたことに感動したからよ。宇宙飛行から戻ったばかりじゃない？」

「三カ月前にね。重要な軍事衛星を回収する往復飛行を終えたの。世界平和か何かに必要不可欠な」

「ダラスで何をしているの？」

「セント・マリーズ大学の学友会から賞をもらうのよ。アドルファスで開かれる準正装の晩餐会《ばんさん》で、なんとか勲功賞が授与されるの」メリーナはいたずらっぽい笑みを浮かべた。「会いたい?」

「エスコートの仕方なんて知らないのに!」ジリアンは声を高めた。「あなたが不動産の売り方を知らないのと同じで」

「あなたの仕事は難しいもの。金利だの土地測量図だのって。わたしのは楽ちんなのよ。なんの知識がいる?」

「あれこれ」

「そんなことないわ。晩の始まりに彼を迎えにいって、終わりに送るだけよ」

もちろん、それは仕事の内容を極端に簡素化していた。メリーナは見習いとして何年も働いたあとで、退職した雇い主から営業権を買ったのだ。彼女が経営管理をするようになってから、仕事は拡大していた。

基本的に、名士がダラスへ来るときに付き人を連れてこなかったら、メリーナか、慎重に選び訓練した三人の雇い人のうちのひとりが、名士を無事に次の目的地へ向かわせるまで請け負う。メリーナは運転手や、親友や、買い物代理人など——依頼人から要求されるどんな役でもこなした。とんでもない時間に働かなければならないとこぼすときもあるが、自分のしていることが好きなので、不満は口先ばかりにすぎない。仕事を立派にこなすため、商売は繁盛《はんじょう》していた。

だが、ジリアンにひと晩だけ代役をさせることに心配はなかった。メリーナと同じく、ジリアンも初対面の人とすぐにうち解けるタイプだし、クリストファー・ハート大佐の前で口がきけなくなることはないだろう。大佐よりも重要な人物に不動産を売ったこともあるのだ。しかも、ジリアンがジェム・ヘニングズからひと晩遠ざかっていられるのは、メリーナの見るところ余得だった。

「アドルファスの場所はわかるわね？」

「やめましょ、メリーナ」ジリアンは一語一語はっきりと言った。

「彼はザ・マンションに滞在しているわ。そこへ迎えにいって、ダウンタウンへ連れて——」

「聞いていないのね」

「くだらない言いわけを聞く耳は持たないわ。なぜ行かないのか、ちゃんとした理由をひとつもあげなかったじゃないの」

「だったら、これはどう？　わたしたちはもう子どもじゃないのよ。大人はこんな遊びをしないわ」

「まだうまく入れかわれるわよ」

「もちろんできるでしょうけど、そういう問題じゃないの」

「どうして？」

「まともじゃないもの」

「ハート大佐はわたしとアダムの区別さえつかないわ。何がいけないの？」

それでもジリアンは相手の言い分に納得しなかった。「わたしにはしなくちゃならない仕事があるのよ！　いまをときめく新しい広告代理店が、三百万ドルもの新しい不動産を購入する契約書にサインするかどうかの瀬戸際《せとぎわ》なんだから。この午後に会って、売り主との取引条件の調整をするの。おまけに、今夜はジェムが来るわ。だから、その話はありがたいけど、お断わり」

「クリストファー・ハートだって、いまをときめく、ときめく、ときめく人よ」メリーナは歌うような口調でからかった。

「あとで彼のことをいろいろ教えてちょうだい」

「最後のチャンスです。さあ、買った、買った……」

「だめよ、メリーナ」

「はい、売れました」

のりの悪いジリアンに顔をしかめ、ぶつぶつこぼしながら、メリーナは勘定を頼み、自分が払うと言い張った。高級レストランの外に出ると、駐車係がふたりの車をまわしてきた。若い男たちのひとりがメリーナとジリアンに目を奪われ、危うくほかの車に追突しそうになった。

別れを告げたとき、メリーナは最後のだめ押しをした。「こんなチャンスをのがすなんて、後悔するわよ」

「とにかく、ありがとう」

「ジリアン、彼は国民的な英雄よ！　そんな人と夕方をすごせるの。ミラクル・ブラを教えてあげて以来の最高の贈り物になるかもしれないのに」

「気持ちはうれしいわ」

「あ、わかった。まだすねているのね」

「すねている？」

「先月、ケヴィン・コスナーと会わせてあげられなかったから。ジリアン、彼のスケジュールがものすごくきつかったせいだって何度も話したでしょ。ほんとにどうしようもなかったのよ」

笑いながら、ジリアンは前かがみになってメリーナの頰にキスをした。「すねてなんかいないわよ。愛しているわ」

「わたしも」

「宇宙飛行士と楽しんできて」

メリーナはウィンクしながらゆっくりと返事した。「そりゃあもう」

「細かく報告してね」ジリアンは車に乗るメリーナに言った。「具体的に」

「約束するわ。家に帰ったら、すぐに電話する」

強風が砂漠の表面を吹きわたり、舞い上げて山肌をこすった砂を、低木の茂みにまき散らした。空気がいっそう薄く冷たい山頂では、同じ風がポプラの黄色い葉を鳴らしていた。

ポプラの林の中央に位置する敷地は、背景にすっかりとけこんでいるため、何キロも下の砂漠を蛇行するハイウェイを走る車からはほとんど見えない。いくつもの建物は、厳選されたうえでスコットランドから輸入された御影石《みかげいし》造りだ。色のついた川は、おおむね灰色の地表を流れており、周囲の風景の灰褐色や黄土色や赤茶色にぴたりと合っていた。

まんなかの建物の三階にある日よけつきのテラスは、いま祈りを捧《ささ》げている人間にとって、屋外の聖堂の役目を果たしていた。その膝《ひざ》には、凝った刺繍《ししゆう》のほどこされたえび茶色のベルベットのクッションがあてられている。金銀の金属的な糸が、木々のあいだを透かす陽射《ひざ》しに輝いていた。

クッションは、ある女性信者からの贈り物だった。十九世紀の終わりに移民がロシアから持ってきたものだという。家宝であり、贈り主の貴重な所有物であったからには、贈った相手への並々ならぬ貢《みつ》ぎ物、このうえない捧げ物だった。

彼は頭《こうべ》を垂れていた。豊かなブロンドの髪は白に近く、艶《つや》やかで、天使のようだ。目は閉じている。唇は声にならない祈りの言葉を形作っていた。両手は組んで顎《あご》の下。信心を絵に描いたようだった。神に心酔し、神に清められ、神に認められた者。

実際にはそうではなかった。

非の打ちどころがない仕立てのダークスーツを着た男が、なかの広い部屋とテラスとを隔てる大きなガラスのドアから現われた。音を立てずに、祈っている男に近づき、ひざまずく姿のかたわらに紙を一枚置いて、風で飛ばされないよう端をベルベットのクッションにはさんだ。そのあと、来たときと同じく静かに去った。

祈っていた男は天上への祈りを中断して、メモを手に取り、日付と時間が刻印されているのを確認した。きょう。一時間足らず前。

タイプされた伝言を読むうち、端正な顔にゆっくりと笑みが広がった。先の細いすんなりとした指で、無上の価値があるかのようにメモを胸に押しつける。また目を閉じた。うっとりした表情で、顔を太陽のほうへ向けた。

だが、口にしたのは神の名ではない。違う名前をうやうやしくささやいた。「ジリアン・ロイド」と。

2

　できるだけ目立たないように、クリストファー・ハート大佐は腕時計を見た。だが、どうやら意図したほどこっそりとはできなかったらしい。向かいに座っている男たちのひとり、ジョージ・アボットが、上体を乗り出した。「もっとコーヒーをいかがです？　それとも、次はアルコールにしましょうか？」

　クリストファー——アメリカ航空宇宙局《NASA》の仲間内でのニックネームによると、族長《チーフ》——は笑みを浮かべて頭《かぶり》を振った。「いいえ、けっこうです。今夜は晩餐《ばんさん》会の前に記者会見がありますので。頭をはっきりさせておかないと」

「あまり長くお引きとめはしませんよ」

　そう言ったのはデクスター・ロングツリーという寡黙《かもく》な男で、話の大部分を相棒に任せていた。ロングツリーの声は磨いた岩さながらになめらかで揺るぎなく、やはり岩のように重くのしかかってくる感じだった。日焼けした厳しい顔に浮かぶ笑みは、わざとらしくて場違いだ。深くくぼんだ目のまわりに刻まれた網目を思わせる細かいしわや、薄く大きな口の両側にできた括弧《かっこ》そっくりのくっきりとしたしわと、全然しっくりこない。唇だけが笑みを含み、不自然に引き伸ばされているように見えた。

一時間ほど前に話し合いが始まってから、コーヒーに砂糖をひと包み入れてかきまわし、華奢《きゃしゃ》なカップをときたま口へ運ぶのをのぞいて、ロングツリーは動いていなかった。そのごつごつした浅黒い手は、なにげなく握っただけでカップとソーサーを粉々にできそうだ。コーヒーを飲んでいないとき、手は太股《ふともも》にじっと置かれていた。

逆に、アボットは絶えずそわそわしていた。アイスティーのグラスからストローを抜いて、十回以上も形を変え、ついには結んでしまった。吸い殻の入っていないきれいな灰皿のなかで、マッチ箱をいじった。痔《じ》が痛むかのように、しょっちゅう椅子《いす》の上で位置を変えた。貧乏揺すりをした。そして、ロングツリーと違って、満面に笑みを浮かべていた。

ロングツリーは無愛想で、アボットは調子がいい。どちらのほうを疑ったらいいのか、チーフには判断がつかなかった。

話し合いを終わらせたいと願い、彼は言った。「興味を持ってくださってありがとうございました、おふたりとも。これから、あれこれ考えてみます」

アボットが落ち着かなげに咳払《せきばら》いをした。「できましたら、大佐、何か成果をいただきたいんですが」

「きょうですか?」チーフは声を高めた。「いま返事がほしいと?」

「確約でなくてもけっこうです」アボットがあわてて誤解を解いた。「最終的にどんな決定をなさりそうなのか、いわば、単なる暗示だけで」

「無理ですよ」チーフはデクスター・ロングツリーを見たが、目の表情は相変わらずかたくなだった。「NASAを公式に辞めるのは数カ月後ですし、そのあと何をするかは自分でもわからないんですから」無理に笑い声をあげた。「住むところさえ決めてないんですよ」

「では、やはりわたしたちの故郷のニューメキシコ州にまた住んでいただきたいものです」アボットは静かなカクテル・ラウンジには騒々しすぎるほどの声で言った。「あなたはニューメキシコでお育ちになったんですから。わが州の出身者ですよ」

「それはどうも」チーフはそっけなく言った。子ども時代にはあまり幸せな思い出がなかった。

「サンタフェに本部を置くつもりでしてね。あなたが近くに住んでいらっしゃれば、便利です」

「便利ですが、必要なことではありません」ロングツリーが単調な声で言った。

「ええ、もちろん、そのとおりです」アボットが同意した。彼はあらゆる点でロングツリーに追従する腰巾着《こしぎんちゃく》だった。「デクスターが言っているのは、大佐、この仕事にはほかの何かをする多大な自由があるということなんですよ。ご自身の利益を追求していただけるんです——当然、わたしどもと利害が対立しないかぎりですが。どちらにとっても有利な状況でしょう。実に単純なことです」その口調は取引をまとめようとする中古車セールスマンに似て、歯をむき出した笑みは信頼するに足りなかった。

「あいにくそれほど単純ではありませんよ、ミスター・アボット」

ロングツリーがふたたび口を開いた。その声は、静かな水のなかを泳ぐヘビを連想させた。「ハート大佐、なんらかの懸念《リザベーション》をお持ちなんですね」

「居留地《リザベーション》にかけたしゃれじゃありませんが」アボットが高笑いした。

この下手な冗談に笑ったのは、アボット本人だけだった。チーフはデクスター・ロングツリーに目を据えたままでいたし、ふたりはにこりともしなかった。

「たしかに懸念《けねん》はあります、ええ」

「この機関について？」

チーフは時間をかけて返事を考えた。彼らの気分を害したくなかったが、デクスター・ロングツリー族長に怖《お》じ気《け》づいてもいた。ロングツリーはヒカリヤ・アパッチ族で、腰までの二本の三つ編みが黒い絹を編んだかのように上着の襟にのっている。ときどきまばたきすることをのぞけば、南西部にある美術館のブロンズ像と見まがうほどだ。チーフはといえば、ロングツリーの三つ編みを巻き毛にさせかねないくらい横柄《おうへい》な軍司令官に仕えていたことがあった。

質問に応じて、チーフは答えた。「わたしの心配は、あなた方が提案なさっているNAAだけに関するわけではありません」

アメリカ先住民擁護協会《NAA》は、彼らが設立しようと計画している団体名だ。この話し合いに先立ってチーフに送られてきた正式な定款《ていかん》の案によると、手助けを必要とするあらゆる部族や居留地の要請に対処するという。その仕事は、法律上の代理人になることから、アメリカ先住民に直接の影響がある議案に賛成したり反対したりする陳情運動のための資金集めまで、広い範囲におよぶだろう。

すでに参加を約束している弁護士などの専門家たちは、報酬なしで必要に応じて協力することに同意している。NAAは、マスコミや政府向けの広報担当者兼代表交渉人となるようチーフに要請し、年俸を提示していた。

金銭面は別として、チーフがまずとろうとした行動は、単にいやだと言うのではなく、絶対にいやだときっぱり断わることだった。

なるべく曖昧《あいまい》な態度を保って、彼は言った。「耳にしたり読んだりしたことに、不安を感じるんです」

「たとえば？」

「そうですね。少数のアメリカ先住民は採掘権や、賭博場《とばくじょう》や、居留地にある営利目的のさまざまな場所で利益を得て金持ちになっていますが、多くは国の最低収入以下の暮らしです。富が均等に分配されていないんです。まったく分配されないこともあります。それが気になるんですよ。はなはだ」

アボットはそれに飛びついた。「でしたら、なおのこと力を貸してください。変化をもたらすことができるかもしれません。状況を変えることが。それこそ、わたしたちの目的でもあるんです」

チーフは活発に動きすぎる男のほうを向いた。「同じような活動をするほかの機関がすでにあるんじゃないですか？」

「ええ、よくやっています。でも、わたしたちはもっと成果を上げたいんです。最高の成果を。あなたがいらっしゃれば、きわだった活動ができるでしょう」

「なぜ？」

「あなたが国民的な英雄で、アメリカ先住民初の宇宙飛行士だからですよ。宇宙を歩いた方なんです！」

「だからといって、人を擁護できるわけではありません」

「それは違います、ハート大佐。あなたが話をすれば、人は耳を傾けます。とりわけ、女性たちが」アボットは無礼にもウィンクしてつけ加えた。

ハートは彼を見つめ、失望して首を振った。「わたしが公開討論会でどんな発言をするかもわからないのに、参加させるつもりですか？　こちらの政治的な思想について、お考えにならないんですか？　わたしの人生観を尋ねてもいませんね」

「でも――」

ロングツリーが片手をあげただけで、アボットの反論をさえぎった。「ミスター・ハートのお考えをうかがいましょう、ジョージ」

「ありがとうございます」とっくに心を決めているからには、これ以上話し合っても無駄だ。彼らもいまやそれだけはわかっているだろう。「公益のためと称する団体や機関に関わる前に、まずはそれが自分たちの利益を目的としていないことをたしかめなければならないんです。また、それが人間としてのわたしに興味を持っていることをたしかめなければなりません。アメリカ先住民としてのわたしにではなく」

長い沈黙が続いた。

ようやく、ロングツリーがそれを破った。「ご自分の民族性を否定なさるんですか？」

「できるわけがありません、たとえそうしたくても。ニックネームはそれに由来しているんですから。でも、先住民の血を利用したことはないんです。血筋だけに基づいて与えられる地位を受け入れたりはしません」

またもやアボットが落ち着かなげな笑い声をあげた。「あなたがクアーナ・パーカー（訳注　コマンチ族の指導者）の末裔《まつえい》であることは、わたしたちにとってきわめて有利なんですよ」

「彼には白人の血が半分入っていました」

アボットには返す言葉がなかった。ふたたび気まずい沈黙が続いたあとで、ロングツリーは退却する潮時だと判断したらしい。立った彼がどれほど小柄であるかに、チーフはふと気づいた。物腰のせいで、実際よりもずっと長身に感じられたのだ。

ロングツリーは言った。「ハート大佐にはこの午後ゆっくり考えていただきましょう、ジョージ。夕方から大事な晩餐会に出席なさるとのことなので」

チーフも腰を上げた。アボットは土壇場《どたんば》で変更になった計画を知らせてもらっていなかったかのように、戸惑った顔をした。やがて、彼も立ち上がった。

「信頼してくださって、嬉《うれ》しいかぎりです」チーフはロングツリーに片手を伸ばしながら言った。「お申し出はありがたく思っています。ただ、何かに関わる心構えがまだできていないんです」

「では、そのお手伝いをさせていただくのが、わたしたちの仕事ですね」ロングツリーはチーフの手を一度だけぎゅっと素早く握ってから、放した。「明朝お会いして、この話し合いを続けさせていただけましょうか?」

「かなり早い時間にヒューストンへ戻るつもりなんです」

「わたしたちは早起きなんですよ。時間と場所をおっしゃってください」

実のところ、ほかに話し合うことは何もなかった。こうして会う前だって、チーフには自分がどう返事するかわかっていた。単に礼儀として、会うことに同意したのだ。話を聞いたあとでも、心は変わっていなかった。ロングツリーは裕福らしく、居留地でどうにか暮らしを立てている先住民には見えなかったし、敗者のために闘って、先住民の世界に山積する不当な事柄をすべて正そうとする人間のようでもない。なのに、この抜け目のない男は、朝食を兼ねた話し合いをすんなり断わらせてくれなかった。

「〇九〇〇では?」チーフは軍隊口調できびきびと尋ねた。「ここの〈ザ・プロムナード〉で朝食をとりながら」

「では、そのときにお会いしましょう」アパッチ族が答えた。アボットは素早くチーフと握手をし、大股《おおまた》でバーを出るロングツリーを小走りで追った。

サービスタイムの客たちが振り返って見つめていた。デクスター・ロングツリーは立派な身なりだったが、ザ・マンションの上品なラウンジに集う富裕な人々にしっくりととけこまなかった。なにしろ、ビーズと房飾りのついた腰布をズボンの上に巻いていたのだから。

「俳優さんか何かですか?」

そっと近寄ってきて質問をしたウェイトレスに、チーフは顔を向けた。「いや、本物だよ」

「本当に? まあ、すごい」アボットとロングツリーが見えなくなると、ウェイトレスはチーフに微笑《ほほえ》んだ。「ほかに何かお持ちしましょうか、ミスター・ハート？」

「いまはけっこうだ、ありがとう」

「では、お発《た》ちになる前にもう一度お寄りくださいね」

「寝酒を飲みにくるかもしれない」

「楽しみにしてます」

チーフはお世辞を言われることに慣れていた。ときには成人向けの写真が入っていたりする手紙で、露骨な誘いも受ける。国中のホテルのバーで、ルームナンバーの書かれたナプキンをもらった。一度など、ホワイトハウスでの正式な晩餐会で握手したとき、ある女性が彼の手のひらにパンティーを押しつけた。

彼は女性から注目されるのを、ある程度は当然だと思っていた。だが、この娘はなんとも魅力的だった。ダラスの女性らしい、まばゆい笑みを浮かべ、恥ずかしがり屋の南部美人と騒々しいカウガールの特徴が絶妙に組み合わさっている。チーフは体が反応するのを感じた。

それにしても、若すぎる！　いや、自分が年をとりつつあるのかもしれない。もっと若くて奔放なころだったら、相手の笑みをあけすけな誘いと解釈し、受け入れていただろう。

だが、彼はもう若くないし、奔放さはいくぶんやわらいでいた。というわけで、チップをたっぷりはずんでから、すぐに自室へ戻ってシャワーを浴びた。ホテルの従業員が請け合ったとおり、タキシードがプレスされてクロゼットにかかっていた。それに合わせてはく黒いカウボーイブーツは、ぴかぴかに磨かれている。

下着をつけながらバーボンを少し飲んだあとで、せっせと歯を磨き、口内洗浄剤でうがいをした。先住民が強い酒のにおいを漂わせて記者会見に臨むなんて、いまはとんでもないことなんだよな？

不満をいだいた自分をたしなめながら、ひだつきのシャツを着て、ボタンホールにオニキスの飾りボタンをはめた。そうした不満は、たいてい隠しておく。アボットやロングツリーと話したせいで、いまは感情的になっていた。

わたしは何を証明しなければならなかったのだろう。なぜいまだに自分が有能であることを示し、自己を正当化する必要を感じるのだ？　詫《わ》びるべきことなど、何ひとつない。これまでに手がけたことでは、どれも立派な成功をおさめた。大学でのスポーツ。空軍での飛行訓練。ジェット戦闘機の操縦。戦争。宇宙計画。

先住民であっても、こうしたことすべてを成し遂げたのだ。わたしは居留地で育った。だから、なんだというのだ？　特別な好意は受けなかった。それを考慮されはしなかった。先住民でも、宇宙計画の広報活動にとって重要な存在であることはわかっている。冷静に見て、任務を遂行する能力のない者に、ＮＡＳＡは三回の宇宙飛行と乗組員たちを任せなかったはずだ。

とはいえ、彼の別の部分、先住民の部分は、自分の属する大学や空軍やNASAの評判をよくするために重用されたのではないかと、常に疑問をいだいてきた。先住民を使ってやろう、絶好のPRになるぞ、と思われたのではないかと。彼の知る範囲では、おそらくだれもそれを口にしなかったし、考えすらしなかっただろう。だが、そんな輩《やから》がいたかもしれないと思うと不愉快だった。ロングツリーとアボットに言ったとおり、彼はけっして自分の民族性を頼りにも支えにもしなかった。

それを出自の否定と受け取られたら、相手の問題であって、なんとも残念なだけだ。

彼は軽いコロンを顔につけ、まっすぐな黒い髪を指ですいた。アメリカ先住民の遺伝子が優位に立っているのは間違いない。コマンチ族の髪と頰骨だ。母親は十六分の十五がコマンチ族の血だ。曾々祖父《そうそうそふ》がいなかったら、もっとアメリカ先住民らしい容貌《ようぼう》だったかもしれない。

実際には、先住民特別保護区が州に組みこまれてまもないころ、オクラホマの細長い地域にある牧場の長身のカウボーイが、曾々祖母を好きになった。彼から、クリストファー・ハートは長身瘦軀《そうく》の体型と、最初の恋人が〝ポール・ニューマンそっくりのブルー〟と評した目を譲り受けた。

彼の目は、父親が家を出た理由のひとつであった。残念なことに、彼は父親の血も受け継いでいた。

とりとめもない考えに苛《いら》ついた彼は、腕時計をはめてカフスをとめ、仕度を完了させた。部屋を出る前に、ヒューストンのオフィスへファックスされてきた旅程表をちらりと見た。世話人の名前をたしかめ、心に刻みつける。

できれば、高級なタートル・クリーク地区にある、まったく人目につかない小道沿いに隠れるように立つザ・マンションから、自分で車を運転していきたかった。住所とすぐれた方向感覚だけで、ホテル・アドルファスはたやすく見つかったにちがいない。

だが、賞を授与する団体がどうしてもエスコートをつけると言ったのだ。「運転手の役を果たすだけではありません。マスコミに詳しく、地元のリポーターたちをみんな知っておりますので」と。「メリーナ・ロイドに守ってもらえて、きっとよかったと思われますよ。でないと、もみくちゃにされるでしょう」

ホテルのドアを抜けると、女性が近づいてきた。「ハート大佐でいらっしゃいますか？」

彼女は簡素ながらも上品なカットのかなり高価そうな黒いカクテルドレスを着ていた。陽射《ひざ》しを受けてまばゆく輝く髪は、彼のと同じくらい黒い。片側へまっすぐに垂らしており、前髪はない。サングラスをかけていた。

「ミズ・ロイドですね」

彼女は片手をさし出した。「メリーナです」

「チーフと呼んでください」

彼らは握手しながら笑みを交わした。彼女が尋ねた。「お部屋はいかがです？　ご満足いただけておりますか？」

「果物かごとシャンペンがあって、最高です。従業員の心配りも行き届いていますし」

「それがこのホテルの自慢なんです」

彼女はひさしのある通路の端に駐《と》めてある最新型レクサスのほうへうなずいた。彼のためにドアマンがすでに助手席のドアをあけている。メリーナ・ロイドはその青年にチップをたっぷり渡した。「お気をつけていってらっしゃい、ミズ・ロイド」青年が手を振って見送りながら言った。

「ここの常連みたいですね」チーフは思ったことを口にした。

彼女は笑った。「わたしじゃありません。何人かのお客さまはここに滞在なさるんです――とても有名な方は」彼のほうを横目でちらりと見ながら、つけ足した。「贅沢《ぜいたく》をしたいときは、ここで昼食をとるのが気に入ってますけれど。人を眺めるのにぴったりですし、トルティーヤ・スープがおいしいんですよ」

「将来のために覚えておきましょう」

「冷房をお好きなように調節なさってください」

発進する前に安全を確認しようと首を曲げたとき、彼女の黒い髪が肩をさらさらと流れた。香りがほんのり漂う。

「ちょうどいいですよ。お気づかいをありがとう」

「ダラスにはいつお着きになりました？」

「きょうの午後二時ごろです」

「それはよかったですね。ゆっくりするお時間がありましたでしょう」

「プールへ行きましたよ」

「冷たすぎませんでしたか？」

「いいえ、わたしにとっては。なん往復かしました。肌も焼きましたし」

彼女は赤信号で車を停め、首をめぐらせた。「肌をお焼きに？　アメリカ先住民の内々の冗談ですね？」

彼女がその話題を持ち出したので喜び、しかもさらりと口にしたためいっそう嬉しくなって、彼は笑った。「そうなんです」彼女は笑みを返した。サングラスをはずしてくれれば、目が顔のほかの部分と同じようにほころんでいるかわかるのにと彼は思った。とりわけ、口と同じように。彼女の口は罪の存在を信じさせた。

ブレーキにのせていた片足をアクセルに置いたとき、ドレスの裾《すそ》が膝《ひざ》から数センチほどせり上がった。生地がごく薄いストッキングにすれて、セクシーな音を立てた。素晴らしい音だ。膝はもっと素晴らしかった。

「何がよろしいかしら？」

彼は彼女の太股《ふともも》から顔へさっと目を戻した。「なんです？」

「うしろの床にあるクーラーに、ペットボトルのお水と清涼飲料水があるんです」

「ああ。いえ、けっこうです、どうも」

「今夜の集まりについて、前もってお話ししておくようにと言われております。その前の記者会見についてはご存じですか？」

「二階のロビーですね」

彼女はうなずいた。「特別な許可証を持っている人だけにかぎられています。晩餐《ばんさん》会はきちんと七時半に始まりますが、記者会見はそれまで続ける必要がありません。終わりにしたいときはいつでも合図してください。質問が五つ終わったあとだろうと、五十も終わったあとだろうと。合図があったら、わたしは辞去する旨《むね》を伝え、あなたを晩餐会の行なわれる舞踏室へとせかします。そういう意味では、わたしは悪い人《ガイ》なんです」

「だれも信じませんよ」

「わたしが悪い人《ガイ》だということを？」

「あなたが男《ガイ》だということを」

彼女は頭の回転がよく、その言葉を聞いて褒められたのだと察した。またサングラスの横からちらりと彼を見た。「ありがとうございます」

「ジリアン？」

「あら、ジェム」

「ちょうど伝言をチェックしたところでね、喜んでるんだ。いよいよやったんだね」

「昼食の直前に」

「それで？」

「一週間で結果がわかるわ」

「いつはっきりと決心したんだい？」

「きのうよ。ちょっとこわくなったし不安だったけど、やり遂げたわ」

「どうして電話してくれなかったんだ？　いっしょに行ってあげられたのに。そばにいたかったよ」

「ごめんなさい、ジェム。どうしてもひとりでやりたかったの。妹とお昼を食べたので、早く電話できなかったのよ。それが長引いて、午後に人と会う約束も危うく守れないほどだったわ。あなたの自宅の留守番電話に伝言を残すのが精いっぱいで」

「メリーナには話したのかい？」彼女が返事をする前に、彼は言った。「そりゃあ、話したよな。どう思ってる？」

「わたしが大喜びなことを大喜びしているわ」

「ぼくだって大喜びしてるよ」

「嬉しいわ。わたしの決めたことを受け入れてくれて、ありがとう」

「きみにプレゼントがあるんだ。秘密の。きみが心を決めるまで、しばらく持ってたんだよ。渡したいな」

その声には笑みが含まれており、彼が秘密のプレゼントを見せたがっていることが伝わってきた。だが、彼女は会いたくなかった。やんわり断わろうとして、言った。「ジェム、今夜会う約束だったのはわかっているけど、ほかの日にしてくれない?」

「どうかした?　気分がよくないとか?」

「気分はいいわ。ただ、かなり疲れているの。だって……ものすごく興奮するような経験だったんだもの。予想以上だったわ。これほど感情をともなった関わりになるとは、終わるまで気づかなかった」

「どんなふうに?　心配になった?　泣きたい?」

「そこまではっきりしたものじゃないの。説明しにくいわ」

「無味乾燥な医学的処置だと言ったよね」

「そうだったわ」

「だったら、どうしてそんなに感情的になるのか理解できないな……どう表現した?

関わり？」

ジェムは何ごとも分析しすぎる傾向がある。今夜は特に、その分析癖が鼻についた。彼女はいらいらが声に出ないようにして言った。「ひとりでいる時間が必要なだけよ。考える時間が。あれこれと。そういうことにしておいちゃ、いけない？」

「もちろん、いいよ」口調から、彼が傷ついたとわかった。「こんな大事な夜には、愛情深い支えがほしいだろうと思ったんだ。どうやら間違ってたみたいだけど」

たちまち彼女は彼を拒んだことを後悔した。なぜもっと巧みに応対して、彼がプレゼントを持ってくることに同意しなかったのだろう。たいした負担にはならなかっただろうに。

だが、彼女が改めて誘いの言葉をかける前に、彼はそっけなく言った。「あとで電話するよ、ジリアン」そして、電話は切れた。

3

「ミズ・ロイド、列に並んでお待ちいただくことにならないよう、お車をあちらに用意してございます」

晩餐会のあとでチーフがメリーナとホテルを出ると、すぐに駐車係が姿を現わし、近くに駐《と》めてあるレクサスをさし示した。すでにエンジンがかかっており、チーフはエアコンが効いていることを喜んだ。季節は秋だが、暦は彼の体の温度調節機能に合っていないのだ。タキシードの上着の内側では、汗をかいていた。

長い晩餐会だった。予定された演説者は、割り当て時間をすぎてもマイクを握り続けた。チーフが受賞の言葉を述べる番になるころには、彼ですらうんざりしていた。彼は帰れるのが嬉《うれ》しく、出口に押し寄せる大勢の人たちとのよけいな接触を避けられるようにしてくれた駐車係に感謝した。

ふたりが車のほうへ歩いていこうとしたとき、スターに会って感動した駐車係が訊《き》いた。「宇宙はどんな感じですか、ハート大佐?」

彼は青年にすらすらといつもどおりの返事をした。「別世界だよ」

「すごいんでしょうね」

「それはもう」

チーフは、メリーナが渡したチップに五ドルを上乗せした。「ありがとうございます。お気をつけて」

それぞれがシートベルトをつけているとき、彼女が彼のスピーチを褒めた。「見事でした。宇宙の仕事から離れたら、弁論関係の職業に就けますね」

「たくさんの元宇宙飛行士がそうしていますよ」

「そちらの方向で心づもりがおありなんですか？」

「候補はいくつか」

「たとえば？」

彼は上着のボタンをはずした。「ほかの話をしませんか？」

傷ついた顔をして、彼女は声を高めた。「申しわけありません。詮索《せんさく》するつもりではなかったんです」

「そういう意味ではなくて、ただ──」

「何も話さないでけっこうですよ。ご自由に頭をうしろへもたせかけて、目を閉じ、休んでください。もう話し疲れていらっしゃることに気づくべきでした。会話などしたくないですよね」

「メリーナ」チーフはシートのほうへ手を伸ばし、次々と続く謝罪の言葉をさえぎろうと彼女の腕に触れた。「話し疲れてはいませんよ。それどころか、会話を楽しんでいます。ただ、わたしについてはやめましょう。いいですね？　自分の話をするのはうんざりです。話題を変えてもかまいませんか？」

「もちろんです。どんな？」

「セックスについては？」

「いいですよ」彼女は動じずに答えた。「それに関するわたしの考えをお聞きになりたい？」

「お願いします」

「では、まず、だれでもセックスをするべきだと思います」

彼は笑みを浮かべた。「率直ですね」

「そう言われます。損をすることもあるんですよ」

「上着を脱いでもいいですか？」

「どうぞ」

彼は身をくねらせてタキシードの上着を脱いで後部座席へ放り、ボウタイを取ってシャツのカラーボタンをはずした。「ふう！　だいぶ楽になりました」

「お飲み物はいかがです？」彼女が尋ねた。

「アルコール度の強いバーボンはありますか？」

「ダイエット・コークか天然水のようなものかと思っていたんですが」

「どちらでもかまいません」

「バーボンを割るのは」ふたりは同時に言ったあとで、声をそろえて笑った。

笑い声が消えたとき、彼は真剣な目でまっすぐに彼女を見た。「メリーナ、ご自宅に待っている人がいらっしゃいますか？」

彼女はその質問にすぐ返事をしなかった。信号で停まったときに、ようやく首をめぐらせた。彼は灰色の目をじっと見つめ、それこそ彼女のいちばん美しい部分だと気づいた——魅入られそうなほどだ。

「なぜです？」

「一杯つきあっていただきたいからです。そうしてはいけない理由がありますか？」

彼女は首を振ったあとで視線を道路へ戻し、ふたたび車を出した。

「なるほど、では、一杯つきあってもらえますか？」

「チーフ、イベント関係のエスコートと、もっと色っぽいタイプのエスコートとの違いは、おわかりですよね？」

やりすぎてしまったかと心配するところだったが、彼女の質問にはからかうような笑みがついていた。彼は片手を胸にあてた。「あなたがプロではないとほのめかすつもりではなかったんです」彼は顔をしかめた。「いや、しまった、これもふさわしい言葉ではありませんね」

「ええ、あいにく」彼女は笑いながら言った。

ほっとして、彼は言った。「どんなお仕事か教えてください」

彼女は簡単に説明したあとで、つけ加えた。「ほとんどの時間は、大都市にめぐらされた道路を走る車のなかにいて、お客さまが心やすらかに、ご機嫌よく、あらゆる約束や行事に間に合うよう取りはからうんです。途中でいつ起こるかわからない混乱から、お守りもします」

「たとえば？」

「交通渋滞。土壇場《どたんば》でのキャンセル。直前の予定追加。病気。考えつくかぎりのほとんどのことです。スケジュールがきつくて、必要なものを調達する時間があまりないときもあるんですよ。だから、そういうものを持っているんです」彼女は頭をうしろへ傾け、後部座席の床に置いてある品をさし示した。「救急セットや、裁縫箱や、ハンディ・ワイプスまで用意してあります」

「ハンディ・ワイプス？」

「ほかの人と握手をするのを病的に恐れる女性歌手をエスコートしたことがありまして。

他人に触れるたびに手を洗うんです」

「だれかな？」

彼女は首を振り、横目で彼を見た。「ご自分の秘密をほかのお客さまに明かしてもらいたいですか？」

「わたしには秘密などありませんよ」だが、いたずらっぽい笑みは、この発言が嘘《うそ》であることを示していた。

「なるほど」彼女はゆっくりとした口調で言った。「どちらにせよ、ハンディ・ワイプスは黒っぽい布地についてしまったテレビ用のメイクを拭《ふ》き取るのにも便利なんです」

「本当に？　へえ。毎日、知識が増えますね」

「手近なもので間に合わせようとして覚えたんですよ。お客さまがいらっしゃるだけで、きちんとした扱いを受け、どこへ行っても――それに値する人であろうと、なかろうと――丁重にもてなされるようにするのも、わたしの仕事です」

「その点なら、わたしが証人になれますよ」

彼女は微笑《ほほえ》んだ。「でしたら、わたしは今夜の仕事でお褒めの言葉がもらえます。あなたはスピーチをなさりさえすれば、あとは自由になさっていてよかったのですから」

メリーナの話を聞くのが楽しかったので、彼は質問を続けた。彼女の仕事が常に運転手や記者会見の調整だけで終わるわけではないことを知った。

「お客さまが連れをほしがっていらっしゃれば——お相手します。かなり聞き上手になりましたよ。行きたいところへは、どこにでもお連れします。レストラン、遊園地、コンサート、映画館などへ。ある常連のお客さまは、本の販売促進ツアーに毎春いらっしゃる作家なんですが、ビリヤードがお好きなんです。緊張をほぐして気分を一新する、彼なりの方法らしくて。こちらへいらっしゃるたび、いっしょにやるんですよ」

「そして、いつも負けてあげるんでしょう」

「そうですとも！」

チーフは笑った。「そんなちょっとした配慮をするのが苦ではないんですね？」

「あなたの言葉をお借りすれば、そんな〝ちょっとした配慮〟のおかげで、お客さまは何度もいらしてくださり、新しい顧客が増えるんです。評判は広まりますから。とりわけ、定期的にツアーに出る作家のあいだでは。もちろん、わたしたちエスコートも名士たちを比べますよ。だれがいい人か、だれが変な人か、だれがいやな人か」

彼は横顔をじっと眺めた。彼女がどれほど魅力的かに気づいた男は、ほかにもいるにちがいない。狭い車に乗って一日中彼女の隣にいるのは、暖かい家庭を遠く離れた男にとって誘惑となるはずだ。「どこかで線を引かなくてはなりませんよね。そんなちょっとした配慮のことですが」

「ストリップ劇場やトップレス・バーはお断わりです。男性にしろ女性にしろ、街娼《がいしょう》の斡旋はしません。それをお望みなら、自分で探していただきます。規制薬物に関することもいっさいいけません、もちろん。それから……」彼女は彼にちらりと目を向けた。

「具体的にお話ししましょう。一度、エスコートした俳優がホテルへ戻る途中で体にさわってきたんです。車を停めて彼を押し出し、ひとりで帰ってもらいました」

「抗議は？」

「だれに文句を言うんです？　奥さんがマネージャーで、わたしを指名したんですよ。それに、彼は自尊心が異常なほど強いので、拒まれたことを口外したりはしなかったでしょうね」

チーフは彼女といっしょに笑った。「ヒントをください」

彼女はしばし迷ったあとで言った。「人生の盛りをすぎた男性です」

「五十人も考えられますよ。舞台、映画、テレビ？」

「映画です」

「それで狭まりました。イニシャルは？」

彼女は首を振った。「わかってしまいます」

「どこをさわったんです？」

彼女は恥ずかしそうに彼を見た。

「腰よりも上ですか、下ですか？　それだけ教えてくださいよ」

「チーフ！」

「でしたら、けっこう。勝手に想像するしかありません」

彼女は彼を睨《にら》んだが、ふざけてそうしてみせているようだった。「上です」

「ふうむ。そうしようとする男を責められはしませんが」

「わたしは非難しました。お客さまの必要や要望には誠心誠意お応《こた》えしますが、理にかなったことにかぎりますので」

「おやおや」

「なんです？」

「いや、お願いしようとしたことがありましてね」彼女が自分のほうを向いたとき、彼は言った。「それを理にかなったことだと考えてくだされぱいいんですが」

「ジェム！」

「前もって電話しなかったことを怒らないで」彼は早口で言った。「会いたかったんだよ、ジリアン。なにしろ、あんなふうに不愉快に話が終わってしまったんだから」

「わたしも後味が悪かったわ」

「だったら、入れてくれないかな？　ほんの少しだけ。長居はしない」

彼女は彼に会ってもあまり嬉しくなかったし、いきなりの訪問にむっとしていた。彼には予告なしに立ち寄る悪い癖があり、彼女はそれをプライバシーの侵害だとひそかに考えていた。だが、彼はすがりつくようなまばゆい笑みを浮かべており、玄関口は性格の欠点をあげつらうのにふさわしい場所ではない。彼女は横にどき、彼をさし招いた。

「ご覧のとおり、男性の訪問を待ってはいなかったの」

「すてきだよ、ジリアン。化粧をしないきみのほうがいい」

「だったら、視力検査をしてもらうべきね」

小さく笑いながら、ジェムは彼女を引き寄せて淡泊なキスをそっとした。彼女の気分を敏感に察し、図に乗って熱烈なキスをするのをやめたのだろう。体を離したとき、彼女の頭に巻いてあるタオルに目をやった。「ターバン姿さえも好きだな」

「髪をトリートメントしているのよ」

まだ九時にもなっていなかったが、彼女はすでに寝間着姿だった――コットンのボクサーショーツと、おそろいの上着だ。快適な服だが、魅惑的とは言いがたい。彼女の自尊心をさらに傷つけたのは、ジェムがぱりっとした身なりをしていることだった。カーキ色のズボンとポロシャツでも、ふだんどおり、さっそうとしていた。

彼は彼女の手を取ってリビングへ連れていき、ソファに並んで腰かけた。「今夜はどうしても来たかったんだよ、ジリアン。プレゼントを渡すのをあしたまで待ちたくなかった。きょうじゃなくちゃ、だめなんだ。きみが人工授精を受けた当日じゃなくちゃ」

彼はポケットに手を入れ、ベルベットの宝石箱を取り出した。

「ジェム！〝秘密〟って聞いたとき、花かしらと思ったわ。チョコレートとか。でも、これなの？　血液検査まで待ったほうがいいんじゃない？　ちゃんと妊娠したってわかるまで」

「ずっとぼくがいっしょにいることをわかってもらいたいんだ。これで妊娠しても、また試さなくちゃならなくても、このできごとを分かち合いたいんだよ。最初から赤ん坊の人生に関わりたいんだ」

彼女は箱をちらりと見て、いまにもプロポーズされるのでないかと一瞬ひやりとした。だが、箱は横長で、指輪用の四角ではない。ジェムはばねつき蝶番《ちょうつがい》の蓋《ふた》をあけたときに彼女が発した安堵《あんど》の小さな声を、歓声と受け取った。

「気に入った？」

「きれいだわ、ジェム」

金のチェーンはとても細いが、小さなハートを形作るいくつものルビーをしっかり支えている。「きみの肌の色を引き立てると思って」

「すてきよ。本当に」

彼は箱からペンダントを出し、彼女の首にかけて小さな留め金をはめた。それから、彼女の肩に両手をかけて振り向かせ、いかにも満足したような顔をした。「最高だ。見てごらん」

彼はコンソール・テーブルの上部にある鏡の前へ、彼女を連れていった。ペンダントはえもいわれぬほど美しく、肌にルビーの輝きを放っていた。彼女は彼のほうを向き、モデルのようなポーズをとった。「どう、きれい？」

「きれいだよ。セクシーだ。頭にタオルを巻いてても。妊娠中もきっときれいでセクシーだよ」

「気球みたいにふくらんでも？」

彼は彼女の下腹部に片手をのせ、もう一方の腕を腰にまわして引き寄せた。「そうなっても」そして、首にキスをしてささやいた。「ジリアン、今夜きみがほしい。泊まらせてくれ」

彼の手が股間《こかん》に触れたとき、彼女はすまなそうな笑みを浮かべてさえぎった。「ごめんなさい、ジェム」

「どうしたんだい？」

「今夜泊まれるかって訊《き》かないで。拒みたくないから」

「じゃ、訊かないよ」彼はまた彼女に手を伸ばした。

彼女は抱き寄せられそうになっても動かなかったが、両手で彼の顔を包みこんだ。

「とにかく今夜はいっしょにすごせないの。説明しにくいけど。電話でもわかってもらえなかったし、いまもわかってもらえないでしょうね」

「説明できるよ」彼はぶっきらぼうに言った。「きょうメリーナと昼食をとったからだ」

「どうしてメリーナが関係してくるの？」彼女は語気強く言い返した。

「わかってるくせに。きみが彼女に会うたび、ぼくはいやなやつになるんだから」

「違うわ」

「だったら、なんのせいなんだ？」

「言葉にはできない」

「試してごらんよ、ジリアン」

彼女は間を置いてから言った。「処置を受けたばかりでセックスするなんて、気が進まないの」

「読んだところでは、そのあとでセックスするのはいいことらしいけど」

専門家が奨励していることを彼が知っているので、驚いた。人工授精について彼なりに調べていたにちがいない。「そのとおりよ。すぐあとでカップルが抱き合うのは望ましいことで――」

「ぼくたちはカップルだ」

「妊娠しようと何年も試みたカップルじゃないわ」

「そのあたりは、ごまかしてしまおう」にこやかに笑いながら、彼は彼女の腰に両手をかけた。

「わたしだけの問題なのよ、ジェム」彼女はうまく彼の手からのがれながら言った。「今夜は心ここにあらずって感じだから、あなたに悪いし、ふたりにとっても楽しくないわ」彼がまた言い返そうとするのを見て取って、彼の唇に手をあてた。「お願い。わかってほしいの。わがままを言わせて。今夜は頭が痛いと思って」

彼はしぶしぶ彼女の手と鼻の先にキスした。「わかった。そうしなきゃ、いけ好かない男になってしまうから。家に帰って、冷たいシャワーを浴びるよ。二回ぐらい。こんなホルモンのいたずらに慣れなくちゃならないんだろうね？」

「そうかも」彼女は微笑みながら答えた。「あした会いましょう」

「昼食のとき？」

「朝に電話して。お昼どきの予定を確認するから。でも、絶対にあしたね」

彼はドアへ向かい、そこでまた彼女の唇に軽くキスをした。「ペンダント、ものすごくきれいだわ」喉元《のどもと》に下がっているペンダントに手を触れながら、彼女は言った。

「きみもきれいだよ。愛してる」

「わたしも愛しているわ」

4

「タコス?」

無邪気そのものの顔で、チーフは言った。「何を頼まれると思ったのかな、メリーナ?」

彼がいたずらっぽい笑みを必死にこらえているのがわかった。「タコスだとは意外でした」

「わたしはジャンクフード中毒なんですよ。それに、空腹だし」

「食事がお気に召しませんでしたか?」

「ひっきりなしに話しかけられたりサインを求められたりで、食べられなかったんです。立ち寄るのは無理ですか?」

「タコスなら問題ありません」

「こんなに遅く開いている店があるでしょうか?」

「まだ十時にもなっていませんから」

「本当に？」彼は腕時計を見て時間をたしかめた。「ふうむ。晩餐会が延々と続いた気がしましたよ」

数分後、彼らはファーストフードのチェーン店の駐車場に入った。普通の夕食の時間はすぎていたが、店は賑《にぎ》わっている。「ドライブスルーにしますか、それとも、なかへ入ります？」

窓口での番を待つ車の長い列が、店をぐるりと囲んでいた。店内はさほど混んでいないようだ。彼は言った。「隠すことは何もないでしょう？」

彼女は空いている駐車スペースに車を入れ、車から降りてドアのほうへ向かいながら言った。「隠すことは何もありませんけど、ちょっと着飾りすぎていますね。ぽかんと見つめられますよ、きっと」

「ひとりじゃないから、だいじょうぶ」

そう言うと、彼が彼女のウエストに片腕をかけて引き寄せたので、ふたりは腰をつけて歩くことになった。まあ、なんていい気持ち！　男に作り笑いをしたり、はにかんでみせたり、弱々しいふりをしたりするタイプではなかったが、いま彼女は自分が小さくて繊細でこよなく女らしいのを嬉《うれ》しく思った。彼がホテルの玄関から出てきてからというもの、これほど近くに寄り添えたらどんな感じだろうかとずっと考えていたのだ。予想以上だった。彼は非の打ちどころがないくらい男らしかった。

ふざけついでに、彼は彼女の髪に鼻をすりつけた。「わたしたちふたりに文句を言えるものなら言ってもらおう」

ふたりがドアに近づいたとき、テイクアウトの包みを片手に持った男がちょうど内側からやってきた。男のほうが先にドアに着き、ふたりのためにドアを引いて脇《わき》に寄った。チーフはまだ彼女の髪に鼻をつけ、ふざけてうめくような声を派手にあげていた。ドアを押さえてくれた男に、うわの空で礼を述べた。

ふたりが通りすぎようとしたとき、男が不意に声をかけた。「ミズ・ロイド？　ジリアン・ロイド？」彼女は立ち止まり、男のほうを向いた。

男はだぶだぶのカーキ色のズボンと、くすんだ色のTシャツと、ゴム草履という格好だった。薄くなりつつある髪はブロンドで、よれよれだ。ずり落ちる眼鏡を鼻の上のほうへ押し上げて、言った。「やっぱり」

チーフは彼女から男へと視線を移し、縄張り本能を刺激されたかのように、彼女をいっそうそばに抱き寄せた。

力ない笑みを浮かべながら、彼女は口ごもって言った。「ご、ごめんなさい、ええっと……」

名前を思い出してもらえなかったせいで急に気まずさを感じた男が、ごくりと唾《つば》を飲むと、とがった喉仏がひときわ目立った。「デイル・ゴードンです。ウォーターズの」

「ああ、ええ、そうでしたね。こんばんは」

男は彼女からチーフへと視線を移した。近視の目が彼女の腰に置かれたチーフの手に気づき、しばらくそこに釘《くぎ》づけになった。そのあと、男は傷ついて戸惑ったような顔を彼女に戻した。

たちまちぎこちない雰囲気が漂ったが、彼女にはその理由がさっぱりわからなかった。そこで、明るく言った。「今夜はだれもがタコスを食べたがっているみたいね」

「えっ？」デイル・ゴードンは自分がどこにいるのかを忘れてしまったようだった。彼は女は彼が持っている袋をさし示した。彼はうろたえてそれをしばし見てから、口ごもりながら言った。「え、ああ、そうですね。軽いものが、その、食べたかったもので」

「では、お楽しみください」

「あなたも」

チーフは彼女をそっと前へ進めた。ふたりはそのまま店内を歩き、カウンターで注文するのを待つ人々の列に加わった。「友人ですか？」彼は尋ねた。「あなたをなんと呼びましたっけ？」

「どうやら姉のジリアンと間違ったようです。よくあるんですよ。この場合は人違いだと説明するより、彼を知っているふりをするほうが簡単だったので」

「そんなに似ているんですか？」

「一卵性双生児ですから」

彼は表情をなくした。「嘘《うそ》でしょう」

「いいえ。一卵性の双子なんです」

彼は彼女の髪や顔を眺め、口にちらりと視線をやった。あからさまに値踏みされて、彼女の顔が赤くなった。目を合わせて、彼はつぶやいた。「そんな灰色の瞳《ひとみ》をした女性がふたりもいるとは」

微笑《ほほえ》みかけながら、彼女は言った。「お褒めの言葉でしょうか?」

「ええ、そうですとも。誤解の余地がまったくないよう、もっとはっきり言わせてください、ミズ・ロイド。あなたはとても魅力的な女性です」

「ありがとう、ハート大佐」

「信じられませんよ……ジリアンでしたっけ?」彼女がうなずいた。「あなたと同じくらい魅力的な女性がいるなんて」

ふたりは互いの視線を受けとめ、訴えかけるように長いあいだ見つめ合った。やがて、注文を取る女性がふたりに声をかけた。「いらっしゃいませ。今夜は何になさいますか?」

チーフは忘我の境地から目覚めたように、咳払《せきばら》いをした。「何がいいですか、メリーナ?」

「夕食をごちそうしてくださるの？」

「そのつもりですよ」

「でしたら、なんでも。みんな好きですから」

彼が注文しているあいだ、彼女は先ほど入ってきたドアのほうをちらりと振り返った。デイル・ゴードンだと自己紹介した男は、もうそこにいない。だが、気味悪い後味を残していた――クモの巣に引っかかってしまったような、臭い息をうなじに吹きかけられたような。

とはいえ、チーフがザ・マンションの自室の鍵《かぎ》をあけ、先に入るようにとしぐさで示したころには、そのできごとは念頭から消え去っていた。「こうしようと言ってくださって、よかったわ。どうやらわたしもおなかがぺこぺこだったみたい。あなたと同じく、あまり食べられなかったもので」くつろごうと靴を脱いでから、彼女はスイートのリビングの卓上スタンドをつけてまわった。「おいしそうな匂《にお》い」

ふたりはコーヒーテーブルで食べることにした。彼女が包みをあけて分けているあいだに、彼がバーで飲み物を作った。そこには、彼の好みのバーボンが前もって用意されていた。「水割りでいいかな？」

「氷も入れてくださいな」

彼はそれぞれの手に飲み物を持ってテーブルへ行った。ひとつをメリーナに渡してから、低いテーブルの彼女の向かいの床に座った。グラスを掲げる。「何グラムもの脂肪と高いコレステロールに乾杯」

　彼女は彼とグラスを合わせ、飲んだ。「うーん。この上等のお酒にも乾杯」

　ふたりはひとしきりむさぼるように食べ、やがてそのがつがつした食べ方を笑い合った。ぱりっとしたタコスの皮が崩れるので、チーズやレタスや香辛料の利《き》いた肉を指でつままなければならなかった。

「一カ月ぐらい何も食べていなかったと思われそうですね」彼は言った。「あるいは、宇宙飛行から戻ったばかりだと。宇宙船から出ると、さっそく本物の料理を大量に食べるんですよ」

「宇宙食はあまりおいしくないんですか？」

「まずくはないんですが……でも……まあ……」

　彼の話に夢中だったので、言葉が尻《しり》すぼみになってとぎれるまで、彼女は自分が人さし指の脇を強く吸ったりなめたりしていることに気づきもしなかった。いまや彼の注意はそこに向いていた。彼が集中しているのはそこであって、宇宙飛行士がスペースシャトルで食べるものについてではなかった。

　恥ずかしさに赤面し、彼女は手を膝《ひざ》にのせ、「紙で切ってしまったみたい」と嗄《しゃが》れた声で言った。「袋で。それに……お塩か……何かがついて……」

そのあと、彼女は口を閉じた。彼が話を聞いていなかったからだ。彼女の唇が動くのを見てはいるが、言葉にまで意識がまわらず、正直なところ彼女もそうだった。自分の口を見る彼を見つめているうちに、たらふく食べたにもかかわらず、胃がからっぽになった気がした。

ようやく、彼がメリーナの目に視線を戻した。「なんの話をしていたんだったかな？」

車に戻る途中で、デイル・ゴードンは開いていないテイクアウトの袋をゴミ容器に投げ入れた。あまりに動揺して、食べる気になれなかったからだ。

いまにも吐きそうになり、車に乗って運転席に座りこんだ。ハンドルを両手で握り、そこにじっとりとしたひたいをのせて、嘔吐《おうと》の反射運動を抑えようと口からたくさん空気を吸った。涙が目からしたたり、握った手の甲に落ちた。

彼は冷や汗をかいていた。暖かな夜だが、汗をしとどに流すほど暑くはない。ジリアン・ロイドと長身のハンサムな男が注文の品を持って店から出てくるころには、Tシャツが汗でびっしょりになっていた。ふたりは笑い声をあげて話しながらレクサスに乗り、彼女の運転で走り去った。

デイル・ゴードンはあわててイグニッションキーを手探りし、車を発進させてあとを追った。ほどなくきわめて優雅なホテルに着いた。話に聞いたことはあったが、来たことはなかった。クリスマスでもないのに、玄関前の庭の木々にライトがどっさりついている。段になった噴水から噴き上がる水がきらめいていた。

レクサスは円形のドライブウェイへと滑るように入っていった。デイル・ゴードンはそこを通りすぎ、ブロックの突きあたりまで行って三点ターンをし、折り返した。彼らが駐車係の世話を受けて車から降り、白い日よけの下にあるこぢんまりとした入口へ向かうのが見えた。

ジリアン・ロイドが男とホテルへ入っていく。自分のものだと言わんばかりに人前で体に触れていた男と。彼女はそう扱われるのを許していた。いや、喜んでいるようだった。

そこまで考えて、デイル・ゴードンは目の前が真っ暗になった。

「どんな感じ?」チーフは食べ終え、ソファに背を預けて片膝を立て、そこにのせた手でハイボール・グラスを持っていた。

彼女は彼の手に目をやり、グラスの端をさりげなく持つ彼の力強い指を見ていた。すてきな手だ。我に返って、彼の質問に応じた。「どんな感じって、何が?」

「一卵性双生児だということが」

彼女は包み紙やナプキンの残りを集め、からの袋に詰めこんだ。「宇宙にいるのはどんな感じかと訊《き》かれたとき、どう思います？」

「答えられなくて、返事をするのがおっくうになる？」

彼女はにこりとした。「そんなところです」

「すまない」

「よく訊かれることですから。許してあげます」

「よかった。そんなふうに見られたら、わたしだってどんなことでも許すだろうな」

彼女は彼の親しげな口調に合わせて声を低めた。「わたしはあなたをどんなふうに見てます？」

「スピーチしているわたしを見ていたときと同じように」

「礼儀正しく注意を向けていたんですよ」

「いかにも意味ありげだったけど」

「特別な目で見たりはしませんでした」

「いや、いや、そうだったよ」

「言い分を認めるわけではないけれど、大佐、わたしがどんな目で見ていたと思うんです？」

「わたしがきみの脚に見とれてスピーチに専念できないことを、よくわかっているみたいだった」

「あのテーブルのあの席に座るよう決められていたんですよ」彼女は言い返した。「あなたの視界にまっすぐ入るからと選んだわけではありません」

「でも、きみはあの位置を最大限に利用した」

彼女はかすかに肩をすくめた。「座るときはいつも脚を組んでいますけど」

「ハイヒールで？」

「たいていは」

「短い黒のスカートで？」

「あまり短くはありません」

「わたしの想像力が好きな場所まで遊びにいってしまうくらいには短かったよ」

彼女は怒ったふりをした。「わたしは淑女なんですよ、ハート大佐」

「頭のてっぺんから足の先までね」

「そんな目で見られると、あまり淑女のようには感じないわ」

「ほう、今度はわたしの目か」

「仕返しをして当然ですもの」

「なるほど。わたしはどんな目をしているかな？　見つめられると、どんな気持ちになる？」

「夏の暑い夜、ソフトクリームになったみたい」

セクシーな雰囲気の漂う何秒かがすぎたあとで、彼は身をかがめてコーヒーテーブルにグラスを置いた。「メリーナ？」

「何かしら？」

「いっしょに寝ないか？」

身の内から興奮が突き上げ、彼女ははっと息を呑《の》んだ。「わたしは身持ちが堅いことで知られているんですよ」

「わたしもだ」

彼女は小さな声で笑った。「でも、あなたはレディキラーで有名でしょう」

「で、きみは男の誘いを断わることで有名なわけか」

一瞬だけ迷って、彼女は答えた。「いいえ」そのあとでゆっくり立ち上がり、テーブルをまわりこんで彼の目の前に立った。「だれかにメリーナ・ロイドのことを訊いてごらんなさい。衝動的だと教えてくれるから。そのときにふさわしいことなら、なんでもするのよ」

彼は床に座ったままだったが、彼女を見上げ、時間をかけて目でその体を追っていった。かすれた声で彼は言った。「いまは何がふさわしい？」

デイル・ゴードンのアパートメント内は外の気温よりもほんのわずかに高いだけだっ

たが、今夜、彼が帰ってきたとき、ひと間きりの部屋はことのほかかび臭くて蒸し暑く感じた。

ここは、一台用の独立したガレージが真珠湾攻撃の十年前に住居として改造されたもので、最初の改装以降、何カ所かが改善されてきた。近代化への前進のひとつは、窓に取りつけられたエアコンで、夏には湿気の多い涼しい風を、冬には湿気の多い暖かい風を送り出す。残念なことに、部屋にたったひとつしかない窓についているため、消防条例に明らかに違反しているだけでなく、換気の問題を作り出してもいた。というわけで、いまデイル・ゴードンが口笛のような甲高い音を立てて痩《や》せた体に吸いこんでいる空気は、臭く、むっとしていて、充分ではなかった。

彼はTシャツを脱ぎ、整えていない狭いベッドに放り投げた。骨張ってくぼんでいるような胸を両手でなで、青白い肌や突き出たあばらに玉なす汗をぬぐった。急な寒気に、乳首が立った。それは異常に赤く、まわりには長いまっすぐな金髪がまばらに生えている。

散らかった部屋を大急ぎでまわり、蠟燭《ろうそく》をともした。何度も火をつけたために炭化して太くなった灯心にキッチン用マッチを近づけるとき、手が震えた。彼は蠟がすっかりなくなるまで蠟燭を燃やすのが常だった。

かなりの数の蠟燭からの熱と煙で部屋の息苦しさが高まったが、デイル・ゴードンはそれに気づかず、ゴム草履とカーキ色のズボンと下着を脱ぎ捨てた。裸になった彼は、無骨な祭壇の前にひざまずいた。むき出しのコンクリートの床に膝頭がぶつかって、クルミの割れるような音がした。デイル・ゴードンはその音にも気づかず、それにともなう痛みも感じなかった。彼の痛みは心のなかにあり、精神的なものだったが、実体のある苦痛だった。彼にとって、それは地獄の悪魔がひとり残らず体のなかにいて、生命維持に必要な器官を破って出てこようとしているのにも似た感覚だった。

彼は車のなかで、レクサスがザ・マンションのドライブウェイから出るまで待っていた。ジリアン・ロイドはひとりで車に乗った。家へ帰るのだろう。輝く青い目のほかは先住民の容貌《ようぼう》をした色の浅黒い長身の男と、何時間もかけて姦淫《かんいん》したあげくに。デイル・ゴードンは男のことなど気にかけなかった。名前を知る必要もない。だれであってもかまわない。問題は、ジリアンが男としたことだ。デイルは判断の基準となる自分自身の性体験がなかった。それでも、男と女がふたりきりになったときに何をするかは知っている。写真で見たし、映画でも見た。

ジリアンの色っぽい前戯を思い描き、動物さながらに発情した男の体に形のいい手脚がからまるところを想像するたびに、彼はどうしようもなく泣きたくなった。

彼は祭壇で祈りながら、涙を流し声を出して泣いた。すすり泣くと貧相な腹部がわななき、皮膚の下で骨が音を立てそうだった。深く悔いながら熱心に祈るのは、ジリアンが失敗したせいだけではない。彼の失敗のせいでもあった。彼は失敗したのだ。情けなくも。

だが、告白の祈りだけでは足りなかった。ぶざまな失敗を償うために、罰を受けなくてはならない。

祭壇にしているチェストにかけた房飾りつきの布を持ち上げて、三つの抽斗《ひきだし》のうちのひとつをあけた。なかには、幅の広い紐《ひも》が数本ついた革製の鞭《むち》が入っている。彼は汗じみのついた握りを右手でつかみ、祈りの言葉を素早く口にしてから、肩の上方へ手を振り上げて背中を打った。自分を繰り返し鞭打つうちに、背骨の鋭い隆起に沿って血が流れ、床にしたたり落ちた。

彼は気を失った。

やがて我に返った彼は、血の飛び散った床に膝を丸めて震えながら転がっていた。鈍い動きで立ち上がり、すり切れたカーテンだけで区切られているバスルームへよろよろと歩いていった。冷たいシャワーを浴びてから肌を自然乾燥させながら、祭壇へタオルを持っていって床についた血を拭《ふ》き取ろうとした。

ひどいありさまだった。手がつけられないほど、ひどい。だが、タオルに付着する幾筋もの血は、十字架にかけられたイエスが流した血を思わせもした。もっともあがめられている予言者にして殉教者でもあるイエスと自分を比べるのは、うぬぼれだとわかっていたが、いい気持ちだった。

とはいえ、鞭打ちは罰の手始めにすぎない。ブラザー・ガブリエルに告白しなければ。屈辱ではあるが、デイル・ゴードンが信頼を裏切って使命を果たせなかったことを、ブラザー・ガブリエルに伝えなければならない。

涙を流しながら、彼は電話のところへ行った。するべきことを恐れながら、青白い手で受話器を握った。夜も遅い。朝まで待ったほうがいいかもしれない。

いや、時間は無関係だ。ブラザー・ガブリエルはけっして仕事を休まない。疲れ知らずなのだ。聖堂への電話は一日二十四時間、一週間に七日、つながっている。しかも、ブラザー・ガブリエルは、よい知らせは早く伝えるよう命じていた。悪い知らせも同じだ。

デイル・ゴードンは電話番号を暗記していた。その午前中にかけたばかりなのだ。それは喜びの電話だった。任せられた使命を完遂したことの報告だった。ああ、どれほど誇らしかったことか！

いまは……いまはこれだ。

あばら骨にあたって痛いほど心臓をどきどきさせながら、電話がつながることを知らせる低いうつろな音に耳を傾けた。呼び出し音が五回鳴ったあと、デイル・ゴードンのむさ苦しいアパートメントから遠く離れた山頂にある建物内で受話器が取られた。

「平和と愛を。何かお手伝いできることはございますか?」

5

じめじめして暑苦しい日になりそうだった。気温は季節にふさわしく高くないが、湿気が多い。デイル・ゴードンはまた汗みずくになっていた。塩気のある汗が背中のすり傷を刺激したが、彼は不快さに無頓着《むとんちゃく》だった。

ひるまずに、兵隊よろしく歩道を歩き続けた。実際、彼は兵隊だった。従順で優秀な兵隊は自分の使命に集中し、それを妨げる障害には目もくれない。夜明け前の静けさのなかに、彼の荒々しい息づかいだけが響いていた。だが、彼の耳には入らなかった。

道を照らすものは何もない。銀色の三日月が、西の地平線のすぐ上に横たわっているだけだ。日の出にはまだ一時間ある。だが、薄暗闇《うすくらやみ》のなかでも、デイル・ゴードンは道を間違えなかった。ここに来るのは初めてだが、道はわかっていた。

足の向く先がたしかなのは、神の導きによるものだと思った。迷わずにまっすぐ行けるとブラザー・ガブリエルが請け合ってくれたし、あらゆることに対してそうであるように、彼は常に正しかった。ブラザー・ガブリエルは奇蹟《きせき》が行なえる。その場にいなくても、精神力だけで奇蹟を起こせた。近所一帯の犬を黙らせるようにしたのだろう。一匹として警告の吠《ほ》え声をあげていなかった。

デイル・ゴードンは彼女の住所を暗記していたので、書きとめていなかった。ずっと目をまっすぐ前に釘《くぎ》づけにしており、彼女の家の玄関前に着いたとき、ゆっくりと軍隊式に体の向きを変えて玄関に顔を向けた。

一階建ての家だった。伝統的な建築様式だ。外壁は煉瓦《れんが》造りで、木部は白、玄関は濃い色に塗られている。青、あるいは緑、もしかしたら黒かもしれない。暗がりのなかでは判別できなかった。庭はよく手入れされていた。

防犯のためにポーチの明かりは必ずつけておくべきだ、と思いながらデイル・ゴードンは玄関までの小道を歩いた。彼女や近所の人々に気づかれる心配はしていなかった。何にも邪魔されないと確約されていたし、それを信じていた。

横幅はあるが奥行きのない階段を三段上がると、正面玄関のドアに着いた。両脇《りょうわき》に、咲き誇る菊の植木鉢が置いてある。両手で目を囲って、ドアの上から三分の一のところにある扇形の窓をのぞいた。

家の奥から青白い光が射《さ》しているのが見えるだけだ。ほかは暗い。ドアをあけようとしたら、施錠されていた。ポーチから降り、家の正面にある窓を端から調べていくと、三つ目の窓に鍵《かぎ》がかかっていなかった。

「家に防犯設備がほどこされていて警報が鳴ったら、素早く行動しなければなりません。近所の人や警察が来る前に」

ブラザー・ガブリエルはあらゆることを考えていた。

デイル・ゴードンは汗ばんだ手のひらをカーキ色のズボンでぬぐい、いまにもバーベルを持ち上げようとしているオリンピックの重量挙げ選手よろしく、頰をふくらませて息を出し入れしながら素早く何回か呼吸した。

だが、警戒は必要なかった。窓をさっと上げても、警報は作動しなかった。そのあと三十秒ほどじっと立ちつくし、家の内部の動きに耳をすませた。何も聞こえなかったので、よじのぼって窓から入った。

目はすでに暗さに慣れていたので、周囲がとてもよく見えた。そこはリビングで、いい香りがした。花とスパイスのような。匂《にお》いをたどってテーブルのところへ行くと、ドライフラワーの花びらとシナモン・スティックが盛られているきれいなクリスタルの鉢があった。彼は身をかがめ、かぐわしい香りを胸いっぱいに吸いこんだ。これほどフリルをふんだんに使った部屋に住んだことはない。ここでくつろぎたかったが、夜明け前に使命を果たすよう命じられていたので、上体を起こしてあたりにさっと目を走らせた。

電気をつけて部屋のほかの部分を見られればと思った。彼女が毎日さわっている私物に囲まれていつまでもいたかった。さまざまなテーブルの上には本や雑誌や写真立てが置いてあったが、写真にだれが写っているのかは暗すぎてわからない。記念にひとつ持ち帰りたい衝動にかられた。そうすれば、彼女のものが手に入る。だが、そんな誘惑は抑えた。盗みになってしまうし、彼は泥棒ではないのだ。

家具にぶつからないよう、注意深く移動した。硬材のフローリングだったが、そっと歩いたので全然きしまなかった。玄関のドアから見えた唯一《ゆいいつ》の明かりをたどって、キッチンへ行った。レンジ上部の換気口についている明かりだった。消そうかと思ったが、ついていても問題はないだろう。

キッチンを出ようとしたとき、カウンターに置いてあるグラスが目にとまった。スプーン二杯分くらいの液体が残っている。手を伸ばしたあとで、ためらった。必要なもの以外には触れないように、とブラザー・ガブリエルに言われていたのだ。

でも、ブラザー・ガブリエルにわかるはずがないじゃないか？

デイル・ゴードンはグラスをつかんで、液体を飲んだ。ただの水だとわかったが、少しめまいがした。彼女のあとで飲んだのだ、彼女の唇と舌が触れてまもないところに自分のが触れたのだと思うと、興奮した。この経験は、宗教に似た結果をもたらした。ブラザー・ガブリエルの説教のテープを聞いたときと同じように、胸が高鳴った。

だが、それは彼にとって性的な経験でもあった。彼はグラスの縁に沿って舌を走らせた。内側にも外側にも。激しくあえぐほど、呼吸が速まる。下着のなかでうごめくものを感じた。これはセックスにつながるので、悪いことだとわかっていた。

やめろ！　何をやってるんだ？　気をそらしてはいけない。淫《みだ》らなあばずれジリアン・ロイドに誘惑されてはならない。彼はグラスを置き、誘惑を断ち切ることを象徴するように、それに背を向けた。家の正面の部屋へと急ぎ足で静かに戻り、立ち止まって気を鎮《しず》め、これからどちらへ向かうか考えた。

主室からダイニングやキッチンと反対の方向へ、暗い廊下が延びている。そこに面する三つのドアが開いていた。そのひとつが、彼女の眠っている寝室にちがいない。自分も影になったようなつもりで、デイル・ゴードンは廊下をそっと進んだ。

最初の部屋には、デスク、コンピュータ、ファイルキャビネット、ファックスがあった。壁には、手書きのメモや名刺でいっぱいのコルクボードがある。書斎だろう。

ふたつ目のドアは、整頓された小さな寝室につながっていた。ベッドにはきれいな薄い色のカバーがかかり、足元に昔ふうのキルトがたたんである。安楽椅子《いす》。ベッドカバーとおそろいの布がかかった丸テーブル。客室にちがいない。彼は廊下へ戻った。

鋭い嗅覚《きゅうかく》のおかげで、廊下の奥のドアを抜けないうちに、そこで彼女が見つかるとわかった。彼女のシャンプーの匂いがした。眠って温まった肌の匂いは、彼の口のなかと同じような味わいだった。

部屋は暗かったが、いまでは暗闇にすっかり慣れていたので、彼女がはっきり見えた。あるいは、彼をこんなに遠くまで連れてきた神の導きがいまも力をおよぼし、夜でも視界がきくようにしているのだ。

彼はどきどきしていたが、不安や心配のせいではなかった。興奮からだ。こんなにも彼女の近くにいるという快感。彼女は選ばれた者のひとりだった。厳選されたひとり。少なくとも、あのときまでは……。

だが、それについて考えるのをやめないと、腹が立ってくる。彼女を執拗《しつよう》にさわり、悪へと引きずりこみ、その体を冒瀆《ぼうとく》した長身の男のことを思い出すと、また気分が悪くなりそうだ。彼女が男を抱き締め、喜びにあえぎ、そうした辱《はずかし》めに反応するところを想像したら、実際に吐くかもしれない。

彼女は枕《まくら》にのせた顔を横に向け、うつぶせに眠っていた。片方の頬と目と繊細な耳が、見えている。寝息はほとんど聞こえなかったが、その匂いは嗅《か》ぎ取れそうだった。黒っぽい髪がさらりとすべらかに枕に広がっている。

ベッド脇の床に、服がふたつあった。彼は身をかがめて拾った。パジャマだ。短い上着は袖《そで》なしで、前ボタンだった。彼女の胸をおおっていた柔らかいコットンを、なでまわした。顔につけ、深く息を吸った。彼女の素肌がこの布をこすり、彼女の胸がこの布を突き上げたと思うと、くらくらした。柔らかい布は乳首の輪郭をくっきりと浮かび上がらせたことだろう。赤ん坊が吸う乳首を。

ただし、赤ん坊はもういない。

悲しくなって、パジャマの上着をベッドの足もとに置いた。だが、ショートパンツは離さず、両手でそっともみしだいた。室内は涼しいので彼女の体温が残っているはずはないとわかっていても、まだぬくもりがあるような気がした。秘部の温かさとしめり気が。彼はショートパンツを裏返し、自分の股《また》に広げて彼自身をこすりはじめた。

何枚かの服地の上からだというのに、勃起《ぼっき》するのを感じた。デイル・ゴードンにとっては珍しい感覚だ。中学校の体育の授業で、男子生徒たちから下着をはぎ取られ、ペニスが小さいとからかわれて以来、彼は股間《こかん》にあるいやらしいものを嫌ってきた。小用を足すときにさわるのもいやだった。きれいになるまで何度もこするあいだ、持っていなければならないことも。

目を覚まして、眠っているあいだにそれが彼を裏切り、シーツがしみになったことに気づく朝は、屈辱を覚えた……夜な夜なベッドでしていた悪いことを母親に見つかった、あの朝のようなしみ。母親は不潔な考えや行ないを追い払おうと、血が出るまで彼自身を殴らせた。

ブラザー・ガブリエルは母親に賛成した。神聖な人間が肉欲に身を任せるのは呪《のろ》わしいことだか体を喜ばせるのは悪いことだ。

ら、自分を純潔に保っておかなければならない。ブラザー・ガブリエルはそう言ったし、デイル・ゴードンはいまや以前になかったほどそのことを理解していた。気をつけないと、いま経験しているこの快楽は彼をおぼれさせ、判断力を曇らせ、使命を危険にさらすからだ。

だが、ジリアン・ロイドのパジャマのズボンを自分自身にこすりつけるのは、気持ちよかった。実際、あまりにも心地いいので、やめられなかった。聖徒として恥ずかしい動物的な喜びの低いうめき声を、抑えることもできなかった。

そのせいで、彼女が目覚めた。

まずは目をあけたが、すぐには動かなかった。自分がどこにいるのかを思い出し、なぜ目覚めたのか考えている様子だった。そのあと、彼がそこにいることを感じたかのように、あわてて仰向けになった。

彼女は悲鳴をあげた。

悲鳴らしくはなかった。小さかったし、半分ほどしか声にならなかった。喉《のど》が絞めつけられていたために悲鳴がすっかり外に出ず、その大部分がまだ喉の内側にとらわれているかのようだった。

「やあ、ジリアン」

彼女ははっと息を呑《の》んだ。「ここで何をしているの？」

彼のことがわかった！　今度は彼がだれだかわかった。顔を覚えていた。間違いなくそれが彼女にとって最後に見る顔であることに、彼は喜びを覚えた。

6

「ミズ・ロイド?」

彼女は深い眠りから覚めながら、上がけをはねのけ、ガウンをつかんで寝室からよろけ出た。執拗に鳴る呼び鈴を止めさせるという理由しかないとしても、とにかく来客に応対しようと無意識に玄関へ向かった。

頭がふらふらでぼうっとしていたので、これは夢の続きではなく、自分はちゃんと目覚めてしっかりと立っており、ダラスの制服警官ふたりに向き合っていると理解するまでに数秒かかった。ぼやけた視界の隅に、ドライブウェイに駐《と》めてあるパトカーが見えた。

「ミズ・ロイド?」

彼女は顔にかかっている髪を払った。「ええ。すみません、わたし……。どんなご用?」

「わたしはルイス巡査長と申しまして、こちらはカルトレーン巡査長です」

「何かあったんですか？」

「なかに入れていただいてよろしいでしょうか？」

その瞬間、彼女はぎくりとしてすっかり目が覚めた。警察がこんな朝早くから慈善舞踏会のチケットを売りにくるはずはないからだ。家が火事だとか、頭のおかしい輩《やから》が銃を持って近所に立てこもっているとか、そのほかのさまざまな緊急事態だったら、パトカーの回転灯が明滅し、ふたりは必死に命令を発しているだろう。

そう、彼らはこれから降りかかりそうな災難を警告しにきたのではない。何か悲惨なことがすでに起こったのだ。恐ろしいことがあったからこそ、ふたりがここへ来たのだ。でなければ、ルイス巡査長とカルトレーン巡査長が家のなかへ入ってもいいかと尋ねるわけがない。こんなに彼女と目を合わせたがらないはずがない。

「何があったんです？」彼女はドアの端をつかんだ。「話してください」

ルイスは手を伸ばしたが、彼女は手を振ってそれを断わり、玄関広間へあとずさった。ふたりは彼女についてなかに入った。カルトレーンがドアを閉め、相棒がためらいがちに彼女に近づいた。「座ったほうがいいですよ、ミズ・ロイド」

「座りたくありません。何があったのか、どうしてあなた方がここへいらしたのか、知りたいんです」

彼女はふたりに厳しい視線を向けた。どうやら彼らは率直に話したほうがいいとわかったらしい。このペアの代表格のルイスが言った。「お姉さんが……。ご自宅で、その、事故にあわれまして。ゆうべか今朝早く。まだはっきりしていません」

「無事ですか？」

カルトレーンは実用向きの靴の先に目を落とした。ルイスは手で口を隠して咳払《せきばら》いしたが、せめて彼女から視線をそらさないだけの気概はあった。「いいえ。残念ながら。今朝、死体で発見されました」

破壊用の槌《つち》で肺を殴られたかのようだった。息が大きな音を立てて一気に噴出した。膝《ひざ》がくずおれた。ルイスがふたたび手を伸ばし、今度ばかりは彼女も彼にすがって、椅子に座らせてもらった。部屋が傾き、胃がむかついた。耳たぶに火がついた感じがし、黒いとばりが降りてきた。

なんとか気を失わないようにしたが、息づかいが不規則になった。水を持ってこいとルイスに命じられたカルトレーンは、キッチンを探しに主室を出られるのでほっとした様子だった。

彼女は手で口をおおった。手のひらはじっとりとしめり、指は氷さながらに冷たく震えている。目に涙があふれたが、それは驚きのせいであって、悲しみからではなかった。悲しみを感じるには、早すぎる。

とにかく、信じられなかった。こんなことが起こるはずはない。悪い夢を見ているのであって、いまに目が覚めるだろう。早く覚めてほしい。そのあとほっとして、ただの夢だったことに感謝の祈りを素早く捧《ささ》げるだろう。きょうは、あとで思い出して身震いするかもしれないし、不快な記憶をぬぐうのに役立つ取るに足りないことをしそうだ。

でも、あしたまでには、きれいさっぱり忘れているだろう。

あるいは、悪夢でないとしたら、重大な間違いだ。警察は違う家の違う人間を訪ねた。ゆゆしい失敗をおかしたのだ。こんな目にあわされたことで、ダラス市警を訴えよう。

　ううん、待って。バスケットに入った果物とチーズとスモークソーセージの詰め合わせを、警察署のあらゆる部署に送ろう。だって、間違いだとわかったら、ものすごく嬉《うれ》しいだろうから。

　だが、うるんだ目を警官に向けて、たしかかと尋ねたとき、悪夢や間違いだとする自分の幻想がまさに――幻想だと悟った。

「ご近所の方が、お姉さんは早起きだと知っていたんです。それで、今朝の七時半ごろにコーヒーを借りにいき、呼び鈴を何度も押しました。ミズ・ロイドの車が置いてあったものですから、家にいることはわかっていました。合い鍵《かぎ》の隠し場所を知っていたので、自分であけて入ったところ、寝室でお姉さんを発見したんです」

　カルトレーンが水道水をグラスに注いで戻ってきた。ルイスがそれを受け取り、彼女に渡した。何かを飲むと吐いてしまいそうだったので、彼女は口をつけずに椅子のかたわらのテーブルに置いた。

ルイスが続けた。「その隣人からあなたの名前を聞いた捜査中の警官が、事態を知らせるようわれわれをよこしたんです」

「死んだですって?」彼女は理解できないというように首を振った。「どんなふうに?」

ルイスは落ち着かなげに相棒へちらりと目をやった。ふたりとも口を開く勇気がないようだった。

「答えて」彼女はかすれた声で迫った。「先ほどのお話では……事故があったそうですね。どんな事故です? かなり苦しんだんですか? 窒息? 心臓発作かアレルギー反応を起こしたんですか? なんです?」

ルイスが言った。「あの、いいえ、違います。殺人らしいんです」

ふたたび急に息を吸いこむと、肺が耳障《みみざわ》りな音を立てた。

「すみません、ミズ・ロイド。遠まわしな言い方がなくて。お姉さんは殺されたんです。かなり無惨《むざん》に」

「無惨に?」彼女はかぼそい声で繰り返した。

「すでに捜査員が現場に到着しています。犯罪現場班はそちらへ向かっているところです」

彼女はさっと立ち上がった。「現場へ行きます」

「やめたほうがいいでしょう」ルイスがふたりのあいだの虚空《こくう》を叩《たた》きながら、あわてて言った。「お姉さんのご遺体は移送され……」

「現場へ行きます」

彼女は寝室へ駆けこみ、ガウンとネグリジェを脱ぎ捨てた。クロゼットからジーンズとシャツを取り出して身につけ、スニーカーに足を突っこんだ。財布と車のキーをつかみ、二分とたたないうちに玄関で警官に合流した。

彼女が握っている車のキーを見て、ルイスが現場まで送ろうと申し出た。

「自分で運転します」彼女は通り道から彼を押しやって言った。

「そんな状態のあなたに運転させるわけにはいきません、ミズ・ロイド。ご自身にとっても、ほかの運転者にとっても危険です。お友だちに来ていただけるなら――」

「ああ、わかりました。あなたたちの車に乗せてもらいます。でも、お願いですから、早く行きましょう」

「家が犯罪現場であることをお忘れなく」彼は言った。「なかに入れないかもしれませんよ」

「わたしを引きとめられる人がいたら、お目にかかりたいわ」

メリーナの家からジリアンの家までは、ちょうど十一分で着く。計ったことがあるのだ。だが、その時間帯にはスクールゾーンの交通規制が行なわれていた。押し黙ったカルトレーンが制限速度以下で運転したので、ふだんの三倍もかかった気がした。

ショットガンを携帯しているルイスが、途中で何度か尋ねた。「だいじょうぶですか、ミズ・ロイド?」

彼女は返事をしなかった。当然だいじょうぶではなく、彼はそれを知っていた。どうして元気ではないときに元気だと言ってやらなくてはならないの? うるさく騒がなかったのは、精神を高ぶらせるのに必要なエネルギーがなかったからだ。ショックで呆然《ぼうぜん》としていて、泣くこともできなかった。あまりに気が動転していたので、できることといえば、車のウィンドーからぼんやりと外を眺め、聞かされたけれども理解できないできごとを整理しようと試みることぐらいだった。まさか。ありえない。

ほかの人々にとって、きょうは普通の一日でしかない。母親たちは子どもを学校へと急がせている。専門職についているカップルたちは急いでスケジュールの調整をしたあと、キスをしてそれぞれ出かけていく。引退した者たちは朝刊をいっしょに読んだり、テレビのニュースを見たりしている。

ほかのだれもが、何にも苦しまず、気がかりもなく、日常生活を繰り返していた。彼女は自分の悲しみが無視されていることに憤《いきどお》りを感じた。取り消すことのできない、となんでもないできごとが、彼女の人生に起こったというのに。これから先は、いままでと同じではない。双子の姉妹を失ったことは、不変だ。一生続くのだ。だれもそれがわからないの？　人生を変えるこんな悲しい事件に世の中の人々が気づかないなんて、絶対におかしい。

きょうを普通の日として送っている人々に腹を立てるだけでなく、その無知を彼女はうらやんだ。めちゃくちゃになったスケジュールや、伝線したストッキングや、割れた爪《つめ》がその日の重大事件だったころへ時計を巻き戻せればと、切に願った。きのう、ゆうべ、一時間前に戻りたかった。身に降りかかろうとする悲劇を知らずに、幸せに包まれてやすらかに眠っていたときへ。

だが、彼女はまた願望に基づいたことを考えていた。これは正真正銘の現実なのだ。角を曲がって殺人が起こったブロックへ入ったときに、証明されたとおり。道路には救急車やパトカーが何台か乱雑に駐めてあった。犯罪現場用の黄色いテープが、しゃれた白い雨戸と艶光《つやびか》りした黒いドアのある家の周囲に張りめぐらされている。制服警官や婦人警官がさまざまな仕事をしていた。あるいは、忙しいふりをしてやたら動きまわっているのかもしれない。両側の道路の歩道に沿って、近所の人たちが三々五々たたずんでいた。何人かはすでに警察から質問されている。

「これまでのところ目撃者はいません」ルイスが彼女の視線に気づいて知らせた。

道路が混雑しているため、カルトレーンが運転するパトカーはのろのろと進まざるをえず、やがてぴたりと停まってしまった。「クラクションを鳴らすか何かできないの?」彼女はいらいらして訊《き》いた。

「申しわけありません、ミズ・ロイド。あいにく犯罪現場はいつも混雑するんです」

自転車に乗った子どもがパトカーを抜かし、後輪だけで走っていったとき、彼女の忍耐は極限に達した。「ねえ、お願い」彼女は叫んだ。「ここから出して」

ルイスは彼女が自制できなくなりかけていることを感じたにちがいない。できるだけ縁石へ寄せるようにとカルトレーンに身ぶりで示した。ルイスが車から出て後部のドアをあけるやいなや、彼女は彼を押しのけ、野次馬たちの好奇心あふれる視線を無視して家まで走った。

テープの下をくぐったとき、何人かの警官が止まれと叫びながら駆けてきた。それをものともせずに、彼女は芝生を全速力で走った。玄関を抜け、玄関広間へ入る。そこで三人の警官につかまれ、行く手をはばまれた。

「会わなくちゃ……。放して!」

息を切らしながらルイスが駆けこんできた。「被害者の妹さんだ」

「双子なのよ!」彼女は訂正したが、自分の耳にも錯乱した女性の常軌を逸した叫び声に聞こえた。「会いたいの。お願い、入れて。会わなくちゃ」

「実のところ、ご覧にならないほうがいいですよ、ミズ・ロイド。いまは」私服刑事が近づき、バッジをちらりと見せた。「殺人捜査課のローソン部長刑事です」

「通して、お願い。お願いします」

「亡《な》くなったことを確認したいお気持ちはわかります、ミズ・ロイド。信じてください、わたしが確認しました」

「じゃ、会うだけ会わせて」

彼はきっぱり首を振ったが、声は穏やかなままだった。「専門の職員たちが証拠を集めているところなんです。そこに入る人数が少ないほど」頭をさっと動かして廊下の先の寝室を示しながら、言った。「現場が荒らされませんし、容疑者を捕まえる手がかりを得られる可能性が高くなります。だれがジリアンを殺したのか知りたいでしょう？その理由も。そうですよね？」

刑事の説得法は「心理学１０１」の教えどおりだった。どうやら彼はむごたらしい犯罪による犠牲者の、我を失った身内を扱った経験があるらしい。いずれにせよ、その冷静な態度のおかげで彼女は落ち着き、押さえつけている警官たちに抵抗するのをやめた。

彼女に向けられたローソンの目には、催眠術めいた力があった。ほかのときだったら、この男はこんなふうになだめられなかっただろうが、彼女は自分がだれかに抑制してもらいたがっていることに気づいていた。警告もなく急に混沌《こんとん》のなかへ突き落とされた自分の人生の秩序を、形だけでもだれかに整えてもらいたかった。

「協力して答えを見つけましょう。いいですね？」ローソンは尋ねた。

彼女はこっくりとうなずいた。

「よかった。こんなことをしたのがだれにせよ、逮捕して起訴し、有罪にしたいと思っています。ですから、現場に立ち入らないのがいちばんなんです。でないと、現場が台なしになって、お姉さんを殺したのがだれであれ、逃げおおせてしまうかもしれません」

「いやです……」彼女は感極まって言葉を切り、唾《つば》を飲みこんだ。「犯人を逃がすなんて、いやです。捕まえて罰してもらいたいんです」

「では、合意に達しましたね」彼がぶっきらぼうに合図すると、警官たちは用心深く彼女から手を離し、数歩あとずさった。

彼女は両手をしっかり握り、まさに自分をしっかりさせようとした。「何が起こったのかご存じですか？」

彼はリビングのほうへ彼女を誘《いざな》った。「座りませんか？　うかがいたいこともありますし」

ドア枠から指紋を採取している専門職員に邪魔されて、寝室のなかは見えなかった。彼女はそこで何を見ても平気だと自分を信じこませていたのかもしれない。テレビや映画で同じような場面を見てはいても、厳しい現実に直面する心の準備はできていなかった。こんな状況に置かれるのは、想像したり映像で描かれたりすることなど比べものにならないほどひどかった。あらゆる知覚が強烈に刺激された。慣れない光景や音に加えて、初めて嗅《か》ぐ臭《にお》いが不快だった。

ソファに座ると、ローソンが何かほしいかと尋ねた。彼女は首を振った。

「飲み物も？」

「ええ、けっこうです」

刑事はソファの前のオットマンに腰かけた。「連絡するべき人は、いますか？」

「わたしの――」涙がどっと出た。それまで目は乾いていたのに、次の瞬間、涙があふれて頬を伝った。鼻水が流れてきた。クリネックスを持ってくるようにとローソンが婦人警官に合図すると、さっそく箱が用意された。

彼女は目を拭《ふ》き、鼻をかんだ。「姉に電話しなければと言おうとしたんです。というのも、とても仲がいい――よかった――ので」

顔をゆがめて、彼はうなずいた。「ご両親は？」

「他界しています」

「ほかのごきょうだいは？」

「いません」彼女はから咳をしながら言った。「わたしたちふたりだけでした」

刑事は顔をしかめて遺憾の意を表した。「つらいでしょうが、ミズ・ロイド。遺体を確認していただかなければなりません」

　彼女はごくりと唾を飲んだが、うなずいて承諾した。

「発見した隣家の方が、すぐに確認はしています。でも、あなた方はそっくりですからね」

「何があったんです、刑事さん？」役職名を思い出せなかったが、彼は訂正しなかった。

　ローソンの第一印象は、四角い体型だということだった。箱のような胴体を、数センチ丈が足りずワンサイズ小さいジャケットに押しこんでいた。クルーカットなので、頭も四角く見える。首が太く、濃い眉《まゆ》がひたいを一直線に走っていた。

　以前は運動選手だったのかもしれない。フットボールの前衛か、レスラー。その巨体には品がなく、目は厭世《えんせい》的でやや皮肉っぽい。だが、彼女に対する態度は親切で思いやりがあった。

「隠しはしませんよ、ミズ・ロイド。無惨な手口でした。鋭い凶器で殺されたんです。おそらく、ナイフで」

「刺されたんですか？」

「何度も」

　彼女は低いうめき声を漏らした。腕組みをし、体をふたつ折りにして前後に少し揺らした。新たな涙をこらえようと、目をぎゅっとつぶった。

「すみません」刑事はつぶやいた。「本当にどなたかに付き添ってもらわなくていいんですか？」

彼女は激しく首を振って、その提案を拒否した。「レイプされたんでしょうか？」

「検屍官《けんしかん》がいま遺体を調べているところです。まず写真を撮りまして、死体保管所に移してから、本格的な検屍が――」

「刑事さん」彼女はさえぎった。「レイプされたんですか？」

「正直なところ、わからないんです。性的な暴行を受けたようには見えませんが、現時点では明確にできないことをご理解ください」

「正直に話してくださって、ありがとうございます」

ローソンはオットマンの上で体重を移し、胸ポケットからメモ帳とペンを取り出した。

「いくつかの質問に答えていただけますか？」

「もちろん。どんなことでもお手伝いしますが、いますぐでなければなりませんか？」

「動機を早く見つけるほど、どこから容疑者を探しはじめたらいいかわかりますから」

「どうしてわたしに殺人犯の動機がわかるんです？」

「まずはお姉さんの日常生活、友人、知人、職種などを調べます。そこから割り出すんですよ」

納得したことをうなずいて示しながら、目を拭いて鼻をかんだあと、彼女は手を小さく動かして、質問を始めるよう促した。

「彼女にはあなたがご存じの敵がいましたか?」

「いいえ」

「嫉妬《しっと》深い別れたご主人は?」

「結婚したことはありません」

「嫉妬深い元の恋人やボーイフレンドは?」

「いいえ」

「以前の雇用主とか、意地の悪い同僚は?」

「だれともうまくやっていました」

「あなたがご存じのかぎりでは」

「ミスター・ローソン、姉に敵がいたとすれば、わたしが知っているはずです」

「あなたになんでも話したんですか?」

「ええ」

「私生活の細部まで?」

「ひとつ残らず話したかどうかはわかりませんが、深刻で重大な秘密を隠しておいたはずはないんです。わたしも姉に対してそうでしたから。わたしたちはたったひと言交わしただけで、電話でさえも、互いの気分を察することができたんですよ。姉が何かやだれかのことで悩んでいたら、ぴんときていたでしょう。なんというか……テレパシーで。心がちゃんと読めたんです。双子にはよくある現象なんですが」

「それは聞いたことがあります。ストーカーの話はしていましたか？」

彼女はため息をついた。彼には耳がないの？

「不愉快な相手は？　迷惑なくらいつきまとった人は？」「いいえ」

「いいえ」

「お姉さんに悪意をいだいていたかもしれない人間は、だれも思いつかない？」

「だれひとり」

彼はペンでメモ帳を叩《たた》き、頰の内側をかんだ。

「なんです？」彼女は尋ねた。

彼はオットマンの上で体重をかけかえた。「あのですね、行きあたりばったりに襲ったとは考えられないんです。ありふれた住居侵入や強盗ではないでしょう。あとであなたに部屋を見てまわってたしかめてもらいますが、何も荒らされたり盗まれたりしていないようです。ベッド脇《わき》のナイトテーブルには、ルビーのペンダントもありました。目につきやすいところに置いてあったんです。強盗が見すごすはずはありません」

「ジェムからのプレゼントでした。ゆうべ、持ってきたんです」

「ジェム？」

刑事の耳がぴんと立ったような気がした。彼はそばに立って話を聞いている警官たちに、意味ありげな目配せをした。

「ジェム・ヘニングズです」彼女は力なく首を振った。「これまで彼の話をしなかったなんて、どうかしているわ。すっかり忘れていました。これっぽっちも——」

「だれです？」

「姉が会っていた男性です」

「ボーイフレンド？」

「ええ」

「連絡先の電話番号はわかりますか？」

彼女はびっくりして周囲の警官たちに目をやった。「ええ、でも……ジェムが関係しているはずはありません」

「それでも、やはり知らせるべきでは？　そうでしょう？　しかも、ゆうべここへ来たなら、どうしても話をうかがわないと」

彼女はジェム・ヘニングズが勤める株式仲買会社の名を伝えた。「そこに朝早く出社しています。ニューヨーク市場が開く前に」

「では、いまごろは会社にいるはずですね」ローソンは電話をかけるようカルトレーンに命じた。「ここへ呼び出すだけにしろ。何が起こったかは言うな」

彼女は制服警官が携帯電話を手にしてその場から去るのを眺めた。ローソンに目を戻して、言った。「ずいぶん残酷ではありませんか?」

「お姉さんの身に起こったことだってずいぶん残酷ですよ、ミズ・ロイド。強盗が目的ではないとするのは、そのせいでもあります。強盗というのは、見つかったら動転してすぐさま飛びかかることが多いんです。思わず行動して、だれかを殺してしまいます。計画性はありません」

彼女は寝室をちらりと見て、静かに言った。「これは違うんですか? 計画のうえだとお考えなんですか?」

彼はしかめっ面《つら》でうなずいた。「お姉さんは……ねらわれたんです。第六感だけではありません。証拠からわかるんですよ」

「どんな証拠?」

カルトレーンが部屋に入ってきて、初めて口を開いた。「ヘニングズがこちらへ向かっています」

ローソンは警官の知らせを聞いたことをうなずいて示したが、目は彼女から離さなかった。「お姉さんとミスター・ヘニングズとのおつきあいは、どんなでしたか?」

「互いに特定の相手としてつきあっていました」

「特定の相手としてつきあって、どのくらいたちます?」

「ええっと……」彼女は心のなかで計算した。「およそ一年です」

「親密な関係でしたか？」

「ふたりが寝ていたかというご質問ですか？」彼女はつっけんどんに尋ねた。彼がうなずいたので、言った。「性的な関係はありました、ええ。それが大事なことなんですか、ミスター・ローソン？」

「かもしれません。ヘニングズはどんな人です？」

「どんな？　成功していますよ。やり手で、ハンサムです」

「人種は？」

彼女は戸惑って刑事を見た。「わかりません。ヘニングズという苗字《みようじ》はアイルランドかイギリスに多いですよね？　正直なところ、それが大事だとは思えませんけど」彼女は苛立《いらだ》ちをわずかにあらわにして言った。

「お姉さんが会っていたのは、たしかにヘニングズだけでしょうか？」

「何をおっしゃりたいんです？」

「あなたのご意見では、ヘニングズは嫉妬深いたちですか？」

「さあ。そうかもしれません。なぜです？　ローソン刑事さん――」

廊下にきしるストレッチャーの車輪の音が聞こえたので、彼女は言葉を切った。思わず立ち上がり、無意識のうちにたどたどしく何歩か進んだところで、安楽椅子《いす》の背をつかんで体を支えた。遺体はファスナーつきの袋に入れられ、ストレッチャーに固定されていた。

「見たいわ」

検屍官が遺体をダウンタウンに運んで正式な身元確認の準備をするまで待ったほうがいいと、ローソンが助言した。

「見たいわ」彼女は繰り返した。

長いあいだためらったあとで、ローソンはしぶしぶ認めた。彼女に寄り添い、廊下の幅ぎりぎりに運ばれるストレッチャーのほうへ近づいた。彼がうなずくと、検屍官は顔だけが見えるようファスナーを開いた。

あまりにも静かな青白い顔で、蠟《ろう》でできているかのようだった。自分の顔そのものでもあったが、透き通るような白い肌に茶色いしみがいくつもついていた。しばし戸惑ったあとで、飛び散った血が乾いたものだと気づいた。

現実が貨物列車さながらの勢いで押し寄せてきた。膝《ひざ》が萎《な》えるのを感じた。「吐きそう」

7

「ミズ・ロイド?」婦人警官がトイレのドアをそっと叩いた。「だいじょうぶですか?」

だいじょうぶ?　わたしはだいじょうぶなの?　いいえ、とんでもない、だいじょうぶであるはずがないでしょう。彼女は皮肉な考えを声に出さなかった。この婦人警官に悪気はないのだから。「心配しないで」彼女は答えた。「もうすぐ出るわ」

悪心《おしん》を感じていたのだが、吐き気はもうおさまっており、体だけでなく心もからっぽになったようだった。冷たい水で顔と首を拭き、うがいをして、手を洗った。ぞっとするような顔をしていたが、それを気にする理由はひとつも考えつかなかった。

トイレのドアをあけたとき、婦人警官が思いやりにあふれた笑みを浮かべた。「何かご希望はありますか?」

「ええ。ローソン刑事さんとお話ししたいの」

婦人警官にともなわれて主室へ戻ると、刑事は窓の前にひざまずいていた。外で見つかった足跡について、別の警官が彼に説明している。「塵《ちり》集めはこれから行ないます。

足跡の型はすでに取りました。土も採取しているところです」

「キッチンのグラスは？」

「もう袋に入れてあります」

ローソンは関節炎にかかっているらしい膝をかばいながら立ち上がり、うなずいた。

婦人警官が彼の注意を引いた。「ミズ・ロイドがお話ししたいそうです」

「わかった」

刑事が近づいてきたとき、彼女は予想される議論に備えて心を引き締めた。「寝室を見たいんです」

彼は首を振った。「それはお勧めできません」

「ジリアンがねらわれたことを示す証拠があるとおっしゃったでしょう。わたしがそれを見れば、事件の解明に役立つかもしれません」

「写真ができてきますから」

「なぜそれまで待つんです？」

「きれいじゃないんですよ」

「わたしはかよわい女じゃありません。そこが血だらけなのはわかっています。姉の顔に血が飛んでいましたから。それに、何度も刺されたとうかがいました。想像はつきます」

「すべては無理です」彼はしばらく目を伏せたあとで、すまなそうに視線を戻した。

「あなたの負担になりすぎると思って、控えておいたことがありまして」

いったい何を隠したのだろう。どれほどひどいことなの？　彼女は刑事をじっと見つめ、何も隠さないでと無言で要求した。

「寝室の壁に文字が書いてあったんですよ」

「文字が？」

「どうやら男が――窓の外で発見した足跡の大きさからして、容疑者は男性です。男がタオルをお姉さんの血にひたして……その、猥褻《わいせつ》な言葉を壁に書き殴ったようでしてね」

胃が大波のうねりさながらに上下した。だが、彼女は最悪の部分を見る覚悟だった。そうしなかったら、これから何年間もその場面を脳裏に描き続けるだろう。心に浮かぶ映像ではなく、実物を見たかった。抽象概念ではなく、現実でなければならない。この事件を乗り越え、願わくはやがて心の奥底にひっそりとしまいこむために、現場を見なければならないのだ。いまそれに直面し対処しなかったら、いつまでも片がつかないだろう。わけのわからない不安が常に残って、永久に悩むにちがいない。

「姉がどこでどう亡《な》くなったのか見なければならないんです、刑事さん」

犯罪現場班は仕事を終えていた。道具をヴァンに積んで去り、仕事の上では現場を殺人捜査課の刑事に委《ゆだ》ねていた。いまやその部屋にだれが出入りするかについての決定権は、ローソンにある。

経験豊かな刑事が彼女の目の奥をのぞくと、その落ち着いた視線には決意のほどがありありと感じられた。彼は口論に負けることになるのを認めるように、ため息をついた。身ぶりで廊下をさし示し、寝室の入口で立ち止まって、彼女が追いつくのを待った。彼女は最悪の事態に備えて気を引き締め、寝室に足を踏み入れた。

実のところ、現場を超然と眺めるのはわりあい簡単だった。これまでの生活を物語るものが、何ひとつなかったからだ。まったく比べようもなかった。見たこともないくらいひどく荒らされており、以前の部屋とは似ても似つかなかった。

彼女の体にとっては、冷たい水に飛びこんだかのような衝撃だった。体を麻痺《まひ》させる要素は、防御反応を起こす要素でもある。あらゆる感覚がたちまち凍りついてしまったので、痛みはなかった。姉の死の床を見ても、感情は抑圧されたままだった。それこそ、感受性がこうした攻撃に耐える唯一《ゆいいつ》の方法なのだ。

発見された状態を写真に撮られたあとで、シーツ類はベッドからはがされて袋に入れられ、検査のために科学捜査研究所へ送られた。だが、マットレスの中央には、まだ完全に乾いていない血のしみがあった。

彼女はそれを凝視し、恐ろしさに立ちすくんだ。

「犯人は、あなたがいまいるところに立っていたと思われます」ローソンが言った。「靴について外から入ってきたにちがいない土が、そこの床にぱらぱらとこぼれていたんです。被害者はたぶん眠っていたでしょう」

「そうであることを願います」彼女の言葉は半分ほどしか聞き取れなかった。

「仰向けで発見されました。全裸で。それが普通でしたか？　寝るときはたいていそんなふうだったんでしょうか？」

「そうだと思います。いつもじゃありませんが」

「ベッドの上にパジャマの上着がのっていましたが、ズボンはなかったんです」

彼女は詳しい説明を求めて刑事を見たが、彼はつと目をそらした。「腕や手に抵抗したことを示す傷はありませんでした。即死のようです。いくらかでも慰めになれば」

彼女は視線をマットレスからナイトテーブルに移した。指紋採取のために粉がかけられている。その粉がルビーのペンダントを汚していた。彼女は目に問いかけをこめてローソンを見やった。

「ええ、どうぞ」彼は言った。

彼女はペンダントを取り、ぎゅっと握り締めた。

いやでも壁が目に入った。気づかないわけにはいかなかった。書かれた文字は大きくて整っていた。血が細く流れ落ちているのをのぞけば。時間をかけて言い分を書いた殺人犯は、心地よかったことだろう。

〝売春婦。あばずれ。合いの子とやる女〟

彼女はその文字を見て、こんなことをしたのは心を病んだ人間だろうと最初に思い、これほど救いがたいまでに人の精神が異常をきたしてしまうことに恐ろしさを感じ、抑制の利《き》かない怒りに驚きを覚えた。

そのあと、意味に注意を集中して言葉を読み返した。

それが言わんとしていることにぴんと来て、一瞬ぎくりとした。まぶしい明かりに照らされたかのように、はっと思いあたった。目をおおってあとずさりまでしながら、叫んだ。「ああ、なんてこと。ああ、なんてことなの！」

くるりときびすを返して部屋を飛び出そうとしたが、ローソンに真っ正面からぶつかった。「ミズ・ロイド？　どうしたんです？　何なんです？」

「ああ、こんなことって！」彼女は大声をあげた。「わたしをねらったんだわ！　本当はわたしだったのよ！」

彼女はふらつく足どりで廊下へ出ながら刑事の手を振り払おうとしたが、彼の力のほうが強いため放してもらえなかった。寝室の外に出ると、壁に押しつけられた。彼女は目を閉じたが、だからといって涙は止まらなかった。喉《のど》から漏れ出る泣き声を抑えようと、下唇をかんだ。

ローソンは彼女の肩をつかんで軽く揺さぶった。「話してください。あの言葉がどうしたんです？　どんな意味なんです？」

玄関で別の騒動が起こった。「入れてくれ。ここへ来るように言われたんだ。何かあったのか？　どうなってるんだ？」ジェム・ヘニングズが、立ちはだかる制服警官を押しのけようとしていた。

「ミスター・ヘニングズ？」ローソン刑事が大声で言った。

「きみたちはいったいだれだ？」

ローソン刑事がぶっきらぼうに手を動かすと、ほかの警官たちはジェム・ヘニングズを通した。大股《おおまた》で近づいてきたヘニングズに、刑事はバッジを見せた。「ダラス市警です」

すっかり当惑したジェムは刑事の脇《わき》をすり抜け、彼女の手を取った。「どうしたんだい、ジリアン、幽霊みたいに青白い顔をして。だいじょうぶか？　いったいどうなってるんだ？」

彼女が返事をしないうちにローソンが言った。「ジリアンは救急車で運ばれました」

「救急——。どうして？」ジェムは彼女に視線を戻した。「メリーナ？　どうかしたのかい？　ジリアンに何があったんだ？」だれも何も言わなかった。次に口を開いたとき、彼の声は甲高かった。「頼むから、いったいどうなってるのかだれか教えてくれ」

「こんなことをお知らせするのは心苦しいんですが、ミスター・ヘニングズ」説明する刑事にジェムは顔を向けた。「ジリアンは亡くなりました。今朝、ベッドで殺されているところを発見されたんです」

ジェムは口をあけたが、声は出なかった。よろよろと一、二歩あとずさり、信じられないという顔でふたりをぽかんと眺めた。それから、この驚くべき知らせに異を唱えさせようとするかのように、まだ玄関付近に群がっているほかの警官たちのほうを向いた。

やがて、彼はあえぎながらも言った。「そんなこと、あるはずがない」

彼らの陰鬱《いんうつ》な表情を見て納得したのか、ジェムは片手をしばらく口にあててから、顎《あご》へとなで下ろした。

「腰を下ろされたらいかがです、ミスター・ヘニングズ？」

彼は首を振った。「話では……殺されただって？」ジェムはふたりの向こうへ視線を漂わせたあとで、彼らが行動を起こす間もなくその前をさっと通りすぎた。

「待ってください！」

「ジェム！」

ふたりは手を出したが、空《くう》をつかんだだけだった。どちらも彼を止められなかった。

だが、彼は寝室の入口ではっと立ち止まった。「ああ、そんな」彼はうめいた。「ああ、まさか」彼は両手で頭をかかえた。

「ジェム、ごめんなさい」

「メリーナ……？　何が……？」

彼女は彼の背後へ行き、両肩に手をのせた。「来て、ジェム。いっしょに座りましょう。そばにいてほしいの。わたしたちにはお互いが必要だわ」

彼のすすり泣きを聞くのはつらかった。いくらかせき立てなければならなかったが、彼女はなんとか彼の向きを変えた。寄りかかり合って、よろめきながらリビングへ入り、ソファに並んで座った。ジェムは彼女の手を探ってぎゅっとつかみ、唇をあてて関節にキスをした。

「メリーナ、かわいそうに。ああ、なんて気の毒な。きみが彼女を見つけたのかい？」

「朝早くコーヒーを借りにきた隣の人よ」

彼女はジェムの目にたまっている涙を見て、胸を突かれた。

ありがたいことに、ローソンはふたりが慰め合う時間を少しくれた。しばらくして、先ほどと同じようにオットマンに腰かけた。分厚い肩を丸めた姿は不格好で、スイレンにしゃがんでいるカエルそっくりだった。

ジェムは落ち着いてきた。ハンカチで顔を拭《ふ》いてから、ローソンに話しかけた。「何があったんです？」

刑事は判明した事実の概要をジェムに話した。「多くの刺し傷があり、そのうちのいくつかが致命傷になったにちがいありません。報復ではないかと思われます。間違いなく、激怒による行為です」

「ジリアンに腹を立てる人間がいるとでも?」

「それを見つけるのはわたしたちです。なんでも話していただければ、役立つかもしれません」ジェムが曖昧《あいまい》にうなずき、ローソンが続けた。「最後に彼女と話をしたのは?」

「ゆうべだよ。プレゼントを持ってここへ来たんだ。ルビーのペンダントを」

「それはナイトテーブルの上で見つかりました」

「わたしが持っているわ、ジェム」彼女は手を開いた。宝石のハートの形が手のひらについていた。

ジェムはそれを手に取り、なつかしむような笑みを浮かべた。「これをつけた彼女はきれいだったよ。ぼくが帰るとき、つけてたんだ」

「それは何時です?」ローソンが訊《き》いた。

「ええっと、九時ごろかな」彼はこめかみをこすりながら答えた。「いま質問を受けなくちゃならないかな? 少し時間がほしいんだけど」

「あといくつかのことに答えていただけると、ありがたいんです」ジェムはしぶしぶ、続けるようにと刑事に合図した。「ここにはどのくらいいましたか?」

「長くはなかった。ぼくが来たとき、ジリアンは寝る仕度を終えてたんだ。プレゼントを渡して帰ったよ」

「ただプレゼントを渡して帰ったんですか？」

「簡単に言えば」

ローソンはしばし黙っていたが、そのあいだにジェムを値踏みした。「それは高価な宝石でしょう、ミスター・ヘニングズ。ゆうべは特別な日だったんですか？」

「ああ」

「いっしょにすごしたいような？」

「ふたりにとっては」

「ふたりにとっては」

「そのとおり」

矛盾について考えこむかのように、ローソンは下唇を引っ張った。「では、あなたは来て帰っただけですね。九時ごろに」

「ああ」

「そして、あなたがここへ来たとき、ミズ・ロイドは寝る仕度を終えていたと言うんですね？」

「彼女はとても疲れてたんだ。いろいろなことがあった日だったから。もうパジャマを着てたよ」

「パジャマを」

「ぼくははっきり話してないかい、ローソン刑事？ それとも、あなたの耳が悪いのかな？」ジェムは苛立《いらだ》たしげに訊いた。「どうしてぼくの返事を繰り返すんだ？ まったく！ フィアンセが殺されたというのに――」

「フィアンセ？」

「フィアンセ？」

彼女とローソンはどちらも驚きを隠せず、同時に言った。

「婚約していたんですか？」刑事が尋ねた。

それを無視して、ジェムはくやしそうな顔を彼女に向けた。「いい知らせになるはずだったんだけどね、メリーナ。こんな悲惨な状態のときに話さなくちゃならないなんて、残念だよ」

「婚約していたの？」彼女は疑問を繰り返した。

「きみたちが互いになんでも打ち明け合ってたのは知ってるよ。でも、ジリアンとぼくは恋人同士として協定を結んで、しばらくはだれにも話さないことに決めたんだ」

「いつそうしたの？」

「数週間前」

「挙式の日は決めていた？」

「まだだよ。大事なものから順番にやってたから」

ジェムが意味ありげな顔をしたので、彼女は人工授精のことをさしているのだと気づいた。どうやら彼はそのことをローソンの前で話題にしたくなさそうだった。「わかったわ」

「秘密にしとくのはつらかったよ」彼は悲しげな笑みを浮かべて言った。「とりわけ、きみに」

「でしょうね」

「被害者の指に婚約指輪はありませんでしたよ」ローソンが指摘した。「たしかにそれは公式なことで、ミズ・ロイドはあなたと結婚することに同意していたんですか?」

ジェムは刑事のほうを向いた。「もちろん、たしかだとも。どう思ってるんだい? ぼくがでっち上げてるとでも?」

ローソンは肩をすくめた。「そうなんですか?」

「どうしてそんなことをするんだ?」

「殺人捜査課の刑事としては、ベッドに入るころに高価なプレゼントを持ってきたのに夜をすごさなかったボーイフレンドよりも、フィアンセのほうを信じるかもしれませんからね。あなたはゆうべジリアンに追い出され、泊まるよう誘われなかったことに、腹を立てましたか?」

ジェムが勢いよく立ち上がった。「ぼくがやったと思ってるのか？」彼はいきりたって寝室を指さしながら叫んだ。「彼女を愛してたのに。彼女はぼくの妻になるはずだったんだ」

「ジェム」

「落ち着いて、ミスター・ヘニングズ」ローソンはジェムの怒りの爆発にひるまなかった。「だれもあなたのことを非難などしていませんよ。わたしはただ可能性を口にしたまでです」

「そんな可能性は不愉快だ」

「あなたのお話を正しく理解できているかどうか、たしかめたかっただけなんです」

「〝お話〟じゃない。真実だ」

「わかりました。座ってください」

ジェムは怒りをたぎらせ、いまにもつかみかからんばかりだったが、ふたたび座った。

「きみも厳しい尋問を受けたのかい、メリーナ？」

「いくつかの質問に答えなくちゃならなかったわ、ええ」

ローソンはジェムが怒り出さなかったかのように続けた。「ミズ・ロイドはパジャマを着ていたとおっしゃいましたね」

「ああ」ジェムは小声で言った。「ボクサーショーツと、おそろいの上着を」

「発見されたときは何も着ていなかったんですよ」

「だったら、ベッドに入るときに脱いだにちがいない」

「上着は見つかりました。ズボンはなかったんです」

ジェムは体をこわばらせた。「ジリアンとぼくを侮辱しようとしてるんだな」

「そんなつもりはありませんよ。どうしてそれほど自分を守ろうとするんです?」ジェムが反発もあらわに黙っていると、ローソンは質問を再開した。「ここを出たあとは、まっすぐ帰宅しましたか?」

「ああ」

「それを証明できる人は?」

「マンションのドアマンだ。ぼくが住んでるのは、オーク・レーンにある高層ビルでね。駐車場の係員に車を預けた。今朝ぼくが仕事に出かけるまで、車はガレージにあったよ。調べればいい」

「そうします」

「そんなことをする必要はありません、ローソン刑事さん。時間の無駄です」

ジェムは彼女のほうへ首をめぐらせた。「どういう意味だい、メリーナ?」

彼女の静かな声だけでなく、その内容にも、ジェムとローソンは驚いていた。室内にいるほかの警官たちですら、動きを止めて耳を傾けた。非常に親切だった婦人警官は、期待するように彼女を見つめている。

彼女は刑事に言った。「ジェムのマンションの職員にたしかめる必要はありません。わたしが彼の話を証明できます」

「メリーナ、何を――」

動転したジェムの抗議を、彼女は首を振ってさえぎった。「あなたがゆうべ九時にここへ来たことを、わたしは知っているの。あなたは九時十五分ごろに帰ったわ。そのあと……あなたが帰ったあと、わたしはトリートメントした髪を洗い流したのよ」

彼はしばらくキツネにつままれたかのように彼女を見つめた。やがて、彼の唇が声にならない驚きを発した。「あれは……」

「わたしだったの」彼女は小さな声で言った。「ゆうべあなたとここにいたのは、わたしだったのよ」ジェムがまだ呆気《あっけ》にとられていて話せないので、彼女は刑事のほうを向いた。刑事はいまや驚きと疑いがないまぜになった目で彼女を見ていた。

「子どものころ、わたしたち姉妹はよく入れかわったんです」彼女は説明した。「ベビーシッターや、学校の先生や、友だちや、親戚《しんせき》までだましました。わたしたちにとっては子どもの遊びで、ばれずにできるかどうかをたしかめるいたずらでした。いつもうまくいったんですよ」そこで、ジェムに向き直った。ジェムはまだいかにも信じられないという目で彼女を見ていた。「いまもできるみたいね」

ジェムはようやく声に出して、口ごもりながら言った。「でも……ぼくはきみにキスをしたよ」

「激しくならないうちに、わたしがやめたでしょう。覚えている？」

それでも彼は煙に巻かれたままだった。「でも、どうして？　どうして、ゆうべ？」

彼女は深く息を吸った。「わたしの考えだったの。ばかげた、つまらない気まぐれね。きのうのランチのときに提案したのよ。ジリアンはちゃんとした理由をあげて、断わったわ。もう子どもじゃないからって。でも、わたしがあとで電話して、無理強いしたの。気分がよくないと言って。実はそんなことなかったんだけど、わたしがなかなか引き下がらなかったので、彼女は結局ゆうべだけ入れかわることに同意したわ。あなたとここにいたのはわたしよ、ジェム。彼女はわたしの依頼人をエスコートしたの」

「〝エスコート〟というのは、どういう意味です？」ローソンが知りたがった。

彼女は仕事について刑事に説明した。「ゆうべ、わたしはクリストファー・ハート大佐のお世話をすることになっていて――」

「宇宙飛行士の？」ジェムが口をはさんだ。

彼女はうなずいた。「アドルファスでの晩餐会《ばんさん》にお連れして、記者会見をすませる手伝いなどをすることになっていました」涙で目が曇ってきた。「ジリアンはわたしの代わりに行ったんです。だから、わたしは壁に書かれた文字にあんなに取り乱したんです」

ローソンはその言葉に納得し、ゆっくりとうなずいた。「合いの子。クリストファー・ハート。彼にはアメリカ先住民の血が流れているんですよね？」

「姉の殺人がなんらかの形で彼とつながっているなら、殺されるのはわたしだったはずです」

「ちょっと待って」ジェムは狼狽《ろうばい》し、気色《けしき》ばんでいた。「なるほど、ハートのことをさしてるのはわかる。明らかだからね。でも、残りは、あの……ジリアンに対するあの卑猥《ひわい》な言葉は。あれはどんな意味なんだろう？」

ローソンは鼻をすすり、メモ帳に視線を落とした。

ジェムの声が一オクターブ上がった。「メリーナ。あれはどんな意味なんだい？」

それは理解できる質問だった。彼がそう尋ねるのは当然のことだ。だが、刑事と同じく、彼女はジェム・ヘニングズの目を心穏やかに見られなかった。

8

「新たに申し上げることは本当にないんですよ」チーフは、コーヒーカップにお代わりを注いでくれたウェイターにうなずいて謝意を伝えた。コーヒーがほしかったのだ。ひどい気分だった。目が覚めたときからいつもの元気がなく、その後も調子はよくならなかった。時間を無駄にする迷惑なこのロングツリーやアボットとの話し合いは、機嫌の悪さにいっそう拍車をかけるだけだった。

「いやあ、それは残念です」アボットが言った。「ロングツリー族長も同じご意見だと思いますよ」

ロングツリーは無言だったが、まばたきもせずにチーフの顔を見据えたままでいた。その厳しい視線にさらされてもじもじしないよう、チーフは気を引き締めなければならなかった。「わたしに興味を持っていただいたのが嬉《うれ》しくないわけではありません」彼は言った。「ありがたいくらいです。それに、NAAの目的は素晴らしいと思います。きわめて価値ある主張ですし、世の中に訴えていくべきものです。ただ……」

くそっ。依頼を断わるには、自分のせいにするか彼らを侮辱するしかなく、どちらかを選ばざるをえない状況に置かれていることが恨めしかった。これについていま考えなければならないことも恨めしかった。実のところ、考えたいのはゆうべのことだけなのに。

「まだ何も決めていないんですよ」彼はそっけなく言った。「将来はそんなふうなんです。将来は。NASAを退職することが公《おおやけ》に決まるまでは、将来について話し合う必要は感じていません」

「でも、将来の計画を立てるとき、わたしたちの申し出を考慮してくださいますか?」

アボットが迫った。「せめてもう一度お願いにあがってもよろしいでしょうか? ええと、六十日ほどたったころに」

ふたたび、チーフは言い抜けをしなければならなかった。「どんな道を選ぶにせよ、何をすることに決めるにせよ、束縛されたくないんです。悪気はないんですが、ミスター・アボット、わたしは――」

「アメリカ先住民といっしょにされたくないんですね」

チーフは、この三十分間で初めて口を開いたロングツリーのほうを向いた。「そうは言っていません」

「ですが、それを伝えたいのでしょう。非常にたくさんの言葉を使って」

チーフはできるかぎりの努力をしてきた。それでも、結局はすでに彼らを傷つけていた。ロングツリーはチーフが遠まわしな表現をしているとわかっているのだ。だったら、差別的な発言を避けなくたっていいじゃないか？　たわごとをいっさいやめ、ここで、いますぐこの話し合いを終わりにし、みんなの時間を大いに節約したらどうだ？　そもそも、こんな話し合いに応じる義理などないのだから。何ひとつ。ほんのわずかさえも。

「ええ、ロングツリー族長、それをお伝えしたいんです。ざっくばらんに申しますと、あなた方が新たに設立する団体に参加するのは気が進まないんですよ。純粋な気持ちで参加できれば、称賛に値するでしょう。立派な行ないであり、素晴らしい考えです。でも、わたしが居留地の近くにさえいなくなってから、何年もたちます。すでにつきあいはありませんし、またつきあいたいとは思いません。

それに、自分が上げた成果を先住民の血のおかげだとしたこともなければ、失敗をそのせいにしたこともないんです。私が彼らの代弁者になったりしたら、それは詐欺《さぎ》のようなものでしょう。特に当のアメリカ先住民の人々にとっては。わたしと先住民との共通点は、いくつかのDNAをのぞけば何もないんですよ」

「言葉を変えれば、NAAはあなたを必要としているのに、あなたはNAAを必要としていないんですね」ロングツリーが言った。

「そんな無礼な発言はしていません」

「でも、おっしゃりたいことの要点はそれでしょう」

この老人は彼を怒らせ、卑劣漢になった気分にさせようと決めたかのようだった。上等だ。チーフも煮え切らぬ態度をとり続けたくなかった。「そのとおりです、ロングツリー族長。いかなる人間にも、いかなる団体にも、わたしの名前を利用させるつもりはありません。特に、わたしへの興味が利己的かつ一方的だと思われる場合には。率直なところ、これはそういうケースだと思います。あなた方の申し出を受けるとしたら、相互の利益にならなければ。あなたが先ほどぶしつけにもおっしゃった言葉を借りれば、あなた方がわたしを必要としているほど、わたしはそちらを必要としていないんです」

落ち着いた態度で、ロングツリーはナプキンを膝《ひざ》から取り、たたんで皿のそばに置いた。アボットはいまにもうひとしきり反論しそうだったが、ロングツリーの鋭い一瞥《いちべつ》であきらめた。「会ってくださり、ありがとうございました」ロングツリーが立ち上がりながら言った。

チーフも腰を上げ、ふたりの男は面と向かい合った。チーフは老族長よりも頭ひとつ分くらい背が高かったが、ロングツリーの前にいると小さく感じられた。チーフは「いいえ、こちらこそ」という返事を愛想よく受け入れてもらえなかったことで、また彼らを恨んだ。人でなしになった気分だった。このふたりと手を組みたくはなかったが、悪い印象を持ったまま帰らせるのもいやだった。

歓心を買おうとして、彼は言った。「あなたの立場は尊重しています、ロングツリー族長。わたしの立場も尊重してください」

ロングツリーはその要求を呑《の》むことに同意しなかったが、チーフの手を力強く握りながら目をじっとのぞきこんだ。チーフはなぜかこの年上の男から手をふりほどきたい衝動にかられた。

ロングツリーが言った。「いつか――じきだと思いますが――あなたがわたしたちを必要とするときがきますよ、ハート大佐」

「クリストファー・ハートさん？」

自分の名前を呼ぶ声に、チーフは振り向いた。切り株そこのけに頑丈そうな男が、鼻先数センチのところにバッジを突き出した。

「ダラス市警殺人捜査課のローソン部長刑事です」

ロングツリーは手を放したが、チーフはそれに気づきもしなかった。サインをねだられるのだろうと思って、振り返った。最近のマスコミ取材による映像のせいで、朝食をとっているのが彼だと気づいたのだろうと。実際、今朝の〈ダラス・モーニング・ニュース〉には、ゆうべの晩餐会の記事が、受賞のスピーチ中の写真入りで掲載されていた。

だが、がっしりした私服刑事はチーフにあこがれているようには見えなかった。笑みを浮かべてすらいない。両脇《りょうわき》にいるふたりの制服警官も同じだった。

給仕長がチーフのかたわらにやってきた。「たいへん申しわけありません、ハート大佐。レストランの外でお呼びするようにとお願いしたのですが、こちらさまが――」

「かまいませんよ」チーフは片手をあげて、流れるような謝罪をさえぎった。刑事に言った。「何かお役に立てますか？」

「そう思います」

チーフは濃いブラックコーヒーをせめてあと一杯飲んでおけばよかったと思っていた。もう少しカフェインが必要だったかもしれない。頭がまだぼんやりしていた。ゆうべはバーボンを一杯しか飲まなかったのに、二日酔いになってしまった。ほとんど眠らず、セックスをしすぎたせいだろう。いや、実のところ、しすぎてはいない。どちらかといえば、物足りないくらいだった。

「失礼ですが、殺人捜査課とおっしゃいましたか？」

「そのとおりです」

「間違いなくわたしにご用ですか？」

「宇宙飛行士でいらっしゃいますね？」

「はい」

「でしたら、あなたでいいんです。いくつかの質問に答えていただきたいんですが」

「どうぞ。何についてです？」

「ジリアン・ロイドの殺害について」

チーフは思わず短い笑い声をあげた。なんだ、そうだったのか！　悪ふざけだ。あいつらめ！

彼はレストラン内のふさがったテーブルに目を走らせた。どの食事客も食べるのをやめて彼を見ていたが、知った顔はひとつもなかった。とはいえ、まもなく出てくるだろう。こんないたずらをしたのがだれにせよ、椅子《いす》や鉢植えのヤシのうしろから飛び出し、大笑いしながら彼の間の抜けた表情をからかうだろう。

二年前の日曜日の午後みたいに。あのとき、チーフは自宅にひとりでいて、ナショナル《N》・フットボール《F》連盟《C》のダラス・カウボーイズ対サンフランシスコ・フォーティナイナーズの決勝戦をのんびり見ていた。第三クォーターの後半にスティーヴ・ヤングが五十ヤードのタッチダウン・パスを決めたとき、呼び鈴が鳴った。

玄関前の階段には、一度も会ったことのない妊娠後期の女性が立っていた。いっしょにいる警官は、彼が見ていた試合でプレーしているどのタックルよりも図体《ずうたい》がでかく、こわもてだった。

その女性は金切り声でとんでもないことを主張しはじめた。ガラスが割れんばかりの声で、八カ月前のパーティーでクリストファー・ハートにレイプされたと言うのだ。彼が飲み物にこっそり薬を入れて、彼女に行為を無理強いし、性感染症を移したうえに妊娠させ、彼が暴行魔であることをバラしたら殺すと脅して心に傷を負わせたと。

痛烈に非難されてまるまる二分たったころ、チーフはようやく声が出るようになり、恐ろしげな顔の警官に反論したが、警官はいっそう恐ろしげな警棒を振りまわすばかりだった。こんな女性に会うのは初めてだし、彼女がわめき散らしていることなど知らないと、チーフは抗弁した。

だが、女性が激しい攻撃を浴びせ続け、彼自身や体に関するかなり個人的な知識を織り交ぜるので、チーフは身の潔白に自信がなくなりかけた。

そのとき、度肝を抜かれたことに、女性が服の前部を破いて、妊婦を装《よそお》うために使っていた枕《まくら》を取り出し、官能的な両の乳房を見せた。ひとつには〝誕生日〟、もうひとつには〝おめでとう〟と入れ墨してあった。そのあと、女性がウィンクをして叫んだ。

「びっくりパーティー！」

NASAのにぎやか好きな友人たちが、笑いすぎて腹をかかえながら、隠れていた庭からよろめき出てきた。簡単なパーティーをするための酒や食べ物を持ってきていた。ふざけて一枚かんだ警官は、楽しむのはいいけれども騒音はほどほどにと言って去った。女性はストリップダンサーで、誕生日の男の膝にのって見事なラップダンスを披露し、ほかの面々があまり酔わずに彼女の才能を褒めているあいだは一同を楽しませた。

チーフはその試合の第四クォーターを見なかったし、翌日になるまで結果を知らなかった。

いま彼がまず考えたのは、これも同じたぐいのいたずらだということだった。彼をはじめとする仲間たちは、常に互いをしのごうとし、悪ふざけの的がとことん間抜けかもっとひどいものに見えるような冗談を工夫していた。これは格段に素晴らしい。首謀者たちにかぶとを脱がなければ。これを超えるのは難しいだろう。ギネスブックに載りさえするかもしれない。

ただし、彼の誕生日はあと半年も先だった。

びっくり退職パーティーだろうか？　退職までには何週間もあるのだから、違う。それに、友人や仕事仲間の多くが住んでいるのはヒューストンなので、そこ以外でパーティーは開かないだろう。

おまけに、この警官、このローソンという男は、およそユーモアというものを解さないように見えた。

不意に、チーフは思わず漏らした笑い声を取り消せればと思った。ふさわしくなかったと、いまにして気づいたからだ。「少々お待ちください」

チーフはロングツリーとアボットに謝ろうと振り向いたが、彼らはとっくに歩み去り、すでに出口に達していた。ドアの外へ足を踏み出す直前に、ロングツリーが鋭い目でチーフを見た。

「ご友人たちに見捨てられたようですね」

ただでさえ不快な朝にうんざりしていたチーフは、その皮肉たっぷりの言い方にむっとして、刑事に向き直った。大佐らしい姿勢をとり、思いきりぶっきらぼうな軍隊口調で言った。「何ごとだ？　殺人についてなど何も知らん」

「よろしかったら、人目につかないお部屋へご案内申し上げますが？」支配人が給仕長に取って代わっていた。騒ぎを起こさず、ホテルの評判を保つことが最大の関心事の支配人は、レストランの出口のほうを身ぶりで示した。

チーフはホテルの支配人のあとについてオフィスに入り、ローソンとふたりきりになった。彼が逃げ出そうとした場合に備えて、制服警官がドアの外で警備しているのだろうか？

チーフは攻撃にかかった。「いったいどういうことなのか話してもらいましょう」

「ジリアン・ロイドの殺害についてです」

「ええ、それは聞きました。そんな名前は初耳ですし、ダラス市警に公衆の面前でいらぬ恥をかかされて腹に据えかねているんです」

「初耳――」

「そう言ったでしょう？　それに――」弁護士に立ち会ってもらわずに警官と殺人の話をするのは軽率だと急に気づき、彼は言葉を切った。「オフィスに電話しなければ」

「なんのために？」

「助言です」

「法律的な助言？　弁護士が必要なんですか、ハート大佐？　隠すべきことがあるんでしょうか？」

　チーフは歯をかみしめ、明らかな間違いを訂正するまでくそ食らえとローソンに言うのをこらえた。そんな言葉を口にするのは無分別だし、相手を刺激するだけだ。

「ＮＡＳＡは弁護士のいないところで殺人といった重大なことについてわたしが尋問を受けるのをよしとしないでしょうし、だからといってわたしが罪を犯したとか、その犯罪に関することを知っているというわけではありません。常識にすぎません。ＮＡＳＡは宇宙飛行士の社会的イメージに神経を使っていますから」

「でしょうね」ローソンはおどけたように言った。「でしたら、どうぞ、電話してください」

　チーフは考え直した。自分は過剰反応しているのかもしれない。ひとりで目覚めたので、きょうは初めから機嫌が悪かった。そのうえ、ロングツリーとの朝食の約束があった。彼らの用事が終わって、やれやれだ。ロングツリーやアボットと関わることは、もう一生ないだろう。だが、最後の話し合いは後味が悪く、しかもその理由がはっきりとわからなかった。その後、体に合わない上着を着た警官に疑われ、人前で侮辱されたのだ。ぴりぴりするのも無理はない。

ホテルの支配人のデスクで腰を支えて足首を交差させ、なにげないふりをした。「いいでしょう、ローソン刑事。だれですか、ジュリエットという――」

「ジリアンです。苗字《みようじ》はロイド。今朝、全裸の死体がベッドで見つかりました。何カ所もの刺し傷があり、多くは下腹部と秘部でした。目もあてられないほどの血の海でしたから、傷の大部分は死後にできたものだと考えられ――願い――ます。実は、殺人犯が寝室に彼女の血で猥褻《わいせつ》な言葉を書いていましてね」刑事は嫌味たっぷりに続けた。「ちゃんと話を聞いていただけていますかな、大佐？」

その言葉はたしかにチーフの耳に入った。はっと我に返り、控えめに言った。「すみません。本当に。それは……ひどい事件ですね。でも、なぜわたしに話すのかまだ理解できないんです。その女性のことは知りません。会ったこともない――」

そのとき、ふと凍りついた。彼はゆっくり足首を元に戻し、直立した。「なんてことだ」彼は小声で言った。「たったいま、わかりました。ロイド。メリーナのお姉さんですね？　双子の」

ローソンがうなずいた。

チーフは長く息を吐き、片手でうなじをさすった。しばらく近くの虚空《こくう》を見つめて、この衝撃的な知らせを理解し、これがとりわけメリーナに与える影響について考えようとした。ほんの数時間前まで、チーフは彼女と愛し合っていた。いま、彼女はこの街のどこかにいて、瓜《うり》ふたつの双子が惨殺《ざんさつ》されたという事態に直面している。

チーフはまばたきをしてローソンに目を戻した。「メリーナはだいじょうぶですか?」

「耐えています」

「電話したいんですが」彼女の電話番号は日程表に書いてあった。今朝、すでに二回もかけていたのだが、彼女は出なかった。留守番電話ですまさず、本人につながるまで電話するつもりでいたのだ。だが、悔やみの言葉を述べるために電話することになるとは思ってもいなかった。

「お勧めしません」チーフが革製のジャケットのポケットから携帯電話を出すと、ローソンが言った。「いまのところは手に負えないほど厄介なことで混乱していますから」

チーフは自分の電話をメリーナが厄介だと見なさないことを願った。自分の声を聞いて喜ぶことを願った。だが、メリーナや、ゆうべふたりのあいだにあったことについて、この刑事に話すつもりはなかった。携帯電話を元に戻して、彼はつぶやいた。「おっしゃるとおりです」

「彼女については何をご存じですか?」ローソンが尋ねた。

「きのう会っただけですよ。仕事で——」

「ええ、彼女の仕事については説明してもらいました」

「立派にこなしていましたよ。有能です」記者会見での彼女を思い出して、チーフは笑みを浮かべた。会見の切りまわし方に、記者たちはほれぼれとしているようだった。男性だけでなく女性も。「とても頼りになりました」

もう少し長くいてほしいという彼の頼みに屈したときの笑顔を思い出しながら、彼女は自分を責めているだろうかと考えた。姉を守れなかったために自責の念にかられ、最初に帰ろうとしたときにホテルを出ていればよかったと、そもそもゆうべを彼とすごさなければよかったと、思っているだろうか。

もちろん、そんな考えはまともではない。だが、愛する者が事故といったもののせいで急に亡《な》くなったとき、人は不合理な考え方をしがちで、たいていは罪悪感をいだく。それにしても、殺人だって？　とすると、罪悪感は並はずれて大きいだろう。

ふたたびデスクの端で腰を支え、チーフはひとり言のように口にした。「さぞかし彼女はつらいにちがいない」それから顔を上げ、またローソンを見た。「犯人はわかっているんですか？」

「いいえ、まだ」

「手がかりは」

「少し。たとえば、壁に書かれた文字です。それによって、この犯罪があなたに関わってきましてね」

「わたしに?」

いままで、チーフはなぜ殺人捜査課の刑事が自分を探し出したのか考えてもみなかった。驚くべき知らせを聞いたときは、メリーナがどんな気持ちでいるかがまず心配だった。あらゆる点をつなげてみなかった。だが、ローソンの最後の言葉によって、つながりができた。自分が関わっているのが理解できた。どんなことに関わっているのかは、まだわからなかったが。

「ジリアンには会ったこともないんですよ、刑事さん。それが疑わしければ、メリーナに訊《き》いてください」

「実は、あなたが関わっていると言ったのはメリーナなんです」

チーフは首を振った。「意味がわかりませんが」

「いまにわかります。わたしたちがすっかり説明しますから」

「わたしたちとは、だれです?」

「わたしとメリーナです。ダウンタウンでお会いしましょう。きょうの二時半に」

チーフはメリーナを気の毒だと思ったが、どうして彼女の姉の殺人捜査に自分が引きずり出されるのか、なんとしても見当がつかなかった。「きょうの二時半には、州間高速道《インターステート》45号線のダラスとヒューストンのあいだを車で走っている予定なんですがね」

「それはやめたほうがいいでしょう。たぶんすぐに呼び戻されますよ」

チーフは鋭い目で長いあいだ刑事を見つめた。「はっきり言ってもらいましょう、ローソン刑事。わたしがその女性の殺害に関与しているとでも？」

ローソンはただ彼に背を向け、オフィスのドアへ向かった。「二時半に、ダウンタウンの警察本部の三階です。わたしの名を言ってください」彼はドアをあけた。予想どおり、制服警官がすぐ向こうに立っていた。「話し合いの前に、NASAの弁護士を呼んでもかまいません」彼は外へ出たが、そこで立ち止まって振り向いた。「あなたは顔が知られすぎていますから、長く隠れてはいられませんよ、大佐。そんなことをお考えになっているとすれば」

「信仰と忠誠を示しましたね、ブラザー・デイル。期待以上の行ないです」

自室から電話でブラザー・ガブリエルと話しているデイル・ゴードンは、喜びに震えた。感動で喉《のど》が詰まった。「ありがとうございます」

「ジリアン・ロイドが正しく清められたことは、絶対に間違いありませんね？」

ブラザー・ガブリエルは正しい言葉を使っていた。ダラスのテレビ・リポーターたちは、彼の任務を〝理由がなさそうな暴力行為〟と呼んでいる。ジリアン・ロイドの清浄化は、地元のあらゆる昼のニュース番組で取り上げられた。警察官たちが出入りしている彼女の自宅が映し出された。彼女の遺体をのせたストレッチャーが、待機している救急車へと玄関前の小道を運ばれる様子も映った。ストレッチャーが無理やり押し出されたとき、玄関に置いてある鉢植えの菊の鮮やかな黄色い花がちぎれた。

ジリアンの家を背にして道路に立ったリポーターは、彼の任務を残虐《ざんぎゃく》な殺人と名づけた。だが、そのリポーターは理解していなかった。ジリアン・ロイドが殺――清浄化されるべきだったことを理解できる人間は、ほとんどいないだろう。

「はい、ブラザー・ガブリエル、彼女は清浄化されました」

「苦しみましたか？」

「いいえ。素早く確実にやりましたから。ご命令どおりに。時が満ちれば自然とそうなると約束されたとおりに。感じるだろうとあなたがおっしゃった力と目的意識が生まれました」

「よくやりました、わたしの息子よ」

デイル・ゴードンは誇らしさで顔が真っ赤にほてった。息子と呼ばれたのは生まれて初めてだった。父親は彼が生まれる前に蒸発していた。母親は彼をさまざまな言葉で、ぞっとするような言葉で呼んだ。けっして息子とは言わなかった。

「詳しく話してください、ブラザー・デイル。この聖堂にいる弟子たちに聞かせてやりたいので」

聖堂！　ブラザー・ガブリエルは、いっしょに聖堂に住む権利を手に入れた弟子たちに、彼のことを褒めるつもりなのだ！

言葉がほとばしり出た。これほど雄弁になったことはなかった。使命を果たしたのと同じくらい正確に、彼はブラザー・ガブリエルに説明した。自分がどれほど真剣に任務にあたったかを印象づけようと、単純な事実を詳細に描写した。

「万が一にも手がかりは残しませんでしたね？」

「はい、ブラザー・ガブリエル」

キッチンのグラスに触れたことは黙っていた。警察に指紋を採られたことはないから、どうせ問題ないだろう。指紋が見つかったとしても、彼のものだとはわからないはずだ。

壁に書いた文字のことも黙っていた。それは最後になってひらめいたもので、まったくひとりで考えついたのだった。母親はいつも汚い言葉を使っていた。そういう言葉は人をみじめにさせ、取るに足りない存在だと感じさせ、厳しい罰を受けてもしかたないと思わせるのに抜群の効果があるのだ。

彼の考えるところ、ジリアン・ロイドは汚い言葉で傷つけられ侮辱されて当然だった。なにしろ、彼をあらがいきれないまでに誘惑したのだから。肉欲に屈するという罪深い行ないを彼にさせた相手が悪いのだ。彼女が柔らかなシーツの上に裸で横たわっている姿を間近で見た彼は、自分のいやらしい一物をさわり、硬くなるまでこすらずにはいられなかった。そのことも、ブラザー・ガブリエルには黙っていた。

「素晴らしい、素晴らしい」ブラザー・ガブリエルの快い声を聞くと、頭を手でやさしくなでられている感じがした。「このうえなく立派にこなしたので、別の仕事を与えましょう」

すでにベッドに横になって、ジリアン・ロイドの血がついたナイフを胸に抱いていなかったら、たぶんデイル・ゴードンは信じられないほどの嬉《うれ》しさにくずおれていただろう。「あなたとプログラムのためならなんでもします、ブラザー・ガブリエル」

「そういう熱意に弟子たちみんなが燃えてくれるといいんですが」

デイル・ゴードンの青白い体が、歓喜のあまりピンク色に染まった。「あなたのために何をしてほしいんですか？」

「わたしのためではありません」ブラザー・ガブリエルは彼らしく謙遜《けんそん》して言った。「プログラムのためですよ」

「わかってます」

「注意しておきますが、受け入れる前にじっくり考えてください、ブラザー・デイル。今度の任務は非常に難しいので。ジリアン・ロイドを清浄化することよりも、実行するのが困難なんですよ」

珍しくみなぎってくる活力と自信を感じながら、デイル・ゴードンは豪語した。「できます、ブラザー・ガブリエル。なんでも。任務を与えられれば、やります。喜んで！」

9

「何か持ってこようか、メリーナ？」

「いらないわ、せっかくだけど」

ジェムは彼女をさらにじっと見つめた。「みんなから事件について訊かれて、疲れてる？」

「少しね」彼女は小さな笑みを浮かべて認めた。「飲み物を飲んでも助けにはならないわ。でも、わたしのことを気にかけてやさしくしてくれて、ありがとう」

「何を言ったらいいのか、何をしたらいいのか、わからないんだ」

「でしょうね。わたしだって何を言ったらいいのか、何をしたらいいのか、わからないんだもの。ぼうっとしちゃって」

彼らは約束の時間の少し前に着き、ダラス市警の対人犯罪部――人に対する犯罪を扱う部署――内にある狭苦しい部屋でローソンを待つようにと指示されていた。対人犯罪部の大きな室内には、いくつものデスクがひとまとまりごとに置いてあったが、専用のオフィスを持っている者はだれもいなかった。

ローソンはこの小部屋を使えるよう手配してあった。椅子《いす》の座り心地が悪く、閉所恐怖症になりそうだったが、少なくともプライバシーは確保できる。すでに彼女は、精神の不安定な人間に送られるような、ひそかな注意深い視線を受けることにうんざりしていた。

泣きはらしたジェムの目は赤く、つらそうな様子が体のあちこちに表われていた。ふだんは心身ともに一分の隙《すき》もなく、往々にして近づきがたい雰囲気があった。だが、今朝の彼はげっそりとして不安そうだった。状況に合わせて、自負心が一日の休暇を取っていた。

ジェムが彼女の手を包み、こすって温めた。「冷たい手だね。ジリアンと同じだ。ちっとも温かくならなかったんだよ。そのことをぼくはしょっちゅうからかってた」

こんなみじめな場所で泣き崩れまいと、彼女は嗚咽《おえつ》をこらえた。「姉のいない人生なんて想像できないわ、ジェム」

「ぼくもだよ」

「でも、姉があなたといたのはたった一年だわ。わたしは細胞が分裂したときからよ。自分の一部みたいなものなの。まさに一部なのよ」

「気持ちはわかるよ」

実際にわかっているわけはないが、どちらの悲しみのほうが深いかで争うつもりはなかった。

「彼女の職場には知らせたかい？」彼が訊いた。

「あいにく、早くもニュースで聞いていたわ」

「さぞかし驚いただろうね」

「呆然《ぼうぜん》としていたけど、力になろうとしてくれたわ。家まで来てくれた人もいたし」

クリストファー・ハートに会いに行く前に、ローソンはルイスとカルトレーンに彼女を自宅へ送るよう指示した。ジェムが家までついていき、いっしょにいてあげようと申し出たのだが、実のところ彼女はひとりになりたかったので、パトカーに乗せてもらうほうを選んだのだった。

とはいえ、呆気《あつけ》にとられたことに、殺人事件のニュースはまたたく間に広まり、友人や隣人や仕事仲間がすでに悔やみを伝えに大勢やってきていたので、カルトレーンが縁石ぎわに駐車するスペースもないほどだった。

弔問客の一団は彼女のあとからなかへ入ってきて、リビングに集まった。不動産会社で働いているひとりが言った。「あなたが知っているかどうかわからないけれどね、メリーナ。きのう、ジリアンはこれまででいちばん大きな取引の契約に成功したのよ」

「契約のことだけは、ランチのときに聞いたわ。広告会社との取引よね？」

その若い女性はうなずいた。「きのうの午後、彼女が退社する前に、安いシャンペンで乾杯したの。ジリアンはとても嬉しそうだったわ。得意満面で。こわいものなしという感じで。まさかこんなことになるなんて……」最後まで言い終えることができずに泣き崩れ、女性は同僚から慰めてもらう羽目になった。

その後は、そうした言葉の繰り返しだった。ジリアン・ロイドは深く尊敬され、こよなく愛されていたのだ。少なくとも、そう思えた。家に来たり電話をかけたりして、弔意を伝え、葬儀について尋ねる人たちの数からすると。

葬儀。どうしたらそんなことが考えられる？

先見の明があった両親は、葬儀のやり方を遺言書に明記していた。そこまで死を意識するなんてと、ジリアンとメリーナは両親をたしなめ、縁起でもないことを心配しているのをからかった。だが、両親が細部にわたって配慮した点は、あとになって役立った。ふたりは三カ月と間を置かずに亡《な》くなったのだ。まずは母親が脾臓《ひぞう》ガンで、そのあと父親が冠状動脈血栓で。どちらの場合も、双子の姉妹は必要書類を何枚か書くだけですんだ。両親は、悲しみのなかで決定をあれこれ迫られる煩《わずら》わしさをなくしてくれていた。

いまは、姉妹の葬儀の段取りをつけることを考えるだけでも、いたたまれなかった。

「検屍《けんし》官《かん》が……遺体を返してくれるまでは、はっきりと決められないの」彼女は訊かれるとそう答えた。「いつになるかわからないわ。ジェムの考えもあるでしょうし」

ジリアンが婚約したけれど発表しなかったことを知って、友人や仕事仲間は彼女に劣らず驚いたらしいが、葬儀について尋ねた場でそれを話題にするのは礼を失した。彼らは意表をつかれた顔をしたが、詳しい情報を求めるのは慎み深く遠慮した。

おおむね、ここで受けた印象からして、彼女はジリアンの妹だから、だれよりも苦しんではいるものの、ひとりでつらい思いをすることはなさそうだった。頼れる人々がたくさんいた。

「必要だったら、メリーナ、電話して」

「メリーナ、何かあったら電話するんだよ」

「いつでも力になるわ。去年わたしが妹を交通事故で亡くしたこと、知ってるでしょ。急に死なれるって、ものすごく残酷よね。話したくなったら電話をちょうだい」

友人たちのあふれる善意はあっても、彼女はどうしたら彼らに心を癒《いや》してもらえるのかわからなかった。役立っていると感じられるような、ちょっとしたことを頼んで、彼らの気休めをしていた。コーヒーをいれたり電話番をしてもらったりしているあいだ、シャワーを浴びて着替えることにした。寝室へ行きかけたとき、彼らが小さな声で話すのが聞こえた。妹さんはなんてよくやっているのかしら、なんて立派にがんばっているのかしら、と。

とんでもない。外見は不屈の精神を絵に描いたように見えるかもしれないが、内面はぼろぼろなのだ。彼女はシャワーの栓を力いっぱいひねった。そうして、激しいしぶきで苦悶《くもん》のうめき声がかき消されるようにしてから、胸が締めつけられて痛くなるまで思いきり泣いた。タイルに囲まれた、だれにも声が聞こえないところで、失ったものと、この悲劇に自分が荷担していることを思って、泣きじゃくった。

ふと疲れてシャワーをやめ、化粧をしてみたが無駄だった。泣き出して、ほとんどすぐに化粧崩れしてしまった。機械的に服を着た。どんな些細《ささい》なことも無意識に行なった。目に見えない催眠術師の指示に従っているかのように動き、する必要があるとわかっていることを機械的にした。

もっとも簡単な決定をすることはもちろん、問題を論理的に考えたり、ごく決まりきった日常的なことをこなしたりできるとは思えなかった。枕《まくら》に頭をのせて、すっと眠りに落ちることが、できるだろうか。味を楽しんで食事したり、パーティーに出たり、運動したり、笑ったりすることは？　ふたたび人生が楽しくなる？

双子の姉妹の死の復讐《ふくしゅう》を遂げないかぎり、無理だ。

いま、警察本部の狭苦しい部屋に座りながら、先ほどバスルームの鏡に映る自分の姿に向かって声に出したことを、心のなかで繰り返した。どんな犠牲を払っても、この命を失う羽目になっても、姉妹の死の恨みを晴らすと。

殺人犯への憎悪《ぞうお》が、胸の内側で石炭のかたまりのようにくすぶっていた。彼女はけっして執念深い人間ではない。正直な話、だれかを憎んだことはない。嫌ったことは、ある。ときには、激しく。だが、これほどまでに他人を憎悪したことはなかった。ほかの人間が息絶えるのを見たいと思ったことはなかった。顔も知らず名前もわからないこの殺人犯に対する敵意があまりにもすさまじいので、恐ろしくなるほどだった。

「きょうは依頼人がいるのかい？」

ジェムの質問に、彼女は悪意に満ちた考えから我に返った。「運よく、いないわ」

「そして、きみの代わりをしてくれる人がいる？」

「ありがたいことに。数週間お休みするかもしれないって知らせたの。スケジュールを調べて、調整してくれているところ。きっと心配ないわ。仕事に支障は出ないから」

ジェムは落ち着かなげに左右の指先を打ち合わせた。「メリーナ、信じられないんだよ……」

「何が？」

「ジリアンがあんな愚かなことをしたなんて。ゆうべ、きみになりすまして代役をするなんて。そんなむこうみずで衝動的なことをするなんて、彼女らしくないよ。まるで――」

「わたしがしそうなことよね」彼女は相手の言葉を引き取って言った。

「非難するつもりじゃなかったんだ」

「いいのよ。自分を責めているの。もう一度繰り返すことになったら、絶対にあんなこと言い出さないわ」

「ジリアンはこれまでにもそうしたことがあったのかい?」

「言ったでしょう。子どものころよ」

「でも、きみの代わりに依頼人を案内したことはなかった?」

「ええ、あれが最初」

「どうしてゆうべだけ?」

「特別な理由はないわ、ジェム。遊びだったの。ランチのときにふと浮かんだ考えだったのよ」

だが、彼はその説明を額面どおりに受け取らなかった。「ジリアンはクリストファー・ハートってやつに会うために、そうしたのかい? 有名人に会いたかったのかな? 宇宙飛行士に? どう?」

「その人のせいじゃないの。すべてわたしの――」

「気にしないで」ジェムが口をはさんだ。「その話はもういいから」

「すべてわたしの責任よ。つまらない、子どもっぽいことを考えたりして」

「きみの考えだったかもしれないけど、ジリアンにだって自分の行動に対する責任があるんだ。断われたはずだよ」

彼女はむっとした。「ジリアンに腹を立てないで！　あのときは他愛《たわい》ないいたずらのようなものだったのよ。殺されるなんてわかるわけがないでしょう？」彼女は手を引き離し、立ち上がった。「もうやめて」

「うろたえさせちゃったみたいだね」

「うろたえたんじゃないわ。うんざりしたの」

「メリーナ――」

「亡くなったばかりの人の悪口を聞きたくないのよ、ジェム」

反省した様子で、彼は髪を指ですいた。「そのとおり、そのとおりだね。ごめん。きみが自分を責めてるのはわかってる。神経にさわることを言うべきじゃなかったんだ」

「ちょっとここを出るわ」

「どこへ行くんだい？　帰れないよ。ここでローソンを待つようにと言われたんだから」

「この建物から出るわけじゃないの。トイレへ行くだけ」

「ついていってあげよう」

「いいの」彼女は手を振って彼を椅子に戻した。「ここにいて。ローソンが来た場合に備えて。すぐに戻ってくると伝えてね」

「ほんとに平気？」

「平気よ」

だが、もちろん、平気という状態にはほど遠かった。トイレでは腰を曲げて洗面所の流しの縁に両肘《りょうひじ》をつき、ひたいをこすって、シャワーを浴びながら思いきり泣いて以来つきまとって離れない激しい頭痛をやわらげようとした。

数分後、婦人警官が入ってきた。「ミズ・ロイド？」

彼女は体を伸ばして振り向いた。

「お邪魔して申しわけありませんが、ローソン部長刑事がいらしたことを伝えにまいりました。みなさん、お待ちです。あなたさえよろしければ」

「すぐに行くわ」

「だいじょうぶですか？」

彼女はうなずいた。「ありがとう」

「必要なら、あと何分かゆっくりしてください」

「心配ないわ」あと数分あっても、何も変わりはしないだろう。かすかに作り笑いをしながら、ハンドバッグを持ってトイレを出た。冷水器のところで立ち止まり、ハンドバッグの底に入れた錫《すず》製の容器から鎮痛剤を二錠出して、冷水器にかがみこんで飲みくだした。

体の向きを変えたとき、真っ正面にクリストファー・ハートがいた。一メートル足らずのところに立っていた。「やあ、メリーナ」

「こんにちは」

彼が少しだけ浮かべた笑みは、親しみと思いやりに満ちていた。彼女のほうへ近寄ろうとしたが、メモ用紙を持ってやってきた男性に途中で呼び止められた。「ハート大佐？　クロウ巡査長です」ふたりは握手した。「きょう、いらっしゃるとうかがってました。わたしにもアメリカ先住民の血が流れてるんです。チョクトー族ですが。息子のためにサインをお願いできますか？　九歳でしてね。宇宙マニアなんですよ。つまり、宇宙に夢中ということなんですが」

「あとであなたのところへお寄りするということで、いいでしょうか、巡査長？　帰る前に。いまは、ローソン刑事との話し合いに遅れているものですから」

「ああ、もちろんです。すみません……あの、お邪魔して」

「いいんですよ。話し合いのあとで、息子さんのために喜んでサインいたしましょう」

巡査長は気まずそうに、ぎこちなく歩き去った。

ハート大佐は彼女に向き直り、申しわけなさそうに肩をすくめた。「気の毒だけどね。間の悪いときに来る人がいるものなんだ」

そのあと、彼が大きく二歩でふたりの距離を詰め、すぐそばまで来たので、その黒い革のジャケットから立ちのぼる新鮮な秋の空気と陽射《ひざ》しの匂《にお》いが漂ってきた。彼は外のものをなかへ運んできていた。思ってもみないことに、彼女の顎《あご》に親指で触れた。

反射的に、彼女は頭を引いた。

「水が垂れていたんだよ」彼は親指の腹についた水滴を見せた。それをこすって乾かし、手を脇《わき》に垂らした。「メリーナ、わたしは……」しばし彼女から目をそらし、そのあとで視線を戻した。「いや、なんと言ったらいいのかわからない。お姉さんのことはお気の毒だったね」

「ありがとうございます」そこで話は終わるかと思ったが、彼は心を動かすような低い声で続けた。

「ゆうべをいっしょにすごしたあと、警察署でまた会うなんて予想していたかい？」彼は困惑して首を振った。「どうなっているのか理解できないよ。どうしてきみがあの刑事にわたしを探させたのか、わたしがどんなふうにこれに関わるのか、見当がつかないんだ。ちゃんとわかるまで、何も決めつけたりはしない。ただ、それとは関係なく、ジリアンの身に起こったことには深く同情している。とんでもないできごとだ」彼は力なく両手をあげた。「心からお悔やみを言うよ。ほかに言葉が見つからない」

泣くまいと必死にこらえたのだが、涙が彼女の目にあふれてこぼれ落ちた。

「本当に残念だったね」彼は両手で彼女を抱いて、しっかり引き寄せ、髪に唇をつけた。

彼との触れ合いで、明らかな思いがけない反応がふたつ起こった。彼女が小さくあえいで息を呑《の》み、体をこわばらせたのだ。

だが、彼はどちらにも気づかなかったようだった。親愛の情をこめながら、彼女のこめかみにやさしくキスをしたからだ。「きみにとってはつらいことだろうね。かわいそうだ、きみがかわいそうだ、メリーナ」

「あなた方おふたりさえよろしければ」

ふたりは体をぱっと離して振り向いた。ローソンがそこにいた。がっしりした体に、乱れた髪で。興味をそそられた顔をしていた。


チーフはメリーナのあとから部屋に入った。そこはすでにローソン、NASAがチーフのために雇った弁護士アラン・バーチマン、ジリアン・ロイドの婚約者だったジェム・ヘニングズだと紹介された男でいっぱいだった。

チーフは悔やみの言葉を小声でつぶやいた。ヘニングズは冷ややかにそっけなくうなずいて応《こた》えた。チーフがそれに戸惑わなかったのは、どうしてメリーナがつれなくふるまうのかに気をとられていたからだ。

とはいえ、こんな状況では、彼女は好き勝手にふるまって当然だった。凄惨《せいさん》な血なまぐさい事件で愛する者を失ったのだ。壁を拳《こぶし》で殴りつけても、自分の髪をかきむしったとしても、無理はない。今朝、衝撃的な知らせを受け取った彼女は、どんな行動をとっても許される。だから、彼女がよそよそしく距離を置いたとしても、受け入れられた。ただ、それはそれとして、自分の気持ちは伝えたかった。起こったことを自分がどれほど心から残念に思っているかを、知ってほしかった。なのに、彼女は彼の目をまともに見まいとしているようだった。部屋に入ってから、一度もそうしていない。

ローソンは捜査員たちがこれまでに調べた詳細について、バーチマンに話していた。チーフがほんの数分前に会ったばかりの弁護士は、銀縁の眼鏡をかけ、三千ドルくらいしそうなスーツを着た品のある男で、ポートワインのようなあざが顔の左側から首にかけてあった。ふたりはエレベーターに乗る前、一階のロビーで握手をして名刺交換するだけの時間しかなかった。

上へ向かっているとき、チーフは呼び出しに素早く応じてくれたことで彼に礼を述べた。「お役に立てて光栄です」バーチマンははきはきと答えた。無駄話、雑談、世間話はいっさいせず、さっそく用件に入った。「NASAから説明は受けています。あなたの側の言い分は？」

チーフは自分の話を創作だろうとほのめかされたのが気に入らなかったが、根に持たないことにして、弁護士がふたりの会見のために作った速いペースに合わせた。「メリーナ・ロイドにはゆうべ初めて会ったんです。彼女はわたしをアドルファスでの晩餐会《ばんさん》へ連れていくエスコートでした」

「殺人の被害者については？」

「一面識もありません。メリーナのアリバイか何かの証人になるために来たのでなければ、どうしてわたしがこの事件に巻きこまれるのか見当もつきませんよ」

「彼女のアリバイなら、ローソンは先にあなたに会ったときに確証を求めたはずです。この話し合いに入る前にわたしが知っておくべきことは、本当に何もありませんか？相手側から不意打ちを食らわされるのは嫌いなんです。自分のクライアントからの不意打ちには、絶対に耐えられません」

チーフは怒りを抑え、こわばった声で言った。「お先にどうぞ」バーチマンが先にエレベーターから三階へ降りられるよう、脇へ寄った。冷水器のところにいるメリーナに気づいたのは、そのときだった。

いま、バーチマンはまた単刀直入に問題へ入った。「では、みなさんが集まったところで、なぜハート大佐がここへ呼び出されたのかを最初にうかがいたいんですが。大佐の証言がこの犯罪の解決に役立つなら、わたしのオフィスで証言するだけでこと足りたでしょうに」

「待ってください」ローソンが言った。

チーフはバーチマンを押しとどめた刑事を責められなかった。ここはローソンのなわばり、これはローソンがお膳立《ぜんだ》てした話し合いなのだ。ローソンは自分の思いどおりに、それを進めるつもりでいる。おそらく刑事の年収をしのぐ金額を一回の事件で稼ぐ横柄《おうへい》な弁護士に、手綱を握らせはしないだろう。

ローソンは肩を丸め、上着の縫い目をぴんと張らせた。「実はですね、ミスター・バーチマン、すべての説明がすんでいるわけではないんです」

「なんですって?」

チーフも弁護士と同じく当惑し、ローソンに対する不本意な称賛の念が消えた。「謎《なぞ》めいたことを言って楽しんでいるんですね、ローソン刑事?　どうか、どなたか」彼はメリーナにちらりと目をやりながら、つけ加えた。「どうしてわたしが捜査に絶対必要なのか説明してくださいませんか?」

「あなた方おふたりはお知り合いになるはずでした」ローソンはチーフの視線を受けながら、メリーナのほうへ頭を動かした。

チーフは刑事から彼女へと目を移した。彼女はチーフを見つめ返したが、表情はよそよそしく、考えていることを何も表わしていなかった。その灰色の目の奥に去来するものを知るためなら、百万ドルだって出しただろう。

そのあと、チーフはふたたび刑事を見て、戸惑いを募らせながら言った。「メリーナとはゆうべ会いましたよ」

「いいえ、会っていません」チーフはその言葉に異論を唱えようと口を開いたが、どうやら大いに楽しんでいるらしいローソンが片手をあげて彼を制した。「あなたがゆうべ会った女性はジリアンなんです」

その言葉が理解できるまでにしばらくかかり、それでも納得はできなかった。「ジリアン？ 違いますよ、刑事さん。わたしはメリーナといたんです」チーフは追認を求めて彼女を見た。「そうだよね、メリーナ」

彼女は一瞬だけ彼の視線を受けとめ、そのあとでゆっくり首を振った。

ローソンの小ばかにするようなちょっとした暗示や、彼女の説明できない他人行儀な態度にようやくうなずけ、合点がいったとき、チーフは全身から力が抜けた。彼女の顔、口、髪、姿をじっくり見つめた。目の奥をのぞきこみ、ゆうべいっしょにすごした女性だと確信した。「きみだったよ」かすれた声で断言した。「きみだった」

「ジリアンでした」彼女は彼だけに話しているかのように、小声で言った。

チーフは信じなかった。とにかく本当であるはずがなかった。彼をいま見つめ返している女性は……この女性は……。記憶が高潮のように押し寄せてきた。たちまち、彼はあらゆる笑顔、ため息、表情や感情、感触などを思い出した。あの女性を別人と間違えるはずはない。ありえなかった。

彼女は立ち上がって彼のほうへやってくると、片手を出した。「わたしはメリーナ・ロイドです、ハート大佐。ゆうべはあなたのエスコートをすることになっていたんですが、双子の姉が代わりに行ったんです」

彼はどうしたらいいのかわからないかのように彼女の手を凝視した。やがて我に返り、手を出して握手した。あろうことか、同じ感触だった。肌のきめ、大きさ、彼の手にすっぽりとおさまる感じ。「信じられない」彼は自分が声に出してしゃべっていることに気づきもせずに言った。「こわいくらい瓜《うり》ふたつだ」

彼女はにこりとした。「生まれた日から、そう言われてきました」

「でも、きみの声は――」

「声だって、だれにも聞き分けられなかったんです」

ものも言えないほど唖然《あぜん》として、彼は凝視し続けた。髪、目、唇、すべて同じだった。ただ、彼女はゆうべ化粧していた。いや、彼女ではなく、ジリアンは。

ジリアン。

この朝、殺されているのが発見された。

彼はつらく苦しい思いで息を呑んだ。「彼女は死んだんですか?」

悲しいことに、そっくりな妹がうなずいた。「わたしも信じられません。でも、そうなんです」

突然、事情が明らかになった。いまや、どうしてローソンが自分を尋問したがったのか理解できた。自分は生きているジリアン・ロイドを最後に見た人間のひとりなのだ。

いちばん最後かもしれない。殺人犯をのぞけば。

メリーナの手をいまだに握っていることに気づいたチーフが手を放すと、彼女はジェム・ヘニングズのそばの席へ戻った。ジェムはジリアンのフィアンセだと紹介されたのではなかったか？　彼女のフィアンセ？

チーフは新たな興味を持ってジェムを見た。ジェムはチーフを睨《にら》み返した。憤《いきどお》りを熱波さながらに噴出させている。顔を紅潮させ、いまにも湯が沸騰《ふっとう》するやかんのように、体の奥深くを震わせていた。

チーフだけしか知らないことだが、この男は詫《わ》びを入れられるべきだった。「同情いたします」そのあと、彼はつけ加えた。「大切な方を失って」

「よくもぬけぬけと」ジェムはうなるように言った。

そして、チーフに飛びかかった。

10

ジェム・ヘニングズの行動は、だれも予想していなかった。とはいえ、チーフはヘニングズの抑えこんだ怒りに気づいていたのだから、察してしかるべきだった。チーフはみずから騒動を起こす人間ではなかったが、向こうからやってきたときには引き下がらなかった。素手での殴り合いになって当然の状況だったのだし、警報に気づくべきだったのだ。

メリーナとバーチマンが驚いて叫んだ。ローソンがヘニングズの肩をつかんで引き離そうとしたが、ヘニングズはところかまわずパンチを繰り出していた。チーフは最初の何発かをなんとかよけたが、やがてヘニングズの拳が頬骨にあたった。かっとして、仕返しをする気になった。腕を振り上げたが、すんでのところでローソンがヘニングズを引っ張った。

「やめろ！　ほら！　ヘニングズ、いったいどうした？」刑事は必死にヘニングズを抑えつけ、やがてその粗暴な力がつきると、思いきり押し出してうしろへ突き飛ばした。

バランスを失ったヘニングズは、ぶざまに椅子《いす》へ尻《しり》もちをついた。「またこんなばかな真似《まね》をしたら、豚箱で頭を冷やさせるぞ！」そのあと、体に合っていない上着の端を引き下げ、角刈りに片手を走らせて心を落ち着かせた。「乱暴な言葉を使ってすみません、メリーナ」

「気にしないでください。わたしだって、それよりずっと乱暴なことを言いそうでしたから」怒りもあらわにヘニングズのほうへかがみこんで、彼女は言った。「何するのよ、ジェム？　どうしたの？」

「どうしたのか話してやるよ。こいつがいなかったら」彼はチーフに人さし指を突き出して叫んだ。「ジリアンは生きてたんだ。こいつのせいで殺されたんだ」声が最後の言葉でかすれた。彼は両手に顔をうずめ、すすり泣きを始めた。

チーフはローソンに体を向けた。「この男はいったい何を言っているんです？」と尋ねた。「それに、なぜもっと早く状況を説明してくれなかったんです？　メリーナとジリアンが入れかわっていたことぐらい、話せたはずでしょう。そうすれば、わたしだって心の準備をして――」

「だから、話さなかったんです。あなたの反応を見る必要がありましたのでね。あなたがどのくらい知っているのかを」

チーフはローソンの作戦に対する嫌悪《けんお》を隠さなかった。「面白い見ものになるとわかっていたわけですか。楽しめたのなら、ご同慶の至りです」ローソンはその侮辱を意に介さなかった。「何もかも説明しますよ。ただし、みなさんの気持ちが鎮《しず》まるまで延ばすべきかもしれません」

「いやです」

刑事の提案を拒んだのはメリーナだった。チーフは彼女の目に浮かぶ涙に気づいたが、その目には固い決意もあふれていた。両手を脇《わき》で握り締めてもいる。

「わたしもジェムがしていることをしたいんです」彼女は言った。「思いきり泣きたいんです。ここにはいたくありません。特に、こんな名目でここにいるなんて、いやなんです。わたしたちみんな、そうでしょう。でも、この話し合いが大事な手がかりにつながるなら、このおかげで姉を殺した犯人が見つかるなら、あとで泣きます。わたしたちが帰れるよう、これを片づけてください」

「わかりました」刑事は答えた。「できるだけ早く終わらせましょう。ご協力ありがとうございます」

「こんな事態を引き起こした人間を見つけて逮捕し、わたしにお礼を言わせてください」彼女はそっけなく言った。

チーフの頬骨あたりのぴんと張った皮膚は、ヘニングズに殴られたときに裂けていた。彼はバーチマンがさし出したハンカチで血を抑えていた。当初は痛まなかった。ヘニングズに襲われたことで動転していたので、感じなかったのだ。いまは感覚を麻痺《まひ》させる驚きが消えて、痛みを感じるゆとりがあり、顔のそちら側全体がずきずきしていた。

この数分間、チーフは連続攻撃を受けていた。受けるたびに威力が増し、そのあいだに立ち直れはしなかった。頰の傷はあとから痛みをもたらした。ジリアンが死んだという事実と同じように。

最初、チーフは一時的なショック状態に陥った。双子の入れかわり。ジリアンの殺害。あまりにも突飛なことを知らされて、すぐには対応できなかった。だが、いまは喪失感がひしひしと胸に迫り、その痛みは血がしたたる顔の傷など比べものにならなかった。

彼女は死んだ。あの美しい、活気に満ちた女性が、彼の前から永久にいなくなった、失われた。ひと晩。まるまるひと晩ですらない。たったの数時間だ。だが、たとえようもないほど素晴らしい時間だった。それを取り戻したかった。彼女を取り戻したかった。

ろくに知りもしない女性を思って泣くのは、罰あたりなことだと言えるかもしれない。悲しむ権利など、メリーナと比べたらないだろう。あるいは、ヘニングズと比べてさえも。そこで、彼はおさまらぬ感情を自分にふさわしい唯一《ゆいいつ》の方法で発散させた。怒気を含んだ声で食ってかかったのだ。「ジリアンが殺されたのはわたしのせいだという彼の言葉は、いったいどういう意味なんです？」チーフはジェム・ヘニングズのほうへ顎《あご》を突き出した。

「顔の手当が必要ですか?」ローソンは苛《いら》つくほど落ち着いて尋ねた。

「けっこう! いりませんよ、そんなもの。メリーナ同様、これをなるべく早く終わらせてほしいんですから。まず、どうしてこの低能がジリアンはわたしのせいで殺されたと思っているのか、話してください」声がかすれるなんて、意外だった。自分でも認めたくないほど悲しみを感じているのかもしれない。

メリーナにちらりと視線を向けたチーフは、逆にじっと見つめられているので驚いた。心を読もうとしているかのようだった。

「大佐、腰かけて、ジリアンとすごした晩のことについていっさいを話していただけませんか?」

ローソンが椅子を勧め、チーフはおとなしく腰を下ろした。警部はふたたび顔の手当をしなくてもいいかと尋ねたが、チーフは頭を振った。「何を知りたいんです?」彼はものうげに訊《き》いた。

「その前にクライアントと話をしたいんですが」バーチマンが言った。「まだふたりだけで相談していないんです。彼が質問に答える前に、相談させてください」

ローソンは弁護士の要求について考えたあげく、肩をすくめた。「わかりました。休憩にしましょう。緊張をほぐす意味でも。さあ、ヘニングズ、メリーナ」彼が身ぶりでふたりをドアのほうへ誘《いざな》うと、彼らは部屋から出ていった。

バーチマンが椅子をチーフのそばへ引き寄せた。「頬はどうです？」

「死にはしません。何を話し合いたいんです？」

弁護士はチーフの口調が癇《かん》にさわったようだった。「喧嘩腰《けんかごし》の態度をとらないようご忠告します、ハート大佐。あなたはその分野でトップクラスの方かもしれませんが、わたしも自分の分野ではトップクラスなんですから。あなたは宇宙へロケットを飛ばし、NASAが誇る金髪の寵児《ちょうじ》となりました」彼はチーフの真っ黒な髪をちらりと見やった。

「言葉のあやですが」

「要点は？」

「一発へまをやらかしたら、あなたはNASAに屁《へ》とも思われないということです」

チーフは弁護士の下品なもの言いに驚いた。汚い言い方には慣れている。多くの軍関係者にとって、粗野な言葉は第二の言語だ。だが、こざっぱりとした弁護士が使うとは意外だった。バーチマンはチーフの注意を引くためにそうしたのだろうが、その作戦は功を奏した。

「それで？」

「NASAの宇宙飛行士には、清廉《せいれん》潔白なイメージがあります。これまでずっとそうでした。そりゃあ、宇宙計画の歴史には、それに反する者も何人かいましたが、そうした無分別な行動はおおい隠されてきたんです」

チーフは私見を述べなかったし、明らかに求められてもいなかった。

「ここへ来る前に、あなたについて最小限のことを調べる時間がありました」バーチマンは続けた。「わたしの見るところ、あなたの記録には非の打ちどころがありません。上司にも同僚にも、男性にも女性にも評判は上々です。短気ですが、いったん爆発したら、すみやかに忘れて根に持たず、やはりすみやかに謝ったり自分の間違いの責任を認めたりします」

「いやはや、照れますよ」

弁護士はチーフの思い上がった返答に顔をしかめたが、そのままの調子で続けた。

「あなたは異性愛者で、未婚です。でも、女性たちと――噂《うわさ》では数多く――親密なつきあいをしてきました。いちばん長く続いている甘い関係の相手はマスコミで、マスコミは最初からあなたを好意的に取材してきました。あなたが映画スターそこのけの整った顔でテレビに映って、さりげなく魅力を振りまき、はきはきと話をするたび、NASAは大喜びしています。あなたはNASAにとって最新の広告塔なんです。NASAのイメージをよくしていますし、NASAはそうしたイメージを保ちたいんです。国家予算に占める莫大《ばくだい》な宇宙計画費について、特にその大失敗について、納税者が下院議員に文句を言わないように。その費用はホームレスを収容したりセコイアを救ったりするのに使えるかもしれないんですからね」

「ずいぶん入念に調べましたね、ミスター・バーチマン。ですが、それはみんな無意味ですよ。わたしはNASAをもうすぐ退職するんですから」

「とすると、あなたのいちばんの心配ごとだと思われる——ご自身の将来の問題になります。あなたがどんな分野に関わろうと——」

「まだ決めていません」

「わたしはそれを尊重します。いま間違いをおかさないようにと助言するわたしを尊重してください。でないと」彼は指を大きく鳴らして言った。「国民的英雄としてのあなたのイメージは跡形もなくなりますよ。そうした名声にともなうあらゆる役得を楽しんでいらっしゃいますよね」

チーフはぶっきらぼうにうなずいた。

「あなたは有能な方です、ハート大佐。知性もおありです。公開市場では価値ある商品でしょう。でも、率直に言わせてください。求人市場でのあなたの最大の売りは、宇宙飛行士としての前歴です。あなたが最高入札者に売ろうとしている才能や魅力などよりも。NASAを華々しく出ていけば、どんな将来を望んでも手に入るでしょう。スキャンダルにまみれて退職したら、そのあと死ぬまで毎日つけを払うことになりますよ」

バーチマンは間を置いて深く息を吸ってから、言葉を続けた。「いいですか、あの双子がゆうべどんなふうに入れかわったかは、わかりません。なぜ入れかわったのかも。

そんなことは、どうでもいいんです。あなたに——いま——お訊きしたいのは、ローソンの尋問についてわたしがびくびくしなくてもよいかどうかなんですよ」

「心配にはおよびません」

弁護士は長いあいだチーフを注意深く見てから、いかにもほっとしたように椅子にもたれた。「いいでしょう。では、基本原則です。何も進んでしゃべらないこと。絶対に何も。言葉は簡潔に。詳しく説明してはいけません。この女性の殺害に無関係なことは、いっさい口にしないでください。いいですか？」

「わかりました」

バーチマンはドアに向かったが、ほかの面々に部屋へ入るよう合図する前に立ち止まった。「ほんの好奇心からお訊きしますが、ここへいらしたとき、メリーナ・ロイドとは初対面だとわかりましたか？」

チーフは首を振った。

「そんなに似ているんですか？」

「想像もつかないほど」

「メリーナ、これにおかけになりませんか？」

ローソンが補助椅子をさし出したので、彼女は礼の代わりにうなずいてそれを受け取った。

全員が腰を下ろすや、彼はまずクリストファー・ハートに言った。「あなたは容疑者ではありません、大佐」刑事はチーフに返事をさせようと、間を置いた。チーフが罠《わな》に食いつかなかったので、ローソンはつけ加えた。「あなたの足型は、被害者の自宅の外で見つかったものよりもかなり大きいですから」

クリストファー・ハートの顎がこわばった。足跡がなかったら容疑者になりうるのだというローソンの陰険なほのめかしに、彼がむっとしたのが、彼女の座っているところからでもわかった。だが、彼は非常に賢かったので、挑発する刑事を放っておいた。

弁護士の檄《げき》のおかげで、彼は変わっていた。以前よりも落ち着き、自制しているようだった。しかも、なんというか——超然としていた。先ほどまで、不安そうな青い目は移り変わる感情をあらわにしていた。いまは、どんな気持ちなのか測りがたい。力強く、冷静だった。

「あなたにお尋ねしたいのは、大佐」ローソンが言った。「ジリアン・ロイドの最後の数時間についてです」

チーフはだるそうな身ぶりで、続けるようにとローソンに合図した。「何を知りたいんですか？」

「初めて会ったのはいつです？」

「チーフはどんなふうに会ったかを説明し、続いて記者会見と晩餐会《ばんさん》の話をした。「ジリアンがエスコートではないなんて、とても思えませんでしたよ、ミズ・ロイド」彼女を見やりながら言った。「いかにもプロらしく仕事をこなしたんです」

「とても有能でしたから。わたしのことはメリーナと呼んでください」

彼はそれを受け入れ、ゆうべの話に戻った。「晩餐会が終わったあと、彼女はわたしをホテルへ送ってくれました」

「途中どこにも寄らずに？」

「一カ所だけ。タコスのテイクアウトをしたいと頼んだんです。彼女は願いを聞いてくれました。エスコートの仕事は客の要望に応《こた》えることだと言って。そうなんでしょう、メリーナ？」

「そのとおりです」

ふたたび部屋に入ってから初めてジェムが口を開いた。「タコスなんかの話は省略できませんか？　壁に書かれた文字の話をしたいんですが」

「壁に書かれた文字？」チーフは説明を求めてローソンへ視線を向けた。

刑事はジェムを睨《にら》んでいた。「おとなしくしていてください、ミスター・ヘニングズ」

彼は豚箱入りの警告がいまも有効であることをジェムに思い出させてから、チーフに目を戻した。「テイクアウトしたんですか？」

「ええ」

「どこへ？」

「ザ・マンションのわたしの部屋です」

「ジリアンはあなたの部屋へついていったんですか？」

「ええ」チーフは落ち着いて答えた。「ふたり分買いましたので。彼女はおなかがすいていると言ったんです。わたしの部屋のコーヒーテーブルで食べました」

「タコスの店には空席がなかったんですか？」

苛立ちをあらわにして、チーフは言った。「酒が飲みたかったんです。部屋のバーには酒がありました。バーボンですよ、それもお知りになりたければ。一杯飲みました」

「ジリアンは？」

「やはり一杯」

「彼女はあなたの部屋にどのくらいいましたか？」

「食事をすませました。帰ったのが何時かは覚えていません」

「彼女が帰るところを見た人はいますか？」

「わかりません。外まで送らなかったので。そうするべきだったかもしれませんね」

彼女はバーチマンが彼に警告の視線を送ったことに気づいたが、とてもひそやかだったので、たぶんほかの人間の目にはとまらなかっただろう。

ローソンが言っていた。「では、あなた方は食事をしたんですね。バーボンを一杯ずつ飲みました。ほかにしたことは？」

「話をしました」

「話を」ローソンはその場面を想像しようとするかのように顔をしかめた。「コーヒーテーブルで話したんですか？」

「奥歯にものがはさまったような言い方をせず、はっきり質問したらいかがです、ローソン刑事？」

「いいでしょう。あなた方は寝ましたか？」

11

彼の返事は簡潔だった。「いいえ」

「では、だれかがそうではないと思っています」

ローソンは持参したマニラ・フォルダーから光沢のある六つ切りの写真を数枚取り出し、チーフに渡した。これから見るものに対するなんの心の準備もせず、チーフはもどかしげに刑事から写真を奪った。だが、不機嫌は長く続かなかった。一枚目の写真をひと目ちらりと見ただけで、彼は顔をしかめ、ひたいに片手をあてて、うめいた。「ああ、なんと」

「いいですか?」バーチマンが手を伸ばした。チーフは一枚目の写真を渡した。

チーフは残りをざっと見てから弁護士にまわした。しばし視線を近くの虚空《こくう》に漂わせたあとで、彼女に据えた。「メリーナ、わたしは……」言葉が見つからず、しぐさに代弁させた。どうしようもないというふうに、両の手のひらを彼女のほうへ掲げ、のろのろとおろした。

「それで？」

チーフは彼女ともう少しだけ目を合わせてから、かみつくように催促をしたジェムを見た。「それで、とは？」

「書いてあることをしたのか？　ぼくのフィアンセとやったのか？」

「ジェム！」

「怒ってるのかい、メリーナ？」ジェムは声を荒らげた。「やつに怒れよ、ぼくじゃなくて！」

「ミスター・ヘニングズを同席させるべきじゃないかもしれませんね」

ローソンはバーチマンの提案を無視したが、ジェムに話しかけた。「最後の警告です、ヘニングズ。あと一度でも感情を抑えられなかったら、出ていっていただきます」

「いやだ、ここにいる」ジェムは頭を激しく振りながら言った。「この宇宙野郎がどう弁明するのか聞きたいんだ」

「何か言うべきことがあれば、ジリアンの妹さんに言います」チーフの声は威嚇《いかく》するように震えていた。「あなたにではなく」

「ジェム、お願いだから落ち着いてくれる？」彼女は力なく頼んだ。

「落ち着くよ。ミスター・宇宙飛行士の言うことをひと言も聞きのがしたくないからね」

ローソンが質問を再開し、どうしてだれかがそんなことを書いたのかと尋ねた。「それが真実であるなんらかの理由があるはずでしょう、ハート大佐」

「あなたがおっしゃりたいのは――」

「大佐」チーフに話すのをやめさせるかのように、バーチマンが片手をあげた。チーフは従わなかった。

「それは血でしょう?」彼は刑事に戻された写真のほうへ手を振った。「わたしに意味を言えとおっしゃるんですか?　どこかの心を病んだ男が女性を殺してから壁に血で書いたものを、説明させようというんですか?」

チーフはばかにするように鼻でふんと笑った。「わたしは精神分析医じゃありませんよ。刑事なんかでもありません。なのに、いったいどうして犯人がそう書いた理由がわかるんです?　だれかにわかるんでしょうか?　こんなことができるのは」チーフはふたたび写真のほうへ手を振った。「精神異常者です。頭のおかしい人間です。わたしに意味など説明できるはずがないでしょう?」

「わかりました、落ち着いてください」

「言われるまでもありません」

「ゆうベジリアン・ロイドと性的な関係を持ちましたか?」

「わたしはなんと答えました?」

「持たなかったと」

「では、それが返事です。彼女はわたしの部屋を出て――」

「何時です？」

「覚えていないと話したでしょう」

ローソンは彼女に顔をめぐらせた。「彼女は何時に帰宅しましたか、メリーナ？」

「遅かったですよ。二時と三時のあいだだと思います」

ローソンはチーフに向き直った。皮肉っぽい表情を浮かべていた。「ずいぶん長いあいだ話をしていたんですね」

ジェムはかろうじて自制しているようだった。

だが、チーフはひるまなかった。それどころか、いっそう挑戦的になった。「何時に彼女が帰ったのかは覚えていません。彼女が殺された理由は見当がつきません。以上。これで終わります」

チーフは立ち上がったが、座るようにとローソンが怒鳴った。バーチマンが抗議すると、弁護士と刑事の言い争いになった。ジェムは脅すような視線をチーフに向けてから、部屋の隅へ引っこんで壁に背中をつけた。

そのあいだ、彼女に据えたクリストファー・ハートの目は揺らがなかった。その視線はレーザー光線なみにものの奥まで見通せそうだった。そのとき彼の感じていたものが何であったにせよ――憤慨、やましさ、失望――激しい感情だったにちがいない。

「あと少しだけ質問させていただければ、ハート大佐への尋問は終わります」ローソンが弁護士に言っていた。

「この殺人の捜査に直接関係のある質問にしてくださいよ、刑事」

ローソンがチーフに注意を戻し、ゆうべ彼とジリアンのあとをつけた人間がいたかと尋ねた。

チーフは腕組みをした。「いいえ。でも、気をつけていませんでしたから。そんなことをする理由がないでしょう?」

「彼女はだれかに電話しましたか?」

「わたしといっしょにいるあいだは、しませんでした」

「それは夜の大部分ですね」

チーフは肩をすくめた。「ひとりきりになったときもありましたから、彼女がだれかに電話することはできたでしょう。彼女が電話するところは見ていませんが」

「電話を受けたところも?」

「電話を受けたところも」

「彼女はだれかと話しましたか?」

「もちろん。たくさんの人と。ドアマン。駐車場係。記者会見の出席者全員。晩餐会で近くに座った人たち」

「怪しい人間は？　変わった人間は？　ゆうべの催しに場違いに見えるだれかは？」

「いいえ」

「彼女が偶然に会ったかもしれない人は？　昔のクラスメートとか？　以前のボーイフレンドとか？　近所の人や知人は？」

チーフは首を振り続けた。「いいえ、いいえ、全然」

「ゆうべのいずれかの時点で、あなたはだれかと不愉快な言葉をかわしましたか？　彼女は？」

「いいえ。メリーナ」チーフは急に彼女のほうを向いた。「わたしが手がかりを提供できることをあてにしているんでしょう。すみません。できなくて」

「記憶に残ることがあったら、思い出しますよね」彼女は悲しげに微笑《ほほえ》んだ。「ミスター・ローソンがおっしゃったように、ばつの悪いことがあったとしても、あなたはたぶん気づかなかったのでしょう。姉は巧みに処理したでしょうから」

「そんなことは何ひとつ――」彼は不意に言葉を切った。「待ってください」

彼女は椅子《いす》から身を乗り出した。「大佐？」

「あることを思い出しました」チーフがしばらくそのことについて考えるあいだ、残る全員は期待をこめて彼を見つめた。やがて、彼はローソンに顔を向けた。「男がひとりいました。タコスの店に。わたしたちが入るとき、出てきたんです。彼女に話しかけました。名前で呼んで。ジリアンと」

チーフは彼女を見やった。「わたしに対してジリアンはとても上手にあなたのふりをしましたよ、メリーナ。その男に本当の名前で呼ばれたのに、あわてなかったんです。なぜ男がジリアンと呼んだのかを尋ねると、姉と間違えたのだろうと説明してくれました」チーフは彼女の姿にさっと目を走らせた。「ありえますね。とにかく、そのとき彼女はあなたについて、そっくりの双子の妹について、話してくれたんです」

「男の名前は？」ローソンが訊《き》いた。

「名乗ったんですが――」

「なんです？」

「残念ながら、覚えていません。そのときわたしが気をとられていたのは、ほかならぬ……」チーフは部屋の隅で話を聞いているジェムを素早く見た。言いかけたことを心のなかにしまい、新たに口を開いた。「名乗られても、ジリアンは彼のことがわからないようでした。ふたりはちょっとした言葉をかわしました。彼女はその件を人違いだと片づけ、わたしはそれきり忘れました。でも、いま思い返すと……」

「なんです？」

「勘違いかもしれませんが、メリーナ、男に会って彼女は気分を害したようです」

「どんなふうに？」ローソンが追及した。

チーフは首を振った。「よくわかりません。男と話した彼女がぞっとしたように思えただけです。実際、わたしもなんだかぞっとしました。変な人間だったので」

「たとえば？」ローソンはメモ帳を出し、その上でペンを構えた。

「外見です、ひとつには」

「詳しく教えてください」

「長身。青白い肌。痩《や》せすぎ。眼鏡をかけていたのは間違いありません。分厚いので目の形がゆがんで見えましたし、鼻の下のほうへずり落ちていましたから。でも、変な印象を受けたのは、見かけよりも多分に行動のせいです。彼がジリアンを見る目つきでした」

「どんな？」

「そうですね……」チーフはふさわしい言葉を探した。「仰天したような。少し腹を立ててさえしたかもしれないような。彼女をそこで見かけたせいで。特に……」チーフはためらったが、ジェムを素早く一瞥《いちべつ》したあとで言いきった。「わたしといっしょにいたことで」

じっくり考えてからローソンが言った。「男が彼女をジリアンだと思ったのはたしかですか？」

「そう呼びましたから」チーフは答えた。「それに、彼女は訂正しなかったんです。男に対してメリーナのふりはしませんでした」

「なんらかの理由で、その男がハート大佐といっしょにいるジリアン・ロイドを見て傷ついたとすれば」バーチマンが推測した。「容疑者になりますね、刑事」

「でも、わたしといっしょの彼女を見て、どうしてその男は気を悪くするんです？」チーフはまたジェムに目を向けた。「男があなたのお友だちで、間違った結論に飛びついたのでなければ」

「大嘘《おおうそ》つきめ」ジェムはあざ笑った。「こいつが作り話をしてることに、だれも気づかないのかい？　自分から注意をそらすために、いもしない人間をでっち上げたんだよ。嘘をついてるんだ！」

たちまちチーフが椅子から飛び出した。「この野郎」怒りを抑えて引き下がったほうが得策だと気づいたらしく、いきなり彼女のほうを向いた。「メリーナ、わたしはその男を見たんです。話をしたんですよ」

彼女はしばらく彼の視線を受けたあとで、ローソンを見た。「捜査するに値しますね。男がハート大佐の言葉どおり変な感じだったのなら、ほかのだれかが見かけたことを覚えているかもしれません」

「その男について話せることはそれですべてですか、ハート大佐？」

彼はこれ以上ないほど苛《いら》ついているかのように指で髪をかきまわしていた。怒りのまともなはけ口がまだ見つかっていないのだ。「ええ。面と向かっていたのは、せいぜい二、三十秒ほどですし」

「男の車は見ましたか？」

「いいえ」

「もう一度話してください。ほかの何かが思い浮かぶかもしれません」

チーフはその要求に反発しそうだったが、彼女を見て憤《いきどお》りを消した。「わたしたちが店へ入るとき、男はドアを押さえてくれました。そして、ジリアンに話しかけたんです。名前を呼んで。彼女は男がだれだかわからない様子でした。知っているらしい人に声をかけられたものの、どこのだれだか思い出せないという、そんな気まずいときってありますよね」

「だれにでもありますよ」彼女は言った。

「でも、男は彼女の記憶を刺激したんですね」

「ええ」チーフはローソンの催促に答えた。「たしか男は名乗ったんですが、たとえ頭に銃を突きつけられても思い出せそうにありません」

「努力してみてください」

「思い出せないと言っているんですよ、刑事」バーチマンがつっけんどんに言った。

「バーチマン、尋問しているのはわたしです。いいですか？」

このふたりは話をしていないも同然だった。チーフは自分のなかに閉じこもっているようだったからだ。つとめて思い出そうとしているのだろう。忘れてしまった細かいことを呼び覚まそうとして、顔が緊張していた。彼の脳はコンピュータだ。並の人間には推測することもできないほどの情報が詰まっている——難しい技術の、科学的な、航空学のデータが蓄えられている。仕事に必要なデータが。彼は入用なときに集中して情報を呼び出すだけでよかった。保存したファイルをコンピュータの画面に出すかのように。

「男が名前を言っても、ジリアンはぴんとこなかったようなんですが、そのあと男が……」

ローソンとバーチマンは言い合いを中断した。ふたりとも口をつぐんでチーフに耳を傾けた。

「ええっと、男はなんと言ったかな？」チーフは目をぎゅっと閉じ、鼻柱をつまんだ。

「男は言ったんですよ……自分は……」目をぱっと開いた。「ウォーターズ。ウォーターズの、と。そう言いました」

「ウォーターズ！」

ローソンが鋭い目で彼女を見た。「心あたりがありますか、メリーナ？」

「ウォーターズ・クリニック」

「それはなんです?」

「ううっ、なんてことだ」ジェムがうめき、拳《こぶし》を手のひらに押しつけた。「人工授精なんかやるもんじゃないって、わかってた。ぼくはずっと反対してたのに」

彼女は怒りに満ちた不信の目を彼にさっと向けたが、言い返す間がなかった。ローソンが興奮した彼女に気づき、早くも質問を繰り返したからだ。「ウォーターズ・クリニックです」彼女は説明した。「不妊を専門としています。きのうジリアンはそこへ行きました」

「排卵日だったから」ジェムがつぶやいた。

ローソンは驚いた。「ジリアンは患者だったんですか?」

「ええ」

「なんのために?」

「大事なのは、刑事さん、その変な男がそこでジリアンを知っていたことだと思いますが」

ローソンは眉《まゆ》をひそめてそれを認め、血なまぐさい写真をマニラ・フォルダーに戻した。「みなさん、お帰りになってかまいません」

「あなたは何をするつもりです?」彼女は尋ねた。

「そのクリニックを調べます。変な感じの男がそこで働いているかどうか。何かわかったらご連絡しますよ、ハート大佐」ローソンは続けた。「この事件が解決するまで、街にいらしていただきたいんです」

「あなたが殺人事件を解決するまで、わたしのクライアントを待機させておくわけにはいきませんよ」バーチマンが抗議した。「何カ月もかかるかもしれないんですから」

ドアへと移動していたローソンが、足を止めて宇宙飛行士に話しかけた。「バーチマンの言うとおりです。あなたを無理やり街にとどめておくことはできません。ですが、そうしてくださるのではないかと思うんです。女性を殺した犯人を捕まえようとするのが市民の義務であるばかりでなく、あなたはこれまでのところ最大の手がかりを提供しましたし、例の謎《なぞ》の男の顔をたしかめるために必要になるかもしれないんですから。品位ある人間として、英雄として、この街にいてくださると思っています。もうひとりのミズ・ロイドのために。生きているほうの。いいですね？」

ローソンが足音高く出ていくと、狭い部屋に空きができた。最初に動いたのはバーチマンだった。彼はブリーフケースを手にし、チーフにドアのほうへ行くようにと顎《あご》をしゃくった。「お先にどうぞ」

それに従わず、チーフは彼女のほうを向いた。「メリーナ。お姉さんを亡《な》くされて、心からお気の毒だと思っています」

「ありがとうございます。この事件のせいでご迷惑をおかけして、すみません」

「あなたの悲しみに比べたら、なんでもありませんよ」

「早く出よう」ジェムが無作法にも言った。「もうずいぶん長いあいだここにいたんだから」彼は全員をドアから出そうとするかのように、彼女のすぐうしろまで間を詰めた。

バーチマンとチーフは大きな部屋のデスクの迷路を縫い、廊下にあるエレベーターに向かった。彼女とジェムがあとに続いた。バーチマンがボタンを押したとき、先ほどチーフに近づいてきた私服警官がふたたび寄ってきて、メモ帳をさし出し、おずおずとサインを求めた。

エレベーターが来た。「わたしはもう少しここにいます」チーフはそう言って、素早く弁護士と握手し、あとでオフィスに電話すると伝えた。バーチマンはエレベーターに乗りこんだ。

ジェムが彼女をエレベーターのドアのほうへそっと押した。

ふと思いついて、彼女は言った。「先に帰って、ジェム。トイレに寄りたいの」

「ああ、わかった」閉まりかけた自動ドアにはさまれないよう不器用によけながら、ジェムが答えた。「あとで家に行くよ」

エレベーターのドアは閉まったが、彼女はトイレへ行かなかった。

チーフは素早く目を上げ、彼女を興味深げに見た。警官の息子のために、さし出されたメモ帳にサインをした。「ありがとうございます、チーフ」警官が敬礼して言った。

「どういたしまして。息子さんによろしく。トッドに」チーフが握手をすると、警官は宝物を持って去った。

チーフはエレベーターのボタンを押した。「下へ？」

「お願いします。トイレのことはちょっとした嘘だったんです」

「そうですか」すっかり納得はできなかったが、彼は答えた。

ふたりはエレベーターのドアの合わせ目を見つめながら待った。沈黙が長く続いたので、妙に意識し、気まずい雰囲気になった。エレベーターが来たとき、ほかにだれも乗っていなかったので彼女はほっとした。彼は身ぶりで先にどうぞと合図し、彼女のあとに続いた。エレベーターが降りはじめ、彼女はチーフのほうを向いた。「ジェムのこと、ごめんなさい」

「あなたのせいじゃありません」

「恥ずかしく思っているんです。ばかみたいなふるまいをして」

「あなたに文句を言うつもりはありませんよ」彼はかすかな笑みを浮かべたが、彼女は微笑み返さなかった。

「あなたとふたりだけで話もしたかったんです」

チーフは彼女のほうへ半身に構えた。「いいですよ」

「なんて臆病者《おくびょうもの》なのかしらと伝えるために」

彼はとっさに顔を彼女に向けた。「なんですって？」

「あなたは臆病者です、ハート大佐」

「初めからちゃんと聞こえました」彼はこわばった声で言った。「なぜそう思うのかを教えていただけますか？」

「もちろん」一階に着いてドアが開いたが、彼女はその場から動かなかった。「ジェムはあなたに襲いかかるという間違った行動をとりましたが、ひとつだけ正しいことを言いました。あなたは嘘つきです」彼が言い返せないうちに、彼女は続けた。「とんでもなく臆病で、ローソンの質問に正直に答えませんでした」

「どんな質問？」

「ジリアンと寝たかという質問ですよ。いいですか、あなたがそうしたことをわたしは知っているんです」

12

チーフは騒々しくザ・マンションの自室へ入り、ジャケットを椅子《いす》に放り投げ、バーへ直行した。バーボンを飲みたかったが、清涼飲料水で我慢した。それを持ってソファへ行き、クッションのあいだにどさりと腰を下ろし、缶の半分を飲み干したあとで、ひと息ついた。

とはいえ、深く息を吸ったわけではない。深く息を吸ったら、ソファのクッションに移ったジリアンの香水の匂《にお》いで記憶が刺激され、あまりにつらかっただろう。

むせぶような耳障《みみざわ》りな声が、こらえきれずに喉《のど》から出た。身を起こして清涼飲料水の缶をコーヒーテーブルに置き、膝《ひざ》に両肘《りょうひじ》をついて十本の指を髪に突っこみ、頭をかかえた。鎖かたびらを着たように、絶望におおわれた。目を固く閉じ、ゆっくり息を吐いた。

くそっ。どうしてこんなことになったんだ？　なぜ？　どんな神の機嫌を損ねた？

彼は泣かなかった。宇宙飛行士は泣かない。ほんの数時間つきあっただけのだれかが死んだからといって、人は泣かないものだ。

だが、泣きはしなかったものの喉が締めつけられ、目をあけたときにはどうやらまつげが濡《ぬ》れているようだった。

冷たい飲み物の缶をふたたび手にして少しずつ飲みながら、メリーナの別れぎわの言葉について考えた。彼は怒ったままでいようと懸命に努力していた。メリーナは無理からぬ憤懣《ふんまん》から彼に挑戦し、たとえてみれば、彼の一物をゴミために捨てたあと、エレベーターから逃げたのだ。彼女を追いかけて言い返そうとしたのだが、警察署がご丁寧にも用意している金銭支払窓口のひとつで交通違反の罰金を払おうと並んでいた男に、呼び止められてしまった。男のにぎやかな挨拶《あいさつ》に応《こた》えて握手しているうちに、メリーナはいなくなっていた。

ホテルへ戻る車のなかで、チーフは彼女にたきつけられた怒りをあおろうとした。嘘つきで臆病者だと言われたのだ。同じことを言ったヘニングズの喉を絞めようとしたではないか。腹を立てる権利は充分にあった。だが、良心が許さないため、怒ったままではいられなかった。自分が間違っていることを知っていたからだ。

怒りは安全な感情だった。逆上することには慣れていた。対処と制御の仕方はわかっている。だが、これは――〝これ〟がなんであるにせよ――どう扱ったらいいのか見当がつかなかった。自分のなかで暴れている感情の正体がつかめもしなかったら、どうやってなだめればいい？

美しい女性が惨殺《ざんさつ》された。たしかに、悲劇だ。だが、ジリアンとの関わりはきわめてはかなかったので、こんなふうに心をさいなまれるほど苦しんで当然だとは信じられなかった。

それでも、さっさとこの事件から手を引いて忘れられはしなかった。ローソンから義務と品位について説教されたせいで、ここに残るのではない。強い責任感はあったが、必ずしもダラス市警に対するものではなかった。メリーナのためにとどまってほしいという刑事の言い分には心から納得できたが、それですら、所持品をダッフルバッグに放りこんでヒューストンへ戻るのを阻止できるほどではなかった。

そう、ここにいて、この事件の結末を見ずにはいられないのは、ほかの何かのせいだ。とらえどころのないもの。まだよくわからない何か。

飲み物を飲み干して、缶をコーヒーテーブルに置き、ふたたびクッションにもたれた。いかなる論点もぼやかしてしまいがちな感情を意識して除外しながら、スペースシャトル内で仕事に取り組むのと同じように実践的に問題へ接近することにした。この難問の各要素を個別に検討していこう。消去の過程で、やがて問題の核心に、つまり結論に至るだろう。

まず、怒りを感じるのは、ある程度もっともなことだ。殺人の捜査に関わるのが嬉《うれ》しくない明らかな理由はたくさんあるが、さほど目立たない理由として――避けたいと願っていたことが現実になるからだ。

彼はこれまでずっと、こうした厄介ごとがいつか起こるだろうと思っていた。自分は少数民族のひとりで、あらゆる少数民族の青年が早くから気づくように、だれよりも長く勉強し、懸命に努力し、強くならなければならなかった。いろいろな面で能力を発揮しなければならなかった。細かいところまで監視されたのは、いつかきっと大きなへまをやらかすと思われていたせいだ。だから、彼は失墜を予測し、恐れながら育った――大失墜を。少なくとも、失墜のきっかけが起こったいま、もう不安を感じなくてすむ。

さらに、彼に対するバーチマンの個人的な見解は、的を射ていた。ＮＡＳＡは、これまで非の打ちどころのない記録を作ってきた寵児《ちょうじ》が、死の前の数時間をいっしょにすごした若い女性の惨殺事件で急に警察から尋問されるのを快く思わないだろう。警察の尋問がいかなる内容のものであっても、事件になんらかの形で関与するのはまずい宣伝になる。とんでもなくまずかった。

だけど、いいか、これは自分のせいじゃない。わたしがどんな悪いことをした？　頭のおかしな男がジリアン・ロイドといっしょにいる彼を見てどんな行動を起こそうと、彼の責任ではないのだ。

「彼女と寝ましたか？」

そう。寝た。セックスをした。そうだよな？

メリーナはどうして嘘《うそ》だとわかったのだろう。ローソンのぶしつけな質問を同じくぶしつけに否定したとき、やましそうに見えたのだろうか。双子のテレパシーで嘘を見抜いたのだろうか。それとも、ジリアンが話した？

あるいは……メリーナは推測しただけであり、たまたまそれが当たったのかもしれない。ジリアンがメリーナと入れかわったのは、単に自慢する権利を手に入れるためだったのだろう。よく知らないが、彼女はクーポンを集めるように男を収集していたのかもしれない。〝やるべきリスト〟から〝宇宙飛行士〟を消したかったのだ。

いや。違う。彼は自分の考えに気分が悪くなった。男と同じように、セックスした相手の数を増やす女がいる。そういう女にとって、彼は戦利品だ。だが、ジリアンはそういった女性ではなかった。そんな考えがよぎるなんて、自分はどうかしている。

実際は、ふたりは惹《ひ》かれ合ったのであり、それはタコスを食べ、バーボンに酔ってから始まったものではなかった。相手をひと目見た瞬間に始まっていた。初めて握手をし、初めて微笑《ほほえ》んだときから、その晩の長い前戯が続き、やがてそれが互いのなかで絶頂に達し――。

だめだ。そのことは考えまい。考えないでおこう。絶対に。

気をまぎらわせるために、携帯電話を手にした。職場と自宅の留守番電話を確認し、どうしても欠かせない返事だけをして、十五分ほどをすごした。

いつ帰るのかという質問には、ヒューストンへ戻るのが遅れている下手な理由をでっち上げた。じきに、本当の理由は知れわたるだろう。ダラスで女性が殺された事件との関係で彼の名前が記事になるのは、時間の問題にすぎない。マスコミはこぞってその件を取り上げるのではないだろうか。ある日、セント・マリーズ大学の学友会から賞をもらったら、翌日には殺人について警察から尋問された。そのあいだには……。

やれやれ。何に考えを向けても結局はゆうべのことに行き着くなら、進んでそのことを考えたほうがいい。彼は一日中それを避けていた。目覚めて、彼女が帰ったことに気づいたときから、いままで。それについて考えようとはしなかった。

あんな女、どうでもいい。彼は不機嫌にベッドを出ながら、そう思っていた。するべきことがあり、行くべき場所があり、会うべき人がいた。彼女とは笑い合い、楽しくセックスをしていた。朝まで彼女がいなかったのには傷ついたが、じきにけろりと忘れるだろうと思った。

だが、そんなふうに男の痩《や》せ我慢をしてはみたものの、結局は朝食を兼ねての話し合いの前に二度も彼女に電話し、留守番電話になっていることにいらいらした。その後、朝食の終わりにローソンがやってきたので、目の前の非常事態のことしか考えられなくなった。

ゆうべのことについて考える時間ができたいま、そうしてもいいじゃないか？　そうすれば、もう気にならなくなるかもしれない。おそらく別の手がかりが見つかりさえするだろう。先ほどは忘れていたけれども、ローソンの捜査を進展させるような、重要な何かが。

じゃあ、ゆうべのことについて考えるのは気高い動機からなのか、と彼は皮肉っぽく自問した。とんでもない。考えたいから、考えたい。それだけだ。

クッションにもたれて目をつぶると、コーヒーテーブルのかたわらの床に座った彼の前に彼女がふたたび立ったような気がした。

「何をしたい？」そのとき彼がふたりでしたいことが彼女の望みならいいと願いながら、彼は尋ねていた。

誘いかけつつも慎み深く見せながら、彼女はうなじに手をやってドレスの上のホックをはずすと、ゆっくりファスナーを下ろした。片方の肩を出してから、もう一方の肩を出し、ドレスをウエストまで落としたあとで腰の下へと引っ張り、そこから抜け出した。

彼は夢うつつの状態で、自分が嗄《しゃが》れた声でささやくのを聞いた。「まいったな」

「それは賛成票だと受け取っていいの？」

返事として、チーフは彼女の腰に両手を置き、引き寄せた。ビキニ型パンティーのすぐ上にキスをし、肌をやさしく吸って歯と舌にあてた。彼女が徐々にひざまずくにつれて、彼の口は体を上へとはっていった。ストラップレスの黒いブラジャーに行く手をはばまれたので、背中に手をまわしてホックをはずし、乳首に唇をつけると、彼女はチーフの髪に両手をさし入れた。

どうやってそこからソファへ移ったのか、記憶は曖昧《あいまい》だった。クッションのあいだでもがきながら、ほんの少しのあいだに両手でなるべくたくさん彼女に触れようとし、そばに乳房があるとき口に含んだことは覚えていた。彼女はチーフの喉元で「ひとりだけ服をたくさん着すぎているわ」とささやきながら、タキシードのシャツの飾りボタンに両手を伸ばした。

彼女はチーフをクッションの上に押し戻し、彼の膝のあいだの床にひざまずいて、苦心しながら飾りボタンをはずしていった。もどかしくなった彼が手伝おうとするたび、叱《しか》りながら笑って手を払いのけた。だが、彼の落ち着かない両手が乳房を包み、親指が乳首をなでると、彼女の目は翳《かげ》りを帯びてものうげになった。

ようやく、飾りボタンがすべてはずれた。彼女はチーフのシャツを広げ、身を乗り出して胸にキスをした。その唇の感触は、肌にかかる息のように軽かった。口をへそへと下げていくとき、彼女は濡れた舌でくすぐったり、歯でかすかにこすったりした。

いま、チーフは息を詰めていた。ゆうべ彼女がカマーバンド（訳注 タキシードの下に着用する）をはずしてズボンのジッパーを下ろしたときのように。彼女は彼のブリーフに片手を入れた。いたずらっぽい笑いのこもった声で、こうつぶやいた。「あなたが族長《チーフ》と呼ばれるのも、うなずけるわ」

そのあと、彼は低くうめいて、彼女のなめらかな髪に指をからませ、もっとなめらかな口に彼自身が含まれると、文字どおりとろけてしまった。

電話が鳴り、彼はなまめかしい白昼夢から覚めた。

つかのま両手で顔をおおったあと、毒づきながら携帯電話に手を伸ばした。だが、通話ボタンを押してからも呼び出し音は鳴り続けた。そのときになってようやく、鳴っているのは部屋の電話だと気づいた。ソファの向こうへと手を伸ばし、テーブルにのっている内線電話の受話器を取った。

「もしもし？」

「ハート大佐でいらっしゃいますか？」

「どなた？」

「デクスター・ロングツリーです」

「何か用でも？」

無作法に応対したが、気にならなかった。この年老いた族長に言うべきことは、今朝すべて伝えてあった。ともに仕事をする望みは、いっさい断ってある。少なくとも、それだけは明らかにしたつもりだ。そのあと、たくさんのことが起こった。楽しいことはひとつもなく、どれも悲惨だった。彼は救いようがないほど不機嫌だった。

「何か困ったことはありませんか？」

「なぜわたしが困っているんです？」

「最後にお会いしたとき、警察ともめているようでしたから」

「もめているのではなく、ただ――」

「思い出していただきたいのですが、わたしは予想したでしょう。あなたはじきにわたしの助けが必要になると」

チーフはあざ笑うような声を出した。「なんと、ロングツリー、あなたには予知能力でもあるんですか？　まじない師なんですか？」

わずかな間のあと、年老いた族長が尋ねた。「あなたは霊的なものをそれほど軽蔑《けいべつ》していらっしゃるんでしょうか、ハート大佐？」

「わたしが軽蔑しているのは、ノーという返事を受け入れられず、自分の関心ごとに専念できない人たちですよ」

「でも、あなたはわたしの関心ごとなんです」族長は微塵《みじん》も躊躇《ちゅうちょ》せずに言った。「あなたや、あなたのすることすべて、あなたの身に起こることすべては、わたしにとってきわめて興味深く大切なんです」

チーフはますますいらいらしてきた。「だったら、それがあなたの問題ですね。きのうも、今朝もまた、お話ししたでしょう。わたしはあなた方の団体には加わらない、こちらの利益とNAAの利益は相容《あいい》れないと」

「あなたがわたしたちを必要としている以上に、わたしたちがあなたを必要としていると」

「では、話を聞いていらしたんですね」

「聞いていましたよ、ハート大佐。あなたの考えははっきりと伝わってきました」族長があまりに長い間を置いたので、チーフが挨拶をして電話を切ろうとしたとき、ロングツリーがつけ加えた。「今朝から心変わりなさったかもしれないと期待していたんです。不幸な状況に置かれたことで、考えが変わったかもしれないと」

急な寒気がチーフの背筋を走った。きのうロングツリーやアボットと会ってから、彼の人生が奈落《ならく》の底へとらせんを描いて下降しはじめたような気がした。「よくも、そんなことを。もし――」

「どうやらあなたはまだ同じお気持ちのようですね。もうしばらくあれこれ考える時間をさしあげましょう。慎重に考えてください。失礼します、ハート大佐」

「ちょっと待て」チーフは受話器に叫んだが、ロングツリーは電話を切った。

チーフは受話器を架台に叩《たた》きつけ、筋道を立てて考えようとしながら部屋をうろうろしはじめた。ロングツリーや相棒のアボットと、ジリアンに起こったこととのあいだに、つながりはありうるだろうか。彼を〝救う〟ためのスキャンダルを作り出す目的で、彼らは罪もない女性を犠牲にしたのだろうか？　救ってもらったら、たしかにわたしは彼らに恩を感じるよな？

チーフは何年もかけて覚えたかぎりの悪態を口にした。

そういう事情ならば、ロングツリーと殺人とのあいだに関係がありそうならば、ただちにローソンに知らせなければならない。だが、どう話す？　罠《わな》にはめられたような気がすると？

とるべき行動が決まらないうちに、電話がまた鳴った。あの三つ編みの年寄りが、時間を無駄にしないことにしたんだな？　チーフは受話器を引ったくるように取った。

「追い討ちをかけるように脅すつもりか、ロングツリー？」

「ロングツリーとはだれで、彼が何を脅しているんです？」

ローソンだった。

「なんでもありません」チーフはつぶやいた。

「それはだれ――」

「わたしが朝食をいっしょにとった老人です。仕事の……話で」チーフは苛《いら》ついて言った。「複雑なんですよ。ほかのこととはいっさい関係ありません。なんの用です？」

「男を見つけましたよ」

「だれのことです？」

「あなたがおっしゃった変な男です」

頭の切りかえに一、二秒かかった。チーフはソファの端に腰を下ろし、この新しい情報の意味をかみしめた。

ローソンが続けた。「男の名前はデイル・ゴードン。ウォーターズ・クリニックで働いています。あなたがおっしゃったことを職員に伝えたら、彼だとわかったんです」

「尋問しましたか？　なんと主張していますか？」

「欠勤なんですよ。具合が悪いので休むと、今朝早くクリニックの留守番電話に伝言を残して。いま自宅へ向かっているところです」

「いい結果が出るといいですね。幸運を祈っています」

「あなたもいらしていただきたいんですが」

「わたしも？　なぜです？」

「まったく罪のない人間を尋問しないよう、彼があなたとジリアンに話しかけた男であることを確認してもらいたいんです」

「そういうことは面通しでするんじゃないのですか？」

「逮捕のときに必要なのです。あなたがおっしゃったこの変な男は、殺人現場から去るところを目撃されていません。この時点では、容疑者じゃないんです。公式には」

「言葉を変えれば、あなたが間違った人間を捕まえないよう、わたしを――公式に――

立ち会わせたいんですね」

「わかってくださると思っていました。いまザ・マンションのドライブウェイに入るところです。用意はいいですか？」

「こんにちは。ウォーターズ・クリニックです」快い声がした。

「もしもし、メリーナ・ロイドと申します。ダラス警察署のローソン刑事に話があるんですが。そちらにいらっしゃるはずなんです。電話を取り次いでいただけますか？」意味ありげな沈黙が続いたので、彼女はつけ加えた。「刑事さんの携帯電話にかけたんですが、どうも故障しているらしくて。とても大事な話があるんです」

いかにもいやいやながら、受付係が言った。「刑事さんなら、もうひとりの警官といっしょにここへ来ました」

「来ました？」

「十五分ほど前に帰ったんです」

「ミスター・ゴードンを連行しましたか？」

「あなたのお名前をもう一度お願いします」

「メリーナ・ロイドです」

「その件について、わたしはあまり知らないんですよ、ミズ・ロイド」

「刑事さんが捜査している犯罪の犠牲者は、わたしの姉なんです。ミスター・ゴードンは連行されたんですか、されなかったんですか？」

彼女はきょう、ひとつのことを学んだ。悲しみは人によって異なる形を取ると。ジェムはうちしおれ、抜け殻になったかのように動きまわっていることが多いものの、クリストファー・ハートに襲いかかったときのように、ときたま思いもかけない行動に出たりもした。彼は友人たちの慰めを嬉《うれ》しがっているようだったが、彼女は役に立ちたがる人たちに常に囲まれていると息が詰まりそうになった。それをのがれるために、少し仮眠をとると理由をつけて寝室へ引っこんでいた。

彼女はベッドに横になったが、無駄だった。泣きすぎで目がひりひりと痛み、まぶたを閉じるだけでもつらかった。眠るなんて問題外だ。しかも、復讐《ふくしゅう》をすると心に誓ったため、しょげずに行動したくてしかたなかった。

でも、何ができる？　キャセロール料理や脂《あぶら》の固まったサラダがみるみる増えていくキッチンやリビングにいる友人たちのところへ戻りたくなかったので、寝室を歩きまわるうちに、ローソンがなんらかの進展をみているなら、それを知りたくてたまらなくなった。たぶん刑事は口出しを喜ばないだろうとは思ったが、ウォーターズ・クリニックの受付係に疎《うと》んじられるとは意外だった。

「どうなんです？」

「デイル——ミスター・ゴードン——は連行されませんでした。出勤していなかったんです。今朝、病欠の連絡がありまして。刑事さんはここから彼の自宅へ行ったと思います」

声を低めて、受付係が訊《き》いた。「彼は何をしたんです?」

その質問を無視して、彼女はデイル・ゴードンの自宅の住所を尋ねた。「職員名簿にあるはずですよね」

「すみません。そういうことはお教えできないんです」

「お願い」だが、電話はすでに切れていた。「まったくもう」

彼女はベッドの端に腰を下ろし、顎《あご》が胸につくほどうなだれた。ああ、疲れた。くたくただ。肩甲骨《けんこうこつ》のあいだの筋肉が、緊張と疲労で焼けるように痛んだ。

友人たちの助言どおり、睡眠薬を飲むべきなのかもしれない。二錠。三錠。何錠でも、意識を失わせてくれるなら。何もかも忘れられるのは、至福にちがいない。

とはいえ、それは臆病者《おくびょうもの》の解決策だ。嘘《うそ》をつくのと同じよ、と彼女は苦々しく思った。嘘がばれたとわかったときのクリストファー・ハートのきまり悪げな表情から、少なくとも慰めは得られたけれども。

だが、それはいまのところ考えたいことではなかったので、睡眠薬についての検討へ戻った。薬を飲んで解決することは? 何も。姉妹の死に対処しなければならないことを容赦してくれはしない。延期するだけだ。しかも、彼女はまだ忘却できる状態ではなかった。この状況から逃げる前に、するべきことが山とある。でも、何ができる?そのとき、名案が浮かんだ。ベッド脇《わき》のナイトテーブルの前にひざまずき、二番目の抽斗《ひきだし》をあけて探しものを見つけると、その大きな本を膝《ひざ》にのせた。

「ゴードン?」ローソンは男の玄関のドアをふたたび叩いた。二度目に呼んでも返事がなかったので、電話をかけるよう同行した警官に命じた。

キーティングは殺人捜査課に配属されたばかりだった。とりわけローソンのようなベテラン刑事の前では、抜かりなくやりたかった。「しました。二度も。だれも出ません」

「車がある」ローソンは言った。「彼女はなんと話している?」

彼は、ガレージを改造したこのアパートメントの母屋《おもや》に住む年配の女性を身ぶりでさし示した。彼女は裏のポーチに立って歩行器に寄りかかり、好奇心と疑念の入り交じった目で様子をうかがっていた。その足元で、ポメラニアンがキャンキャン吠《ほ》えている。

「家主です」キーティングが報告した。「きょうは姿を見てないと言ってます。たいてい昼間は仕事に出かけていて、六時かそこらまで戻ってこないそうです。家にいるのは週末だけで、平日に家にいるのはとても珍しいという話でした」

「彼はひとり暮らしか?」

「ええ、友人はいません。だれかといっしょのところを見たことはないと言ってます。

おとなしく、家賃を期日までに払い、文句を言うのは犬がアパートメントの間近で騒ぐときだけだそうです」

「わたしが彼だったら、あの小うるさい犬をとっくの昔に撃ち殺しているがな」

一メートルほど離れたところから会話を聞いていたチーフも、同感だった。動物愛好家で、けっして虐待《ぎゃくたい》を推奨してはいないが、その小型犬の甲高い吠え声は釘《くぎ》のように鼓膜に突き刺さった。

どうやら決心したらしく、ローソンが言った。「部屋へ踏みこむ。彼女を家へ入れろ」

キーティングが老女のところへ駆けていき、抗議を無視して彼女を家のなかへ戻した。それから犬をつかみ上げ、彼女のあとから家のなかへ文字どおり放りこんだ。「ハート大佐、隠れてください。彼はわれわれを待ちかまえているかもしれませんから」

チーフは自分たちが乗ってきた覆面パトカーのうしろへ移動した。武器を手にしたふたりの刑事がドアの両側に張りつく図は、まるで映画を見ているようだった。ローソンはゴードンの名前をまた呼んだが、返事がなかったので薄っぺらなドアを素早くひと蹴《け》りすると、ドアが開いた。

ふたりの刑事がなかへ駆けこんだ。チーフは雨あられと飛ぶ弾丸の音が聞こえるだろうと緊張したが、危険はないと叫び合う警官ふたりの声がしただけだった。そのあと数分間、ガレージを改造したアパートメントは静まり返り、母屋から犬のくぐもった吠え声が漏れてくるばかりだった。

　やがて、開いたドアからローソンが現われた。「ハート大佐？」彼はチーフを手招きした。チーフは、ローソンの九ミリ口径の銃がホルスターに戻されていることに気づいた。

「彼は自殺しました」ローソンはチーフに言った。「きれいな状態ではありませんが、顔を確認するために見ていただきたいんです。ここの部屋の様子からして、彼は心を病んでいたようです」ローソンはきびすを返して家のなかへ戻りながら、肩越しに言った。「何にもさわらないでください」それから立ち止まり、チーフに面と向かった。「胃は弱くありませんね？」

「ヴォミット・コメット（訳注　NASAの無重力調査用の宇宙船）に乗ってもだいじょうぶでした」

「なるほど。まあ、これを見たら、そんなものは浜辺ですごす一日のように思えるでしょうが」ローソンは小声でつけ加えた。「きょうはうんざりするくらい血を目にしましたよ、まったくもって」

　小さなアパートメントの内部は息苦しく、肉貯蔵庫に似た臭《にお》いがした。まもなく、そのわけが明らかになった。ローソンが警告したとおり、血だらけだったのだ。

　デイル・ゴードンは祭壇らしきものの前の床に、仰向けに倒れていた。両腕が手のひらを上にして肩からまっすぐ横に伸び、足が重なって、体が十字架を形作っている。手首を切っていた。遺体のそばの床には、まがまがしいナイフだけでなく、眼鏡も転がっていた。キリストそっくりの姿になるために、あとで思いついてはずしたかのように。しかも、全裸だった。

ローソンはチーフを見やった。「この男ですか？」

チーフはぞんざいにうなずいた。遠くからサイレンが聞こえ、救急車が近づいてくることを知らせていた。

「ローソン刑事？」キーティングが間仕切りカーテンのうしろから出てきた。手袋をはめた手でボクサーショーツを持っている。「これはミズ・ロイドの寝室で発見されたパジャマの上着とおそろいですよね？」

ローソンはうんざりした顔でため息をついた。「彼がみやげにしたんだな」

キーティングは生地についている乾いた残留物がローソンとチーフに見えるよう、それを広げた。

チーフの胃がきゅっと締まった。毒づきながら、目に指先を押しあてて強くこすり、汚された服の映像を消し去ろうとした。

ほかに何か見つけたかとローソンがキーティングに訊いた。

「まだ捜索中です」パジャマのズボンを袋に入れたあとで、キーティングはアパートメントのほかの場所を探しに戻った。

気をまぎらわせるために、チーフは尋ねた。「あれは彼がジリアンに使ったナイフですか？」

「付着している血液が彼女のものと一致するかどうか検査します。検屍医《けんしい》の報告書が手に入り次第、傷がこのタイプの刃物によるものかどうかわかるでしょう。両方とも、合うと思いますよ。彼が犯人です」

隠していることがあると感じて、チーフは刑事を見た。

「なんです？」

「この男は精神異常でした」刑事は顔をしかめて答えた。「あなたを呼び入れる前に、ジリアン・ロイドに関するものを集めたファイルを見つけました。彼女の写真も。そこのなかで」彼はゴードンの祭壇の役を果たしているタンスを指さした。

「写真？」

「隠し撮り写真です。クリニックの診察室にいる彼女の」

「なんてこった」

「ええ、まさに、そのとおりですね」ローソンが顔をゆがめて言った。「なんらかの宗教に夢中だったようです。これをみんな見てください。教会よりも多くの蠟燭《ろうそく》。偶像。血のついた鞭《むち》。十中八九、彼の血でしょう。終末論的な本の数々。なんとも気味の悪いやつです。心に葛藤《かっとう》をかかえていたようですね。宗教への熱い思いと、ジリアン・ロイドへの強い欲望とのあいだで。うまく対処できなかったのでしょう」

「ことに、わたしといっしょの彼女を見てから」

「そう思います」ローソンは考えながら言った。「クリニックで彼女を見て、とりこになり、性的な幻想にひたっていたんでしょう。ところが、ゆうべ、あなたといっしょの彼女に出くわして、嫉妬《しっと》し、興奮した。殺すことによって、彼女を自分のものにできない問題を解決したんです」

悲しげなうめき声に、ふたりの男は振り返った。メリーナ・ロイドが背後に立っていた。その表情から、チーフは彼女がローソンの話の少なくとも一部を聞いたことがわかった。

刑事は、いったいここで何をしているのだと尋ねた。チーフは彼女の肩をつかみ、ドアから押し出そうとした。彼女は抵抗した。「姉を殺したのは彼なの？　なぜ？　なぜなの？」

「ここへ来てはいけません」ローソンが厳しい口調で言った。

「外へ行こう。いっしょに」チーフは彼女の腕を取った。

「いや！」彼女は死体のほうへ一歩踏み出したが、チーフが行く手をはばんだ。「男の顔が見たいの！」

「どうしてここがわかったんです？」ローソンが尋ねた。

「そりゃあ、ちょっと調べなくちゃならなかったわ。電話帳で彼を探したの。どいて！」さらに部屋の奥へ入ろうとした彼女は、チーフにふたたびさえぎられて叫んだ。彼の胸をどんと突いた。「男を見たいの。姉を殺した殺人犯を。死んだことをたしかめたいのよ」

「それは間違いないよ」チーフは手で彼女の両手を包みこんだ。「メリーナ、わかってくれ」なおももみ合っているうちに、彼女は闘う意志をなくしたようだった。最初に力が弱まったのを感じたとき、チーフは彼女を外へとせき立て、そこで自分のほうへ引き寄せた。メリーナは彼の胸にくずおれ、涙を流さずにしゃくり上げはじめた。安らぎを与え、深まっていくばかりの混乱から守ろうと、チーフは彼女に腕をまわした。

むせぶようなサイレンの音がやみ、救急車がドライブウェイで停まると、ポメラニアンが生きた化粧用パフさながらに跳びはね、耳をつんざくように吠え立てた。老女は恐れ戸惑っている様子で、ストレッチャーを押して勢いよく通りすぎる救急隊員たちの邪魔になった。「ミスター・ゴードンに何かあったんですか？」彼女は彼らの背に問いかけた。

近所の人々が木陰になった歩道に集まってきていた。おおかたは引退している年代だ。繰り広げられている本物の事件は、テレビで放映される午後のトークショーよりも面白い。その場が興奮に包まれた。

チーフはメリーナの髪をなでた。「こんな思いをするにはおよばないよ。きみはここへ来るべきじゃなかった」

彼女は身を離そうともがいた。「どうして？　彼はわたしの姉を殺したのよ」

「そのようだね」

「だったら、ここにいたっていいはずよ」彼女は怒りに満ちた目を彼に向けた。「でも、あなたはそうじゃないわ。ジリアンと関係を持たなかったと嘘《うそ》をついて、彼女から離れていたいことを明らかにしたんだから。この事件から離れていたいことを。なのに、ここで何をしているの？」

チーフはローソンの要請でここにいることを説明した。「強要と言ったほうがいいけどね。刑事はゴードンを尋問し、彼が例の男であることをわたしにたしかめさせたかったんだ」

「そうだったの？」

「ああ。間違いない。あの男だ」

「だったら、目的は果たしたわけね。なぜまだうろうろしているの？」

彼女から拒絶されたことに、チーフは驚き、むっとした。役に立とうとして、ここに来たのだ。穏やかな秋の一日をすごすのに、固まった血だまりのなかに転がっている男の全裸死体を見ることよりもましな方法は、いくらでも考え出せた。

　ゴードンが自殺し、警察が証拠を集めたからには、この事件は解決するだろう。彼はできるだけのことをしていた。ローソンはもう彼を必要としていない。とすれば、自分はここで何をしている？

「どうしてうろうろしているのかなど、知るものか」チーフは彼女の憎々しげな口調を真似《まね》て言い返した。「だけど、帰る前に、きみに言っておきたいことがひとつある」

「それは……？」

「ジリアンがこんなことになって、残念だよ。きみにわかってもらえないくらい残念に思っているし、わたしがこの事件にからんでいるのも残念でたまらないんだ」彼女の顔に自分の顔を近づけ、チーフはつけ足した。「でも、わたしをゆうべエスコートしてくれたのがジリアンでよかったよ。きみじゃなくて」

13

ラメサはニューメキシコ州でもっとも小さな郡だが、もっとも人口が少ない郡でもあるので、広々としているような感じがする。

マックス・リッチー保安官はそんなところが気に入っていた。

フロントガラス越しの光景からわびしさを感じる者もいる。彼はそうではなかった。子宮のように心地よく思えた。ラメサ郡で生まれ育ったのだ。ここに住んでいなかったのはラスクルーセスの大学ですごした思い出したくもない二年間と、空軍に入っていた期間だけだった。取るに足りない地位のまま軍隊を早めに引退し、ラメサ郡へ戻って地元の娘と結婚し、三人の子どもをもうけた。男ひとり、女ふたりだ。ここで死に、埋葬されたいと願っていた。

保安官になるまでの彼の職歴は、軍隊と同じくらい平凡だった。金物店の仕入れ係と事務員をしたが、アシスタント・マネージャーになるのを二度も拒まれたので辞職し、その中古の乗用車やピックアップの販売をやってみた。セールスも得意ではなかった。その年に家計が逼迫《ひっぱく》し、七年前に彼が保安官助手の仕事を得るまで、家の経済状態は完全には回復しなかった。

保安官助手になってほんの三年たったころ、保安官にならないかという話があり、立候補することになった。競争相手はたいした脅威にならず、リッチーは勝利を保証されたも同然だった。その年の投票率は、前代未聞《ぜんだいみもん》なほど低かった。それでも、自分の得票数が多かったことに、リッチーはだれよりも驚いた。過去二回の選挙では対戦相手がいなかったので、住民が彼のしている仕事に満足している証拠だと受け取った。

彼は保安官であることを、そのあらゆる面を愛していた。小粋《こいき》な茶色の制服から、野心のない三人の保安官助手と共有しているこぢんまりしたオフィスまで。パトカーで巡回し、住民から尊敬をこめて手を振ってもらうのが好きだった。銃の携帯を許されているのが気に入っていた。さまざまなタイプの銃の使用法は若いころに教わっていたし、射撃の腕は頻繁に砂漠へ出かけて缶や瓶を撃つことで磨き抜かれていた。彼がその缶や瓶を集めるのを、妻はリサイクルのためだと思っている。

とはいえ、彼の射撃の技術は仕事で試されたことがない。この七年間は。ラメサ郡には犯罪がほとんどないからだ。一昨年、レイプが一件あった。地元の十代の娘がハイウエイでヒッチハイカーを乗せたのだ。娘が通報したころには、その流れ者はとっくに逃げおおせていた。娘は男の人相もろくに言えず、男は捕まらなかった。

居留地では殺人が一件あった。妻がほかの男と同衾《どうきん》しているところを見た夫が、ふたりを殺したのだ。解決するべき謎《なぞ》はまったくなかったが、居留地の独立警察が捜査の大部分を行なった。明らかな二重殺人、情欲による犯罪だ。リッチーの役割は、事務処理だけだった。規則どおり、先住民のことは彼らに任せた。彼らと争ったことは一度もない。彼らもリッチーの無干渉主義を高く評価し、あらゆる政府機関がそうした姿勢をとることを望んだ。

去年の秋、飾り物であるバッファローの頭部の毛を刈りこむために、敵対する高校へ侵入した少年たちが捕まった。実のところ、はげ頭になったバッファローはなんとも珍妙だった。少年たちは何日か自宅謹慎となり、親たちは代わりのバッファローの頭部を買わされた。

ときたま、リッチーは酔っぱらいを留置場に泊めて酔いをさまさせたり、夫婦喧嘩《げんか》の仲裁をしたりする。この郡での事件とは、その程度だった。

だから、今朝、ローソン部長刑事から電話をもらったとき、彼はまたとないほど興奮した。「ダラス市警ですが」煙草《たばこ》をいまも吸っているか過去に吸っていたらしく、がらがら声だった。

「何かご用でしょうか?」

「殺人の捜査をしていましてね。被害者は三十五歳の白人女性です」

リッチーはコーヒーを飲みながら、事件の説明に耳を傾けた。「壁に文字を？　ひどいですね」

「まったくもって。犯人は捕まえました。結果的に、少し遅すぎたんですが」ついでローソンはいっぷう変わった自殺の話をした。「とんでもなく気味悪かったですよ」刑事は最後にそう言った。

「そのようですね。しかも、事件は解決したようですが」

「少し調べ物が残っているだけなんです。犯人はゴードンといいまして、典型的な一匹《いっぴき》狼《おおかみ》でした。かなり変な男なんですが、知性は平均以上で、仕事では有能。不妊専門クリニックの技術者だったんです」

「なるほど」

「ほかの職員とはうまくやっていましたが、たいていはひとりでいました。仲間と交わったり、コーヒーメーカーのそばで無駄話をしたりはしなかったんです。わたしの言いたいこと、おわかりいただけますね？　おまけに、被害者に固執する以外に、なんの興味もなさそうでした。ボウリングチームに属してもいませんし、コンピューターゲーム好きでもありません。教会のグループに入ってもいません。だから、どうも妙なんですよ」

「何がです？」

「宗教に入れこんでいたことが。ブラザー・ガブリエルをご存じですか？」

リッチー保安官は声に出して笑った。「だれでも知っているんじゃありませんか？」

「いや、わたしは知りませんでした。まあ、噂《うわさ》は耳に入っていましたが、デイル・ゴードンの死体を見つけて所持品の調査にかかるまで、彼のテレビショーを見たり説教を聞いたりしたことがなかったんです」

「殺人犯はブラザー・ガブリエルとどうつながるんですか？」

「そこであなたの出番になるんですよ、リッチー保安官」

その電話の結果、いまリッチーは山頂にある建物へ続く狭い山道をうねうねとのぼっているところだった。職業上の礼儀からローソンの要求を受け入れ、デイル・ゴードンが今月だけで十回もブラザー・ガブリエルに電話した理由を尋ねにいくのだ。

「なぜご自分で彼に連絡しないんです？」リッチーは訊《き》いていた。

「してもいいんですが、ごまかされるような気がしましてね。人は電話だと緊張し、もの怖《お》じして疑い深くなり、何もしゃべらなくなりがちなんです。あなたなら顔が知られていますから、情報がたくさん得られるかもしれません。それに、これは背景調査、補足にすぎませんし」

リッチーは予告なしに郡の名士のもとへ押しかけないだけの分別を備えていた。ブラザー・ガブリエルは不規則に広がる建物がある山をまるまる所有していた。リッチー保安官がなんとしても避けたいのは、有名な福音伝道者の気分を害することだった。こう呼ばれると、ブラザー・ガブリエルは腹を立てるのだが。ほかのテレビ説教師たちのせいで、その言葉にはかんばしくないイメージがあった。そのうえ、彼はおよそ説教師らしくなく、まとめてひとくくりにされることに憤《いきどお》った。

リッチー保安官は前もって電話していた。彼が訪問することは先方に伝わっていた。聖堂への入口で停車すると、警備員が運転席側のウィンドーまで来て言った。「平和と愛を、保安官」

「平和と愛を」彼はいささかばかになったような気持ちで、言葉を返した。

警備員は彼を見て、後部座席を調べ、守衛小屋へ戻って電動式のゲートを開いた。そこから建物の中心までは、あと九百メートルある（正確には九百六十メートルだ）。

主たる建物のほかに、離れ家がいくつかあって、そこで暮らしたり働いたりしている人々のための寮も含まれていた。ひとつは、設備の整った運動場のある専用の学校だ。屋根に衛星放送用パラボラアンテナがついている建物は、言うまでもなく、ブラザー・ガブリエルが種々の番組を放送するためのテレビスタジオだった。

窓のない建物は、ブラザー・ガブリエルのような大事な人物を守るのに必要な、念の入った警備システム用の司令部だ。彼は世界中の軍隊や諜報部《ちようほう》から警備員を探し、兵士や傭兵《ようへい》のなかから精鋭をみずから選んだと言われている。国の元首を守る訓練を受け、守るために必要とあらば死を厭《いと》わない輩《やから》のなかから。

ブラザー・ガブリエルには多くの追随者がいた。当然、人々の精神的な生活にそれほどの力と影響をおよぼす男は、かなりの批判も受ける。彼は誇大妄想ではなく、思慮分別を備えているのだ。

ブラザー・ガブリエルが住んでいるのは、彼の言う〝肉欲の〟世界だった。そこでは、地獄に堕《お》ちた魂がなんでもやりかねない。快感のために、注目を集めるために、混乱した心のなかに永久にしまっておかれる理由のために。だから、この建物の警備態勢は徹底的で最新式なのだ。

リッチーがここへ来たのは、これで二回目にすぎない。少しおどしていた。要所要所に置かれたビデオカメラで、すべての動きが監視されていることは知っていた。保安官用の車を降りて、主たる建物の堂々とした玄関へと続く御影石《みかげいし》の階段をのぼりながら、警備棟の奥深くから彼を監視する目を感じた。

天国の門へ近づく罪人のような気分だった。快く迎えられるという絶対の自信はなかった。興奮と不安とで胸の鼓動を高鳴らせながら、広々としたガラスドアの右についているボタンを押した。

大理石造りの玄関広間内にある制御盤のうしろに座っている、警備員が見えた。「リッチー保安官?」リッチーの真上からスピーカーを通した声が聞こえた。

「はい、そうですが？」

「帽子を取っていただけますか？」

「ええ、もちろん」

彼はつばの広い帽子を脱ぎ、まさに直立不動になった。「お入りください」警備員が言った。

金属的な音がして、施錠装置がはずされた。重いドアを押し開いて、淡い色調の大理石でできたオアシスへと足を踏み入れた。心地よい音楽が流れていた。警備員は一分の隙《すき》もない制服を着ていたが、愛想のいい笑みを浮かべていた。「上でお待ちです。エレベーターで三階へどうぞ」

「ありがとう」

エレベーターの天井にもカメラがあった。リッチーは緊張していることを態度に出さないようにした。体重を一方の足から他方の足へと移したり、から咳《せき》をしたりしないように努めた。

なめらかに音もなく上がったあとでドアが開き、彼は外へ出た。男がそこで彼を迎えるために立っていた。ブラザー・ガブリエルの右腕だと、リッチーにはわかった。長身で姿勢がよく、言葉づかいが柔らかく、一点の非の打ちどころもない身なりをし、ダークスーツのジャケットの襟に白いカーネーションをつけている。

「こんにちは、リッチー保安官。またお会いできて光栄です。お久しぶりですね」

「ミスター・ハンコック」彼はさし出された、マニキュアのしてある手をうやうやしく握った。

「ブラザー・ガブリエルがお待ちです」

その後はすみやかに広い部屋へ通された。深く暗い鍾乳洞《しょうにゅうどう》を何キロも歩かなければ着かない、カールズバッド・キャバーンズ国立公園の大広間《グレートルーム》を思わせる部屋だ。だが、着いたときは、かけた時間と労力が報われる。ここも、そうだった。

何もかも黄金でできていた。刳形《くりがた》、家具、ドアノブ、蝶番《ちょうつがい》。黄金にできるものは、すべて黄金だった。照明は抑えられていた。でなければ、あまりのまぶしさに目がくらんでいたかもしれない。

部屋の壁はロイヤルブルーで、艶《つや》やかな布地は絹だろうと彼は思った。天井は一枚の大きな絵だった。写真で目にしたヨーロッパの教会のようだ。ぽかんと見とれたくはなかったが、素早く視線を走らせると、たくさんのピンク色のふわふわした雲と、羽の生えた天使が目に入った。

絨毯《じゅうたん》はバスケットボールのコートよりも広く、デスクは電車の車両より幅も奥行きも長く、そのうしろに座っている男は実物よりも大きく見えた。

ブラザー・ガブリエルは笑みを浮かべ、近くへ来るよう身ぶりで合図した。「リッチー保安官。お会いできるのは、いつでも嬉《うれ》しいことです。飲み物はいかがですか?」

「あ、いえ、けっこうです」彼は口ごもりながら、ブラザー・ガブリエルがさし示した椅子《いす》に座った。そのごつごつとした高い背は木彫りに金メッキがほどこされており、玉座を思わせた。実際には、さほど座り心地がよくない。

「さあ、それでは」ブラザー・ガブリエルは長くすんなりした指を組み、手をデスクの上に置いた。「なぜこうして会いたいとおっしゃったのですか?」

　マックス・リッチーは生まれてこのかたホモに興味を持ったことなどなかった。それどころか、そういうものは大嫌いだった。だが、ブラザー・ガブリエルを心から美しいと思わないためには、目がつぶれていなくてはならないだろう。広いひたい、鋭い緑色の目、鼻筋の通った細い鼻、中央が切れこんでがっしりした顎《あご》のおかげで、かわいらしい印象を免れているふっくらした唇。そうしたすべての上には、豊かな白みがかったブロンドの髪。この世のものとも思えないほど美しかった。天使ガブリエルが地上に降りてきたら、こんな姿なのだろう。ここまで整ってはいないかもしれない。しかも、おそらくこれほど見事に服を着こなしてもいないだろう。

　うっとり見つめている自分に気づいて、リッチー保安官はから咳をし、椅子にもっと心地よくおさまろうとした。「こんな件でお騒がせするのは気が進まないんです。なんでもないことですよ、きっと」

ブラザー・ガブリエルはやんわりと問うように彼を見つめ返した。「警官同士には一種のつながりがありましてね」リッチーは説明した。「兄弟愛みたいなものなんです。頼みごとをされたら、それに応《こた》えようとします」

「仲裁者は幸いである」ブラザー・ガブリエルは引用した。「神の子と呼ばれるからである」

リッチーは笑みを浮かべた。「まあ、神の子らしくない行動をとる者も少なからず見てきましたけれども」

ブラザー・ガブリエルはまばゆい二列の歯を見せて笑みを返した。「わたしは法の番人を崇拝していますよ。で、どんな用件です?」

「今朝、テキサスから電話がありました。ダラスです。ローソンという殺人捜査課の刑事から」彼はローソンに聞かされた話をした。

ブラザー・ガブリエルはなんの反応も示さずに聞き入り、話が終わったところでわずかに身震いした。「ぞっとしますね。被害者と、彼女を殺した精神障害者の魂のために祈りましょう。ミスター・ハンコック、きょうの祈禱《きとう》リストに加えておいてください」

首をめぐらせたリッチーは、部屋の奥のソファに座っているミスター・ハンコックを見て驚いた。あまりにも静かだったので、まだ同じ部屋にいることに気づかなかったのだ。

「承知しました、ブラザー・ガブリエル」

説教師はリッチーに目を戻した。「なぜそれがわたしと関係あるのか、いまもってわかりませんが」

「実はですね」椅子のせいだけでなく、ブラザー・ガブリエルの突き刺すような緑色の目に凝視されたせいで、リッチーはもじもじと体を動かした。「通信記録によりますと、そのデイル・ゴードンは聖堂に何度か電話をかけていたんです。十回です、正確には。そのわけをあなたが説明してくれるかどうかローソンは知りたがっています」

「でも、その事件は解決したんでしょう？」

「残っている調べ物をしているだけだそうです」

「残っている調べ物？」

「そう言っていました」

「調べ物が残っている状態は、わたしも嫌いです」

「きっとほんの些細《ささい》なことですよ」

ブラザー・ガブリエルはうなずいて同意した。「ミスター・ハンコック、こちらの通信記録を調べてもらえますか？」

「かしこまりました」

ハンコックは部屋の隅に置かれた、移動住宅ほどもある木製キャビネットのほうへ行った。広い両開きドアの奥には、コンピュータ三台と一列に並んだ機器がある。ハンコックは作りつけのデスクトップの前に座り、キーボードのひとつを叩《たた》きはじめた。

「あなたやダラスのご同僚にとって幸運なことに、すべての受信記録を保存してあるんですよ」ブラザー・ガブリエルが説明した。

「たいへんなご迷惑ではないだろうと思ったものですから」

「ええ、少しも。先ほど、飲み物はいらないとおっしゃいましたね。ミスター・ハンコックが記録を引き出すのを待つあいだ、お飲みになってもよろしいのではないでしょうか」

不愉快な反発も受けずに公務を実行できたいま、以前よりもゆとりができたリッチーは、冷たいものがいただければと言った。「ご面倒でないなら」

「面倒ではありませんよ」ブラザー・ガブリエルが電話盤のボタンを押すと、女性の声が応じた。「冷たい飲み物のカートをこちらへ」

カートは前もって準備されていたにちがいない。でなければ、常に用意されているのだろう。ブラザー・ガブリエルが頼むと、たちどころにリッチーの背後のドアが開いた。

「ああ、メアリー、こっちへ持っておいで」

首をめぐらせたリッチーは、はっとして目を見張った。メアリーは十代の後半だった。小ぶりの愛くるしい顔を、たっぷりした艶やかな黒い巻き毛が囲んでいる。聖堂スクールのロイヤルブルーの制服を着ていた。その色は彼女の白い肌や、バラ色の頬や、黒い目によく合っている。彼女は恥ずかしそうに保安官を一瞥《いちべつ》すると、ブラザー・ガブリエルにじっと目を向けながらカートを大きなデスクのほうへ転がしてきた。

「何がよろしいですか、保安官?」ブラザー・ガブリエルが訊《き》いた。

「ええと、なんでもけっこうです」

娘は缶をあけ、氷の入ったグラスに泡立つ清涼飲料水を注いだ。それに小さなリネンのナプキンを添えて保安官に手渡した。リッチーは彼女を凝視しないようにしながら、口のなかでもごもごと礼を述べて受け取った。

ブラザー・ガブリエルが自分の脇腹《わきばら》を叩いた。娘は嬉しげに従ってデスクをまわりこみ、大きな椅子のかたわらに立った。彼は娘のウエストに片腕をかけて引き寄せ、もう一方の手を、妊娠のためかなりふくらんだ腹部にあてた。

「メアリーは特別な宝物なんですよ、リッチー保安官」説教師が自慢した。「わたしのところへ来てどのくらいかな、メアリー?」

「十歳のときからいます」彼女は小声で答えた。

「この娘《こ》はルネサンス期の聖母マリアの絵を彷彿《ほうふつ》させるので、メアリーと名前を変えたんです。美しいでしょう?」

リッチーは無言でうなずいた。飲み物には口をつけず、手に持ったままだった。

「非常によくやっています」ブラザー・ガブリエルが言った。手で彼女をなではじめていた。「ほかの子どもたちの手本であり、優秀な生徒であり、教師の喜びなんです。実際、教えられることすべてに秀《ひい》でています。すべてに」彼が張りのある巻き毛をふざけて引っ張ると、彼女がくすくす笑った。そのあと、彼は身をかがめ、せり出しつつある腹部にキスをした。小さく笑いながら、つけ加えた。「ごらんのとおり、保安官、わたしたちはことのほか仲がいいんですよ」

当惑しきったリッチー保安官は、嗄《しゃが》れた声で答えた。「ええ、わかります」

「メアリーをいつまでも聖堂のわたしのもとに置いておきたいと思っているんです。あ、ミスター・ハンコック、ありがとう」

秘書がコンピュータのプリントアウトをデスクにのせた。それに目を走らせながら、ブラザー・ガブリエルはメアリーのふくれた腹部を愛撫《あいぶ》し続けた。肉感的な胸の下から、太股《ふともも》の付け根までを、親しみをこめた慣れたしぐさで。娘は全幅の信頼と敬愛の情もあらわに、福音伝道者のうつむいた頭を見つめている。

マックス・リッチーの高鳴る心臓が喉元《のどもと》までせり上がってきた。ぎゅっと握った冷たい飲み物に、水滴がつきはじめていた。彼はぞっとしながらも見つめずにはいられず、不快なのに魅入られていた。視線をはずせなかった。

「ああ、そうそう。ミスター・ゴードンですね」ブラザー・ガブリエルがしばらくしてつぶやいた。「思い出しましたよ。まったく、とても悲しい話なんです」彼は娘の手を取って自分の胸にのせ、愛《いと》おしげに軽く叩くと、呆然《ぼうぜん》としている客に言った。「リッチー保安官、ミスター・ゴードンの悲しい話を聞いたら、ダラス市警のローソン刑事はわたしと同じように確信するにちがいありませんよ。デイル・ゴードンは哀れな倒錯者にして精神異常者だとね」

14

ジリアン・ロイドの殺害とデイル・ゴードンの自殺から二日後、ローソンは事件を一件落着とすることにした。最後の公務は、メリーナ・ロイドに最新の情報を知らせることだった。ドクター・ペッパーの缶をあけて、ひと飲みし、対人犯罪部の散らかったデスクから電話をかけた。

淡々と挨拶《あいさつ》をしたあと、彼は言った。「われわれの仮定が研究所の検査で裏づけられました。お姉さんの血液がゴードンのナイフに付着していたんです。柄についていたのは、彼の指紋だけでした。その指紋は、お姉さんの自宅の窓敷居やキッチンにあったグラスから採取されたものと一致しています。パジャマのズボンにつけられた精液は、彼のものです。お姉さんからは精液が発見されませんでした」

彼女の肌から検出されたバスオイルは、入浴してまもないことを示していた。たぶん、寝る直前に入浴したのだろう。ハート大佐が嘘《うそ》をついていて、ふたりが関係を持ったとしても、証拠は洗い流されていた。どちらにせよ、性的に乱暴された形跡はまったくない。ゴードンは彼女をレイプしていなかった。それがあの変人の行なった小さな救いだと、ローソンは思った。

メリーナは言った。「物的な証拠に疑いは持っていません、ローソン刑事さん。あなたと同じように、デイル・ゴードンが犯人だと確信しています。腑《ふ》に落ちないのは動機なんです。どうして彼は姉を殺したんですか？」

「残念ながら、その答えは彼といっしょに葬《ほうむ》られました。わたしは経験に基づいた推測をしています。ゴードンは頭のおかしい、不幸にして社会から落ちこぼれた、心病む人間だったんです。前科も、事件に巻きこまれたこともありません。隣人や仕事仲間とのもめごともなく、いい仕事についていました。実際、科学に関しては優秀でした。テキサス大学アーリントン校で生物学の修士号を取得しています。ですが、社会には適応できませんでした。育ちについて話してくれた人々――教師や以前の隣人たち――によると、成長期の彼には男性の役割モデルがなかったようです。父親がどうなったのかはわかりませんが、母親がひどい人間でしてね。横柄《おうへい》で、宗教に夢中で、彼に精神的な虐待《ぎゃくたい》を加えました。肉体的にも虐待していたのは間違いないでしょう。どんなことをしたにせよ、性的に抑圧された不適応者を作り出したんです。数年前に母親が死んでから、ゴードンはあの廃屋なみのアパートメントでひとり暮らしをしていました。なんらかの理由で、彼はジリアンに心を奪われました。彼女から一度だけ親切にしてもらい、それを誘いだと誤解したのかもしれません。だれにもわかりませんよね？　彼はさまざまな妄想に取りつかれていました。でなければ、死ぬ前にあんなはりつけの格好をするはずがないでしょう？　とにかく、あの夜、お姉さんがハート大佐といっしょにいるところを見たのが、きっかけになったんです。ショートしてしまったんですよ」

「そして、姉を刺した？」

「二十二回も。この点に関して、検屍《けんし》報告書は形式的にしか触れていないんですが、わたしが情報を読み取りました。傷は、ナイフの刃の長さや形と一致しています。致命傷は喉への一撃でした。頸動脈《けいどうみゃく》が切れたので、大量の出血があったわけです。もう一撃が心臓を貫いていました。死後に十八カ所刺されています。苦しんだとしても、長くはなかったでしょう」

「わたしが殺されていたかもしれないんです」彼女は静かに言った。

「そんなふうに考えてはいけませんよ、メリーナ」彼は受話器をもう片方の耳へと移し、ドクター・ペッパーをぐいとひと口飲んだ。たぶん彼女はその罪悪感をこれから一生いだき続けるだろう。それはよくない。不当だ。とはいえ、入れかわるなんて、成人女性がすることにしては愚かとしか言いようがなかった。

「彼はどうやって姉の写真を撮ったんです？」彼女が訊いた。

写真を見せてはいなかったが、その話は伝えてあった。「クリニックの診察室のひとつと彼の研究室とのあいだにある壁にあけた、小さなのぞき穴からです。クリニックの職員たちは胸を痛めていました」

「当然ですね」

「ええ」

貨物輸送車さながらに長い沈黙が、ふたりのあいだに広がった。

彼は軽く咳払《せきばら》いをした。「捜査を終了する前に、こうしたことをあなたにお知らせしようと思ったものですから」彼は言った。

「でも、なんだか……」

被害者の家族というものは、いつだって捜査を終わらせたがらない。こうした単純明快な事件ですら、だれかが殺したくなったという理由だけで愛する者が亡《な》くなったことを受け入れたがらないのだ。嫉妬《しっと》や欲望のせいで、あるいは風変わりな人間の気まぐれで、愛する者の命が消されてしまった。愛しい命がおとしめられたことを拒否する気持ちは、非難できない。それでも彼は、きょうも同じことを聞かされるのではないかとうんざりした。くたくただったし、これから取りかからなければならない問題がすでにデスク上に三件ある。

だが、彼はメリーナ・ロイドに好意を感じていた。一目置いてもいた。彼女は芯《しん》の強さをたっぷり示しており、彼はそうした気丈さに感心していた。そこで、彼女の内心の思いを誘い出すような言葉をついかけてしまった。「なんだか、とは？」

「こんな大胆な罪を犯すなんて、社会的に孤立した男らしくないと思うんです。デイル・ゴードンにそんな勇気があるとは考えられません。はしたない言葉ですみませんが、そんな金玉があるとは。暴力的な面を秘めていると明らかにわかるようなことが、彼の過去にありましたか？」

「いいえ。でも、電話記録から、彼がテレビ説教師に電話していることがわかりました」

「だれです？」

「ブラザー・ガブリエルです」

「金髪で、歯を見せて笑う人？」

「そうです。ゴードンはファンでした。追っかけです、場合によっては。ブラザー・ガブリエルの本部はニューメキシコにあります。聖堂と呼ばれていましてね。ともかく、ゴードンはそこへ頻繁に電話していたんですが、この一カ月には何度もかけているんですよ。保安官をそこへやって、それについて調べてもらいました」

「そして？」

「ゴードンは説教師本人と話をしていまして、説教師はデイル・ゴードンのことを覚えていました。なんと、何千人もの人たちから電話がかかってくるというのに、保安官が話している男のことがちゃんとわかったんです。ゴードンはしょっちゅう電話していたようです——昼でも、真夜中でも、早朝でも。彼の電話代請求書がその証拠です」

「なんのために電話を？」

「祈禱《きとう》です。大部分は、彼の欲望について」

「性的な欲望？」

「ブラザー・ガブリエルから聞いたことを保安官が伝えてくれたんですが、あなたに詳しく話すのはやめておきます。ひどく胸が悪くなるようなことなので。とにかく、ゴードンはジリアンを殺した真夜中に電話してきたそうです。悪いことをするつもりだと説教師に話しました。それまで、〝悪いこと〟というのは、マスターベーションをして、そのあと自分を鞭打《むちう》つことでした」

「まあ」

「先ほども言いましたが、母親からだいぶ鞭打たれたようなんです。性欲と女性——この場合はジリアンですね——に対する幻想を罪だと思っていたわけです。自分を興奮させるということで、たぶんあなたのお姉さんを恨んでいたでしょう。彼の心のなかでは、お姉さんは身を滅ぼすもとでした。彼女のせいで自分が不浄になり、それが宗教への熱情とまっこうから対立するんですから」

「それで、マスターベーションをやめて殺人に走ったんですか」

「ねじくれていますね。おそらく彼女に憤《いきどお》りながらも、夢中だったなんて。ハート大佐といっしょの彼女を見たとき、自制できなくなったんでしょう。ブラザー・ガブリエルはゴードンが自殺したと聞いて残念がりましたが、意外ではなかったと言いました。その晩、ゴードンに忠告したものの、自分の言葉がちゃんと理解されたかどうか定かではなかったそうです。その晩はいつもと比べてかなりおかしかったので、数時間後に電話をかけるようホットライン・カウンセラーに指示したということでした。ゴードンはだいじょうぶだと言い、以前よりもぐっと気持ちが楽になったし、ブラザー・ガブリエルと話して新たな希望が湧《わ》いてきたと述べました」

「でも、すぐあとで自殺したんですね」

「ええ」

「そうしてくれて嬉《うれ》しいわ」彼女はきっぱりと言った。「デイル・ゴードンが自殺していなかったら、わたしが殺したでしょうから」

ローソンはみずから法を実行したり自分なりの正義を行なったりする人間を認めていなかったが、正直なところそんなふうに感じるメリーナを責められなかった。

彼は検屍報告書をファイルに加え、それを心のなかで封印した。「すべての捜査が終わったと思います」

「知らせてくださって、ありがとうございました」

「遺体を火葬になさったそうですね」

「きのう。検屍医のところから戻ってきてすぐに。前もって必要書類を整えておいたんです。追悼式は明日の午後に行ないます」彼女は日時を告げた。

彼は捜査した殺人事件の被害者の葬儀には参列しないようにしていた。事件が未解決で、弔問客のなかにいるかもしれない有望な容疑者を探す必要があるときは別だが。

「このたびは誠にご愁傷さまでした、メリーナ。わたし個人からも、対人犯罪部からも、お悔やみを申し上げます」

「ありがとうございました」

電話を切って、そのファイルを保管ファイルの山に加えるとき、彼は残念な気持ちに襲われた。この事件を一件落着させるのは、もうメリーナ・ロイドに連絡を取る必要がないことを意味する。別の状況だったら、彼女と会うのを楽しめただろうに。社交的なつきあいだったら。

もちろん、メリーナは彼のような疲れきった、背の低い、ずんぐりむっくりした男には見向きもしないだろう。彼よりも数段すてきな、クリストファー・ハートのような男のほうが、似合うにちがいない。現に、ジリアンはハートとつきあった。

ハートはロケットを飛ばせたが、うまく嘘がつけなかった。フィアンセはだまされたかもしれないが、ジリアンがホテルのベッドを使わずに宇宙飛行士の部屋を出たとは、ローソンは一瞬たりとも信じなかった。ハートのような男は夜中の二時、三時まで女性と〝話〟などしない。ジリアン・ロイドのような美貌《びぼう》の女性も。メリーナも。次の未解決事件のファイルに手を伸ばしながら、ローソンはつぶやいた。「くそっ」

ブラザー・ガブリエルは豪華なベッドで休んでいた。両手を胸の上で組み、まぶたを閉じて。

目をあけていたら、ベッド上部のフレスコ画の天井が見えただろう。それは外側の部屋にあるものと同じだった。どちらも彼が心に描く来世を表わしている。彼の思う天国は、これまでの宗教による想像よりも色っぽかった。雲の峰から射《さ》す太陽光線をのぞけば、彼のベッド上部の絵はローマ時代の酒宴を油絵にしたようなものだった。露骨に淫《みだ》らなポーズをとった女性たちの顔や体は、みな美しい。服を着ている場合は、透けていた。それに対して、男は極端に数が少なくて肉体的に弱々しく、闘士というよりも去勢されたように見えた。

絵の中心にいるキリストは、ブラザー・ガブリエルことアルヴィン・メドフォード・コンウェイに瓜《うり》ふたつだった。

彼は四十六年前にアーカンソーで生まれた。廃品回収業者とその妻の末っ子で、この夫婦には、住まわせ、服を着せ、食べさせなければならない子どもたちがすでに七人もいた。幼いアルヴィンはあまり目をかけてもらえず、小さな町の通りを好きなだけ自由にうろついて、楽しめるいたずらや何かを探した。

そんなふうにあてもなく歩きまわっているときに見つけたのが、教会だ。

その風変わりで小さなプロテスタント教会は、メイン・ストリートが州道と交わる町はずれにあった。白い下見板《したみいた》を張ったチャペルは、低い杭垣《くいがき》でこぎれいな墓場から区切られていた。ほっそりとした黒い尖塔《せんとう》のてっぺんには、小さな十字架。もっとも誇れるのは、ステンドグラスつきの細長い六つの高窓で、チャペル内陣の両側に三つずつ並んでいた。十二列の硬い木製の信徒席は、ぼろぼろの赤い絨毯《じゅうたん》が祭壇まで敷かれた中央通路で左右に分かれている。

聖体拝領台の背後には説教壇が置かれ、毎日曜日の朝、説教壇のうしろに、信徒たちを前にして牧師が立った。葬儀屋のサービスで配られる紙製のうちわをてんでに揺らす信徒たちに、その説教師はいかに生きるべきかを説いた。給料から寄付金をどう払うべきか。棒を使わずにどうやって子どもを育てるか。自分たちよりも不幸な人々にどう慈善をほどこすか。悪態、酒、ギャンブル、ダンスを、どうやってやめるか。どんなふうに信仰の証《あかし》を立てはじめればいいか。隣人のロバや雄牛や妻をほしがらないためには、どうすればいいか。

その町に雄牛がいるのかどうか、幼いアルヴィン・コンウェイにはわからなかった。

雄牛がどんなものなのかさえ定かではなかったが、そのことはどうでもよかった。とにかく、その説教の残りの部分がきわめて重要だった。それが子どものアルヴィン・コンウェイの人生を変えたのだ。

だが、十一歳の子どもをまず教会に惹《ひ》きつけたのは、ステンドグラスの窓だった。七月のその日、外がとても暑くて空がまぶしく、アルヴィンが夕食までの何時間かをすごすために何かを探していたとき、たまたまその教会が目についた。以前に見たことはあったが、気にとめたことはまったくなかった。風がそよともしないその日、退屈だった彼は足を止め、それをしげしげと眺めた。

教会前の道路を隔てて、ほこりっぽい雑草のなかに汚い足で立ち、前日にワルナスビ（訳注　とげのある大きな雑草）にこすられてできたみみず腫《ば》れをなんとなく引っかきながら、そのきらきら光るきれいな窓に石を投げたらどうなるだろうと考えた。

どれほどの大騒ぎになることか！ 父親から大目玉を食い、革砥《かわと》で打たれるかもしれない。母親は泣きわめき、おまえはろくでなしで、いちばん上の兄さんみたいに二十一歳になる前にきっと刑務所に入ってるとうるさく言いたてるだろう。

だが、どんな騒ぎになっても、やってみる価値はあった。少なくとも、お金が足りないことや、姉をはらませたボーイフレンドが行方不明になったことについての、果てしなく続く言い争いから親たちの気をそらせそうだった。おまわりさんがアルヴィンを家に連れていけば、親たちはこれまでと違って彼に少し目を向けざるをえないだろう。

窓を割ることの損得をまだ秤《はかり》にかけているとき、教会のなかからオルガンの曲が聞こえてきた。彼は勇気を出し、熱されたコールタールに足の裏を焼かれるのにもほとんど気づかず、道路を渡った。教会の階段を上がり、ドアをほんの少しあけると、外より涼しい空気が彼のほてった熱い顔にあたった。

なかでは、きれいな女の人がオルガンの前に座って一心に弾いていた。アルヴィンが見ていると、内側の脇《わき》にあるドアから男が内陣に入ってきた。彼は信徒席に本を置きながら、通路を歩きはじめた。その本が賛美歌集と呼ばれ、曲や歌詞が印刷されていることを、アルヴィンはあとで知った。

「この午後はとりわけ上手ですね、ミス・ジョーンズ」男の人が言った。

「ありがとうございます、牧師さま」

牧師はドアからアルヴィンがのぞいていることに気づいたが、追い払ったりはしなかった。親しげに声をかけて、なかへ入るよう身ぶりで示し、彼を〝坊や〟と呼んで肩を叩《たた》き、日曜日の礼拝にまたいらっしゃいと誘った。「あなたが来るのを楽しみにしていますよ」

最初に訪れたその日から、アルヴィンは定期的に通った。聖歌隊と呼ばれることがわかった歌い手たちのために、その女性がオルガンを弾く姿を見るのが好きだった。両手両足が同時に動くのだ。どうしてそんなことができるのか、想像もつかなかった。

音楽の中心は牧師の妻だった。まるまると太った女性で、そばかすがあり、ときどきはひとりだけで歌った。とても力強く、とても高い声で歌うので、顎《あご》が小刻みに揺れたが、彼女が歌い終わると、みんなが「アーメン！」と叫んだ。

だが、たいていの場合、歌うのは集まったすべての人々だった。アルヴィンはそういう歌を知らなかったが、みんなが立ったときに立ち、いっしょに歌うふりをして唇を動かした。なかには歌集など不要な人もいた。歌詞をすべて暗記しているのだ。献金受け皿がまわされると、みんなはそこにお金を入れる。アルヴィンの家にはお金がなかなか入ってこなかったので、教会に関していちばん不思議だったのはそのことかもしれない。

幼い〝福音伝道者〟になったことで家族にからかわれたが、アルヴィンはその夏も、その後も、日曜礼拝を欠かさなかった。イエス・キリストの顔が描かれた葬儀屋のうちわが、教会内の寒さをやわらげる室内暖房器に変わっても。

だが、温かさの本当の源は、牧師の説教だった。季節や気温に関係なく、それは聞く者すべての心を温めた。牧師は声で人々の注意を集めた。彼が話しているとき、信徒たちはベンチの硬さや、昼時に音高く鳴る腹が気にならなくなるようだった。彼らは牧師の説教の一語一句に耳を傾けた。牧師は罪深いふるまいや邪悪な欲望について叱《しか》るときもあったが、人々は牧師を愛し、説教をもっと聞くため日曜日ごとにやってきた。

アルヴィンが信者として洗礼を受けてまもないある日曜日、説教師は不当な望みについての厳しい説教を行なった。アルヴィンが知ったところによると、不当な望みというのは、手に入れてはいけないものをほしがることだった。彼はミットとか、自転車とか、兄のひとりが最近どういうわけか手に入れた鹿撃《しかう》ち用ライフルのようなものを考えていた。

ところが、説教を聞くうちに、不当な欲望にはたくさんのもの、女性も入るのだとわかった。説教師はダビデ王という男の人と、彼が見た入浴中の女の人の話まで持ち出した。アルヴィンは細かいところまではわからなかったが、要点はつかんだ。自分のものではない女性のあそこに、おちんちんを入れてはいけない、と。

兄たちのほうが説教師よりもずっとわかりやすく言えることもあった。

翌週、五月の最後の日に、アルヴィン・メドフォード・コンウェイは十二歳になった。六月一日は終業式だった。彼は夏休みの始まりを釣りで祝うことにした。小川のお気に入りの場所に着いたとき、大きな日陰を作っているニレの木のそばに車が停まっているのを見て、がっかりした。だれかが彼の好きな釣り場に侵入しているのだ。

だが、ついで気づいたことには、その車は牧師が病人や貧しい人や信心を捨ててしまった人を訪問するときに使うものだった。だれかと好きな場所を共有しなければならないにせよ、少なくともそれは彼が人々への影響力を崇拝している牧師だった。

そこで、アルヴィンが挨拶《あいさつ》をしようとしたとき、釣りとはまったく無関係だとわかる音が聞こえた。

15

そっと歩いて近づくと、草に敷いたキルトの上で男女が激しくセックスしていた。アルヴィンはそのことをよく知っていた。七歳ごろのある晩、兄たちがひそひそ話しているので、何かをたくらんでいるのだとわかった。夕食後に兄たちがそろって家を出たため、あとをつけていくと、ある年増女《としまおんな》の家で兄たちが代わる代わる彼女の上にのるところが、開いた窓から見えた。

兄のひとりがのぞきに気づいてアルヴィンをなかに引きずりこみ、こっそり尾行したことで頭を殴った。だが、ほかの兄たちは笑いながらアルヴィンをからかい、自分たちがしていたことをどう思うかと訊《き》いた。アルヴィンがにっこりして、よさそうだねと言うと、彼らはいちだんと声高に笑い、年増女と実践してみせてくれた。そのときから、アルヴィンはセックスのすべてを知った。

だが、牧師が楽しみのためにしているとは思わなかった。戸外だし、昼すぎなのだから。牧師はまずお祈りをしたあと、暗いなかでシーツをかぶって奥さんとするのだろうと思っていた。それなのに、牧師は兄たちとそっくりなやり方でセックスしていた。牧師の白い尻《しり》が上下するのを見て、最初におかしさがこみ上げた。

だが、そのあと、格好のいい脚が白い尻に巻きついていることに気づいた。牧師の奥さんみたいに太っている人が、そんなにすてきなほっそりした脚をしているはずはないだろう。やがて、牧師の首にからみついている腕にそばかすがないとわかった。

強烈なポンプ運動を受けている相手は、牧師の奥さんではなかった。オルガン弾きのミス・ジョーンズだった。

この発見にいたく戸惑ったアルヴィンは、その日も次の日も釣りをしなかった。父親の廃品置場のうんと奥に見捨てられ忘れ去られている壊れた車のなかに、ひとりぽっちでいた。車体の底が錆《さ》び、朽ちて落ちたところからヒメモロコシが伸びていた。色あせたウールのシートカバーがちくちくして暑かったが、古い車のなかにそれから半日と翌日まるまる座って、怒りと裏切りをかみしめていた。

牧師はとんでもない詐欺師《さぎし》だった。絶対に反対だと口をすっぱくして言っていたことをしていた。酒を飲み、煙草《たばこ》を吸い、悪態をつき、ギャンブルをし、ダンスをし、姦淫《かんいん》をし、地獄へ行こうが行くまいが気にかけない、アルヴィンの堕落しきった兄たちと変わりなかった。

アルヴィンは次の日曜日の朝に教会で立ち上がり、牧師とミス・ジョーンズが小川のそばでしていたことを、忠実な信者たちに洗いざらい話そうかと本気で考えた。

だが、当初の裏切られた気持ちは、徐々にもっと強い感情に押しのけられた。称賛だ。牧師は全能の神とじかにつながっているとみんなに信じこませていた。世の中の悪に対する地獄の責め苦について説教しているのに、真っ昼間から小川のそばでミス・ジョーンズと一発やっていても、たいして地獄を恐れていないようだった。両方の世界のいいところを手に入れていた。牧師は切符を持っている。鍵《かぎ》を持っている。幸せな生活への答えを見つけたのだ。

この堕落した聖職者が、知らず知らずにアルヴィン・メドフォード・コンウェイの人生を決めた。

アルヴィンはいまに自分が偉大な存在になるだろうと直感でわかった。それまでは、どうしてそうなったらいいのか見当がつかなかった。いまは方向がつかめた。あの大勢の人々が日曜日ごとに来るのは、罪深いふるまいや信仰の欠如について叱られるためであることを思い出した。彼らが説教壇に立つ牧師から目をそらせず、硬い信徒席に牧師の情熱によって釘《くぎ》づけとなり、そのあと教会の階段で牧師を抱き締め、自分たちの人生に牧師がいかに大切か話すことを思い起こした。彼らは牧師に対する称賛をちょっとした品物で表わした。心から牧師を信じていた。

牧師は笑みを浮かべ、彼らの手を握り、当然のように彼らの贈り物と信頼を受け取った。なんとまあ、うまくやっているのだろう。ハレルヤ、そして、アーメン。

その後の八月、ミス・ジョーンズは急に町からいなくなった。〝困ったことになって〟オクラホマの親戚《しんせき》の家へ身を寄せたのだと、ささやかれた。牧師と、四人目の子どもを身ごもっている太った妻は、別の町の別の教会へ転任になった。信徒たちは悲しんだ。最後の日曜日に涙を流し、愛のこもった贈り物をした。

後任の牧師は醜くて年をとっていた。その説教はタルカムパウダーのように潤《うるお》いがなく、だれかが彼とセックスしたくなるとは思えなかった。スモモみたいな顔をしているくせに、慢性便秘の傾向がありそうな、棒きれのような奥さんだって。

アルヴィンは教会へ行くのをやめたが、鏡の前や釣り場で説教の練習を始めた。話すにあたって地域に特有なアクセントをなくそうと努め、テレビに出る男の人に似た声が出るよう訓練した。身ぶりも稽古《けいこ》した。感動的な祈禱《きとう》を考え、重要な聖句を暗記した。

十四歳のとき、彼は技能を試す機会に恵まれた。十年生の英語のクラスでいっしょの女の子が、彼女の教会で行なわれる信仰復興伝道集会に招いてくれたのだ。信仰告白をその場でするようにと集まった人々が促されたとき、彼は立ち上がって、聞く者すべてが涙を流さずにはいられない告白を行なった。

その夜、ふたりが車で家へ帰る途中、アルヴィンは停車して祈るよう聖霊に命じられたと言った。そこで、女の子は車を小さな森のなかに乗り入れ、その晩だけ借りた父親のピックアップの荷台にふたりでよじのぼって、自発的な祈禱集会を始めた。

ふたりが祈りはじめてまもなく、アルヴィンは聖霊によって彼女の体という祭壇をあがめるよう命じられた。それには、相手の股間《こかん》に顔をうずめる行為も含まれた。彼女もまた、同じやり方で彼の体をあがめた。彼女は、神が間違いなく不思議な行ないをしたと思いながら帰宅した。アルヴィンは、何か素晴らしいことに目をつけた自分を感じながら帰宅した。

それから三十二年後、黄金の頭板のベッドに横になった彼は、痩《や》せこけた子どもだった自分を思い出し、ひとり笑みを浮かべた。道路の黒いコールタールで汚い足をべとべとにし、フライドチキンの最後の一本をめぐって兄弟と喧嘩《けんか》していた子どもだったのだ。

いまでは、おかかえのシェフに食事を作らせている。豊かな食事で太らないよう、エクササイズのトレーナーがいる。完璧《かんぺき》な体型を見せびらかすための衣装を作る、仕立て屋もいた。

彼は自分の体を、この張りのある肌に隠された力を愛していた。胸は広く、黄金におおわれているかのように見える毛がびっしりと生えている。彼は指をなにげなく胸毛にはわせ、その縮れた男らしい感触を楽しんだ。

満ち足りた気分で、見事に筋肉がついた長い手脚を伸ばし、力を入れたり抜いたりした。両手を天井のほうへ掲げて、じっと見つめた。鋼《はがね》を曲げられるほど強そうだが、生まれたての赤ん坊を抱けるくらいに柔らかそうでもある。

これにもぴったりだ、と思いながらゆっくり笑みを浮かべて、片手を一物へそっと置いた。聖霊によって発奮させられた娘を、その父親のピックアップの荷台で抱いた夜に劣らず、睾丸《こうがん》がこわばっている。ペニスをこすると、充血して長さも硬さも増した。

かたわらの女性が身動きし、目を覚ました。身を起こして、にこりと彼に微笑《ほほえ》む。彼女には子どもがひとりいた。乳首が大きくて茶色い。彼はもっと小さくてピンク色の、処女のような乳首が好きだったが、ちょっとした犠牲は払わなければならなかった。

彼女はひざまずいて彼にまたがろうとしたが、彼は制止した。「今度は口だけでやってもらいましょう。うんとゆっくり」

目を閉じて、心をたゆたうままにすると、彼はまたしてもアルヴィンだったころに戻っていった。コンウェイの遺伝子のどんな作用で、自分はこんな美男子になったのだろう。家族がどんな容姿だったのかについてはうっすらと思い出せるだけだが、特に整った顔立ちの身内は記憶になかった。

彼は高校卒業後まもなく家を去って、二度とうしろを振り返らなかった。家を出ることをだれかに話しもしなかった。ある朝起きて彼がいないことを知った家族がどう思ったか、そもそも気づいたかどうか、ひとしきり考えたことがあった。たぶん一日か二日は気づかなかっただろうし、そのあとは溺《おぼ》れたかどうかしていなくなったと片づけたにちがいない。食べさせる口がひとつ減ったと。

両親はもう死んでいるかもしれないが、兄弟はまだ生きているはずだ。テレビで彼のことがわかっただろうか？　いや。わかったのなら、すでに金をせびりにきているだろう。

彼はたしかに兄弟のなかで飛び抜けて顔立ちがよかったが、亜麻色の髪のことでいつもからかわれたのを思い出した。そのころは自分の髪が嫌いだったが、大人になっても黒ずまない髪を、いまでは気に入っている。白っぽい金髪は彼のトレードマークになっていた。大天使ミカエルや大天使ガブリエルと比較されるので好ましいことだった。彼の名前は、この大天使ガブリエルにちなんだものである。

だが、名を変えたのはさっそくではなく、ずっとあと、働きながら大学と神学校を出てからだ。基本を学ぼうと入学したのだが、結果として、学問は予想以上に楽しかった。特に身を入れ時間をかけて勉強したのは、神学としての無神論者の信条だ。彼はその方面に信仰を広めるつもりだった。成功したければ、敵の力を知らなければならない。

神学校を出てすぐに、彼はある教会の牧師の職を得た。だが、少しばかりの退屈な信徒たちに彼の才能が浪費されているのが、やがて明らかになった。彼は泣き言に耳を傾け、子どもに洗礼を授け、病人を訪問し、死者を埋葬することに、うんざりした。人々から日曜日の夕食の招待を受けたり、愛のこもった贈り物をもらうようにするのは、面白いほど簡単だった。その娘たちの処女を奪うのは、それよりもほんの少し手間がかかるにすぎなかった。彼はもっと大きな、もっと素晴らしいものを手に入れて当然だった。どうして三流のところにいなければならない？

彼はもっと大きな町へ、もっと大きな教会へ移った。違いは、日曜日の夕食と、愛のこもった贈り物の質だけだった。娘たちはどこでも同じくらいきれいだった。もちろん、だれもが彼とセックスすることを好んだ。だが、彼女たちが本当に夢中になっていたのは、自分が牧師を堕落させたという秘密を持っていることだった。自分が牧師を悔恨からひざまずかせ、聖職をやめようとまで思いつめさせているという秘密。彼女たちはイゼベルやデリラ（訳注　どちらも聖書に登場する悪女）を演じることを愛した。自分を妖婦《ようふ》だと信じるほど、楽しめるのだ。

彼が牧師をつとめた三番目の教会には、地元のテレビ局から日曜日の朝の礼拝を放送する財源があった。まもなく、その礼拝はひとコマ――テレビ業界用語で――を獲得し、地方向けに放送されるようになった。それが非常に好評だったため、彼は教会の牧師をやめ、専門のテレビ説教師になった。どうしてそれが州だけに限定される？　どうして全国にならない？　世界には？

あとの話は、みなさん、知ってのとおりです。

彼は高らかに笑いたかったが、オーラルセックスを受けているときに笑うのは難しかった。

いまでは、ブラザー・ガブリエルは数百万ドルに値する聖職者だった。アルヴィン・メドフォード・コンウェイには、命令どおりに動きたがる信徒が世界中にいた。彼は並みいる追随者をマインドコントロールし、国家元首に劣らぬ、またはそれ以上かもしれない影響力を人々の考えに与えている。

去年はベルギーの世界的な宗教会議にローマ法王といっしょに出席した。紹介されたとき、法王はブラザー・ガブリエルほどの歓呼を受けなかった。法王やその他すべての宗教的指導者は、過去のものなのだ。

ブラザー・ガブリエルは未来のものであり、新しいミレニアムの希望だった。彼の力は無限なように思えた。だが、もっと大切なのは、彼にはいっそうの力を得るための周到な計画があることだった。

「ブラザー・ガブリエル？」

目に見えない内線システムから流れてくるミスター・ハンコックの声に、彼は目をあけた。「なんです？」

「お邪魔して申しわけありませんが、お待ちになっていた電話がちょうど入ったところなんです。お出になられますか？」

「五分待ってください」

「かしこまりました」

「終わらせましょうか、ブラザー・ガブリエル?」

彼は女性に笑いかけ、彼女の頭を元どおり下へと導いた。「もちろん」

「採取しますか?」

「今夜はいい」

無駄にするのはわがままだが、いくら力を持つ男だって、絶えず仕事をしてはいられなかった。

その女性に感謝し、心をこめて頬にキスをしたあとで、彼女が子どもと住んでいる寮の一室へ帰した。シャワーを浴び、厚手の白いパイル地のバスローブを着て寝室から出ると、デスクへ向かった。電話の知らせを受けてからぴったり五分後、電話の明滅しているボタンを押した。

「ブラザー・ガブリエルですが」

スピーカーホンを通じてだったが、ほかの人間に聞かれる心配はなかった。部屋は防音されており、盗聴器の調査が一日に三回行なわれる。コンピュータや電話にも安全対策が講じられ、進歩する技術に遅れないよう頻繁に機種変更されていたし……建物内の何者かによる裏切りを防止するため、常にモニターされていた。

短い挨拶《あいさつ》をかわしたあとで、電話をかけてきた相手が言った。「いいお知らせと、もっといいお知らせがあります、ブラザー・ガブリエル」

ミスター・ハンコックがグラスに入ったブランデーを彼の前に置いた。彼はうなずいて感謝を表わした。「話してください」

「デイル・ゴードンに関する捜査は正式に終わりました。ダラス市警に関するかぎり、ジリアン・ロイド殺害事件は解決したんです」

「それはいい知らせですね」

「デイル・ゴードンは目的を達成しましたよ」

「よくやりました。最後まで従順に。ですが、彼の代わりは簡単に見つかります。すでに動き出しているんですよ。それにしても、ジリアン・ロイドを失ったのは残念でした。完璧な候補者のようだったのに」

「それが、もっといいお知らせにつながるんです」ブラザー・ガブリエルは、相手が劇的な間を置くに任せた。「ジリアン・ロイドの書類にあるひとつの事実を、お忘れのようですね。彼女には双子の妹がいるんです」

「双子？」楽な姿勢をとっているにもかかわらず、ブラザー・ガブリエルの心臓は高鳴った。たしかに、それを失念していた。その情報を読んだときには、どうでもいいことに思えたのだ。だが、いまとなっては！

「一卵性です。メリーナという名前でしてね」

「メリーナ」彼はその音が気に入った。聖書ふうの響きがある。「それは追ってみなくてはなりませんね。どんな障害がありますか？」

「ほとんどないと思います」

「結婚していますか？」

「いいえ。目下、恋人もいません。この双子はきわめて仲がよかったので、ジリアンが亡《な》くなってがっくりと肩を落としてます。なんらかの愛にあふれるやさしい慰めが絶対に必要でしょう」

ブラザー・ガブリエルはくすくす笑った。「名案ですね」

「それもわたしの考えです。心配がひとつあるんですが」

千六百キロ離れたところで、ブラザー・ガブリエルは顔をしかめた。「心配？」ブランデーグラスを唇へ持っていき、その芳香を深く吸ってから少し飲んだ。

「クリストファー・ハートです」

ブラザー・ガブリエルのしかめっ面《つら》がいちだんと険しくなった。「彼の何が？」

「メリーナは彼に惹《ひ》かれたかもしれません」

怒りに震える声で、彼は言った。「その男はわたしたちの最高の候補者を汚《けが》したんですよ。彼のためにもうひとりを失うなんて、とんでもない」

「わたしが間違ってるのかもしれません。そうであることを望んでます。でも、いやな予感がしたものですから。彼が邪魔になるかもしれないことをお知らせしておこうと思いまして。おそらく、障害はそれだけです」

ブラザー・ガブリエルはブランデーをまたすすり、長らく口に含んだあとで飲みこんだ。静かに言った。「でしたら、なんらかの対策を練るべきです」

「任せてください」

「それは素晴らしい。あなたはよくやりましたから、ご褒美《ほうび》をさしあげましょう、ミスター・ヘニングズ」

「ありがとうございます、ブラザー・ガブリエル」

「平和と愛を」

電話を切ったあと、ブラザー・ガブリエルはジリアン・ロイドのファイルを持ってくるようミスター・ハンコックに求めた。「すべてフロッピーに入っております、ブラザー・ガブリエル」

「では、読みこんでください」

彼は、ミスター・ハンコックが暗号化されたファイルを呼び出すあいだにコンピュータのほうへ行き、のんびりとブランデーを飲んだ。彼女の写真が画面に現われたとき、彼女を失ったくやしさをミスター・ハンコックが口にした。「彼女の姉妹が同じくらい望ましい条件を備えていると思いますか？」

「ミスター・ヘニングズの話を聞いたでしょう。彼ならわかっているはずです」

ひとりきりでファイルを見たかったので、彼は手を振ってミスター・ハンコックを下がらせた。スクリーンの前に座り、ウォーターズ・クリニックのカルテから集められた資料を読んだ。ジリアンの体の情報についての記憶を新たにしながら、高価なブランデーの効果に劣らぬほど、彼女に一卵性の妹がいると知った喜びに体が熱くなった。

彼はスクリーンにさわり、指先にあたる彼女の頬の感触を想像した。「メリーナ」恋人に呼びかけるかのように、魅惑的にささやいた。「わたしによくしてくれるね」

16

「出席者の数には驚くわね」

チャペルは満杯で、立ち席のうしろのほうが残っているだけだった。増えつつある人々をジェム・ヘニングズが肩越しに一瞥《いちべつ》した。「どうして驚くのかわからないな、メリーナ。ジリアンにはいっぱい友だちがいたんだ。きみが全員を知ってるはずがないだろ」

「来た人たちの数を姉が喜ぶでしょうねっていう意味にすぎないわ」

「こんなにたくさんの花は見たことがない」

「きれいよね？　追悼式のあと、養護施設に送るわ。家には飾る場所が残っていないし、無駄にするのはもったいないもの」

「ぼくが驚いたのは、式に宗教色が濃いことだよ」印刷したプログラムにざっと目を走らせながら、彼が言った。

彼女は面白がるように彼を見た。「フィアンセだったのに、ジリアンが信心深かったことを知らないの？」

「教会には通ってなかったよ」

「でも、姉にとって信仰は大切なものだったわ。あなたは知ってると思ったけど。姉は——」

彼女が途中で言葉を切った理由に興味が湧《わ》いて、ジェムはその視線をたどった。「あいつ、ここで何をしてるんだ？」とがめるように問いを発した。

「お悔やみにきたんでしょう」

クリストファー・ハートが人々に混じってチャペルのうしろに立っていた。彼女はここで彼に会って動揺した。ことに、デイル・ゴードンの自殺現場であんな言葉を交わしたあとだからだ。彼女はつらくあたり、彼も同じ態度で応じた。もう彼に会うことはないだろうと思っていた。

つかのま目を合わせてから、彼女はまたチャペルの前に顔を向けた。

「彼がここにいて不愉快なら、メリーナ、帰れと言ってやってもいいよ」

彼女はジリアンの追悼式でジェムが騒ぎを引き起こすことを考えただけでぞっとした。声をひそめ、強い調子で言った。「とんでもないわ！」

「きみを守ろうとしてるだけだよ」

「とにかく、やめて。守ってもらわなくても、だいじょうぶ」

「あの宇宙飛行士からじゃなくて、心の痛みからだよ。ジリアンはぼくにきみの面倒を見てほしがると思うけど」

彼にきつく言い返したことをすまなく感じ、彼女は彼の手を取った。「ありがとう、ジェム。あなたは信じられないくらい支えになって、気を使ってくれているわ。言葉にならないほど感謝しているのよ」

ジェムは片腕を彼女の肩にまわし、しばし抱き締めた。「あのロケット男に対する気持ちが変わったら、いつでも喜んで外へ連れ出してやるからね」

ふたりは話をやめたが、彼女はまだクリストファー・ハートがここにいる理由を考えていた。この追悼式だけでなく、いまもダラスにいる理由を。ローソンは将来のいかなる関与からも彼を解放したはずだ。彼はもうヒューストンに戻っているべきで、ジリアンとの夜や、その恐ろしい結末の記憶は、仕事上の責任や忙しいつきあいにまぎれて薄れていくにちがいなかった。

少しでも必要以上に彼がダラスに残っているなんて、意外だった。たぶん罪悪感にかられて、殺される前の晩に抱いた女性への弔意を示しにきたのだろう。

立派なことに、彼はその場にふさわしい控えめな服装をしていた。注意を引くようなこともしていない。それどころか、できるだけ目立たないようにしているかに見えた。知名度が高いので、そうした試みは無駄だったが、そんな彼に敬意を覚えた。

式の執行を頼んでおいた牧師がやってきて、始めてもいいかと尋ねた。彼女は公《おおやけ》の見世物になりたくなかったが、聖書が読まれ、賛美歌が歌われると、涙をこらえるのは難しかった。

ジリアンへの弔辞を引き受けてくれた仕事仲間のひとりが、心に訴える話をした。

「わたしたちにとって、納得するのはまだ難しいでしょう。ましてや、理解することはできません。あれほど生き生きとした活気あふれる若い女性が、こんな残酷な形でわたしたちから奪われてしまうとは。ジリアンは、わたしたちがこの悲劇をきっかけに、人生とはいかに価値ある素晴らしいものであるかをいつも心にとめておくことを望むと思います。これこそ、彼女がわたしたちに遺《のこ》そうとした宝物でしょう」

「いい話だね。そのとおりだよ、メリーナ」ジェムが彼女の手をぎゅっと握って、ささやいた。

祝禱《しゅくとう》のあと、彼女は外に出ていまにも降り出しそうな空の下に立った。数えきれないほどの握手をし、何度も抱擁を受け、ジリアンとの思い出をたくさん聞いた。やがて、去りがたくてその場に居残った人々ですら、雨に降られないうちにと駐車場へ向かいはじめた。

「ミズ・ロイド？」最後に近づいてきたのは、五十代なかばとおぼしき女性だった。太りぎみではあるものの引き締まった体つきで、有能な雰囲気を漂わせ、親切そうな顔をしていた。「リンダ・クロフトと申します。ウォーターズ・クリニックで働いているんです。お姉さまはすてきな方でした。何度か会っただけなので、追悼式に出席するなんて出しゃばりだと思わないでいただきたいんですが」

「もちろんですとも、ミズ・クロフト。いらしてくださって、ありがとうございます」

「彼女が亡くなったなんて、信じられません。今週、会ったばかりなんですよ」

「ええ、殺される前日にクリニックへ行ったんでしたね？」

「では、お姉さんがわたしどもの患者さんだったことはご存じなんですか？」

「人工授精を受けたことも知っています。あなたは極秘情報を漏らしていらっしゃいませんよ。わたしたち双子には秘密などありませんでしたから」

「まさに瓜《うり》ふたつですね」その女性はしみじみ言った。「チャペルであなたを見たとき、彼女が殺されたというニュースは恐ろしい間違いにちがいないと思ったほどです」

「そうだったらいいんですが」

リンダ・クロフトは手を伸ばして彼女の腕に触れた。「本当にお気の毒に。さぞかしお力落としのことでしょう」

「ええ、そのとおりです」目の端にジェムが見えた。手を振って彼女を車のほうへ呼びながら、駐車場で苛立《いらだ》たしげに待っている。小雨が降りはじめていた。彼は傘を開いた。真っ赤な傘を。これから先、その色を見るたびに、血で書かれた言葉を思い出すだろう。

急な寒気を振り払って、言った。「いらしてくださって、心からお礼を申し上げます、ミズ・クロフト」

「ウォーターズも悲痛な思いに沈んでいるんです。アンダーソンさんの赤ちゃんの事件もありましたし。あら、いけない。あなたをひとり占めしたのでなければいいんですが」リンダ・クロフトはいきなり話題を変えた理由を説明するように、離れたところにいる長身の男のほうへうなずいた。「あの方はわたしのせいであなたと話せなかったのではないかしら。わたしの話が終わるのを待って、ずっとあそこにいらしたのよ。とりとめもないおしゃべりをするべきではなかったわ」

クリストファー・ハートが歩道を歩いていくところだった。降りかかる小雨に濡《ぬ》れるのも厭《いと》わず。というより、雨には気づかず、去ることだけに専念しているかのようだった。ジェムを無視してそばを通りすぎ、ぴかぴかの派手な二人乗りのスポーツカーまで、大股《おおまた》の歩を崩さなかった。キー・リングにつけたリモコンでドアをあけてから、低いシートに滑りこむ。エンジンがうなりをあげ、彼は走り去った。

「……数カ月前に誘拐されたんです。ミズ・ロイド？」

「なんですって？」彼女はその女性に注意を戻した。クリストファー・ハートが彼女と話をしたくて待っていた？　何を言うつもりだったのだろう。

「病院から連れ去られた新生児のことですけれど？」クリストファー・ハートを指さし

たあとで、リンダ・クロフトは中断した話へと戻っていた。「アンダーソン夫妻もわたしどもの患者さんだったんです。この件でも、わたしはプライベートな情報を漏らしているわけではありませんよ。ニュースになったんですから。ご夫妻は何年もお子さんを作ろうとしてきたあげく、結局は人工授精を受けたんです。わたしどもの優秀な医師団が、二度目で成功しましてね。あんなに幸せそうなふたりは見たことがないほどでした。ところが、赤ちゃんが生まれた翌日に誘拐されたんです」

「ああ、思い出しました。その赤ちゃんは見つかったんですか？」

「わたしが聞いたかぎりでは、まだなんですよ」心配そうな顔で、リンダ・クロフトが言った。「こんな話を持ち出すべきじゃありませんでしたね。あなたの人生は悲しみでいっぱいなんですから。神の恵みがありますように、ミズ・ロイド」

「あれはだれだい？」彼女を車に乗せながら、ジェムが訊《き》いた。「きみをずっと放さないんじゃないかと思ったよ」

「リンダ・クロフトという人なの」

「きみの友だち？」

「会ったことはないわ。ウォーターズ・クリニックで働いているんですって。ジリアンのことをよく思っていたから、わたしに慰めの言葉をかけにきたかったのよ」

ジェムはぼんやりとうなずいた。「彼とは話した？」

「彼って、チーフのこと？」

ジェムは彼女に視線を向けた。「へえ、いまでは〝チーフ〟なのかい？」

彼女は力なく首をまわし、凝りをほぐそうとした。「だれだってチーフって呼んでるのよ、ジェム。マスコミでさえ。彼とは話さなかったわ」

「こっそり待ってたけど」

「でも、あきらめて帰ったの。たぶん、それがいちばんよかったのよ。お互いに言うことなんて、もう何もないし。駐車場を出ていった様子からすると、たぶんいまごろはヒューストンまでの道のりを半分ぐらい進んでいるわね」

それは不幸なことだった。本当のところ、帰る前の彼と話せなかったのは、かえすがえすも残念だった。謝りたかったのだ……そう、すべてに対して。入れかわったことから、最後に会ったときに意地の悪い態度をとったことまで。

だが、謝罪は彼とすごすチャンスがあったらよかったのにと思う理由のひとつにすぎず、ほかの理由を認めたくなかった。そこで、ジェムにこう言った。「そうよ、彼がわたしと話さずに帰ったのは、絶対にいちばんいいことだったんだわ」

フロントガラスを左右に動くワイパーのリズミカルな音だけが、車内の沈黙を破っていた。やがて、彼が口を開いた。「ローソンから電話をもらったよ。きみにもかかってきたと思うけど」そして、彼女がうなずくのを待って続けた。「捜査を終了するんだって？」

「彼は満足しているみたいね」

「彼は？　きみは違うのかい？」

彼女はそのことをいま話したくなかった。何も話したくなかった。だが、ジェムが詳しい説明を待つかのように見ているので、ため息をついて言った。「姉が殺されたことについて、ベテランの刑事さんほど客観的になれないの。彼にとっては、姉はひとつの事件番号だわ。早く片づけたい書類の山なのよ。ビールを飲んでいる仲間に加わったり、フットボールの試合を見たり、奥さんと抱き合ったりするために」

「ローソンは結婚してるのかい？　やもめみたいだけど」

「たしかにね」彼女は不機嫌に言った。「彼はプロに徹していたわ。うらやましいくらい」

「どうして？」

「現実に即した目で殺人事件を見たいからよ。ローソンみたいに、事実や分析からあらゆる感情を取りのぞくことができればいいんだけど」

「目的は、メリーナ？」

疑いを消すためよ。事件はまさしくローソンが言ったとおりに起こったのだと、確信するため。デイル・ゴードンの動機にはあれ以上のものなどないのだと、納得するため。何か大切なことが見すごされているわけではないと、確認するため。

だが、彼女はそうした心騒がす考えをジェムに言わなかった。「ないわよ、別に。事件は終わったんだもの」

「ぼくとしてはね、ジリアンを殺した男が自殺してくれて嬉《うれ》しいんだ」

「わたしもまずそう感じたわ」

「やつが手首を切ったおかげで、納税者は裁判や刑務所の費用を出さずにすんだし、ぼくたちは事件の経過を追うことによって心をすり減らしたり痛めたりせずにすんだ。ゴードンを殺したのがぼくじゃないってことが、なんとも残念だけど」

きのう、彼女はローソンに同じことを言っていた。だが、いまはデイル・ゴードンと話をし、なぜあんなことをしたのか訊いてみたかった。なぜ？　単なる見当違いな相手への性的欲望、救いようがないほど精神を病んだ人間の行ない？

デイル・ゴードンは死んだけれど、なんの説明もなかった。それこそ、彼女が不満な点だった。ゴードンの動機は依然として推測の域を出ない。だから、ローソンから概略を聞かされても、すっきりと心の整理ができないのだ。あまりにも辻褄《つじつま》が合い、あまりにも整然としていて、彼女にとっては答えの得られていない疑問が残っていた。答えを手に入れるまで、安らかになれないだろう。

彼女の心を読んだかのように、ジェムが言った。「事件が片づいても嬉しくないみたいだね、メリーナ」

「嬉しいわよ」彼女は弱々しい笑みを浮かべた。「ものすごく疲れているだけ」

「いい薬があるよ」

「わたしも持っているわ——睡眠薬を」

「仕上げには、それだね」彼は同意した。「でも、まずは温かい食事だ。ぼくが作るよ。家に集まった料理の残り物じゃなくて。うまい夕食がすんだら、熱い風呂《ふろ》にゆっくりとつかる。そのあと、ぼくが得意な首と背中へのマッサージをしてあげよう。腕のよさはジリアンから聞いてるだろ。で、最後に睡眠薬だ」

「途中のものをみんな辞退して、すぐ睡眠薬に飛びつくと言ったら、深く傷つく？」

「そりゃあね。きみの世話をしなかったら、一生ジリアンの亡霊に悩まされるよ」

「ジェム——」

「ノーという返事は受けつけないからね」


なぜ追悼式に出席したくてたまらなくなったのか、そうしたことでなぜ心が少し乱れているのか、チーフはわからなかった。もちろん、それは立派な行為だ。メリーナに悔やみの言葉をじかに述べるつもりでもあった。だが、ふたりの最後の会話を考えると、心変わりをして彼女と話すチャンスができないうちに帰ったのは、たぶんよかったのだろう。

いま彼が理解できないのは、まだここにいる理由だった。自分はローソンの捜査に協力し、デイル・ゴードンにつながる手がかりを提供さえした。追悼式に出席し、そこでメリーナに姿を見せた。道徳的にも社会的にも義務は果たした。それで終わりのはずだった。それで終わりになるだろう。そう結論づけながら、彼はバーに入った。

「バーボンの水割り」

バーテンダーが彼に飲み物を注いだ。「もしや、お客さんは——」

「いや、違う。よく間違われるんだけどね」

そこはトレンディーな地区にあるトレンディーなバーだった。プロのスポーツ選手だの、にわか成金だの、街に住む目の覚めるような美人だのがよく訪れた。バーテンダーは有名人に慣れており、求められた場合にはプライバシーを尊重した。「二杯目は店におごらせてください」

「ありがとう。でも、わたしはこれだけで充分だ」

結局、アルコールでいまよりもっと感覚を麻痺《まひ》させたいと、チーフはお代わりをした。ザ・マンションまでタクシーで帰り、あとで自分の車を取りにきてもかまわないと思った。ほろ酔い気分で、頭が少しまわらなくなり、メリーナ・ロイドにどう思われようともはやまったく気にならない状態に達することができるならば。だが、バーボンを飲んでも、彼は以前にも増して自分を下司野郎《げすやろう》だと感じただけだった。

ゴードンのアパートメントの外でメリーナが口にした言葉は、彼の胸をぐさりと突いていた。たしかに彼は殺人の捜査に関わりたくなかった。ジリアンと寝ていないと嘘《うそ》をついた。メリーナはそれをはっきりと暴《あば》いた——彼は関わり合いを避けようとしたのだ。この事件だけでなく、あらゆるものとの。とりわけ、人々との。なぜ彼が人と距離を置くのか、なぜ彼の安全圏が平均以上に広いのかを分析するのは、心理学者にとってさぞかし面白いことだろう。

彼は別に世捨て人ではない。それどころか、人といっしょにいるのが好きだ。社交家だし、大勢の人間とうまくやっていける。聴衆の前で話すときに膝《ひざ》が震えもしなければ、写真嫌いでもない。

だが、自分自身に接近されることは制限していた。公人と私人とは別物だ。だれかがチーフを詳しく探って、クリストファーの表面をなではじめると、必ずストップをかけた。

仕事面において、公私の区別は役立った。彼は冴《さ》えた明晰《めいせき》な頭で戦闘機を飛ばし、公私混同によって起こるかもしれない惨事について心配もしなかった。スペースシャトルの乗組員に命令をくだし、成功と失敗、さらには生と死さえを分けるおそれのある難しい決定をするときには、ある種の中立性が必要だった。

ところが、私生活において、そうした中立性は問題を引き起こした。そのせいで、長続きする有意義な関係を女性と結べず、結婚もできなかった。なにしろ、結婚するには感情にたっぷり溺《おぼ》れなければならないのに、彼はそんな状態に陥るのをよしとしないのだから。ひとりでいるほうが好きだとロングツリーとアボットに話したとき、それは正真正銘の本音だった。他人と交わることによって払う犠牲が、大きすぎるのだ。

それが自分の性格の特徴だと、彼は承知していた。欠点だと言う者もいるかもしれない。だが、それでも、明らかに自分といっしょにいるところを見られたせいでジリアンが悲惨な目にあったことに対しては、これ以上望めないほどすまなく感じていた。メリーナは彼を何でできていると思っているのだろう。石か？ 彼は心の底から同情していた。ローソンに行動の自由を認められたあとで、アラン・バーチマンからかけられた慰めの言葉には、嫌悪《けんお》すら感じていた。

「無罪放免ですよ、ミスター・ハート」弁護士は朗らかに言ったのだった。「自由に楽しんでください。ジリアン・ロイドとの一夜はかなり高くついたでしょうが、ミスター・ゴードンのおかげで、ただ乗りできたと思えばいいんです」

その弁護士の言葉は不快だった。ふたつの死がからんでいるのだ。ひとつはいわれなき死。もうひとつは哀れな死。どちらも痛ましかった。警察の捜査だの、それにともなうものから解放されたのは嬉しいが、弁護士の無神経な態度には共感できなかった。

　もちろん、弁護士もだれも知らないことだが、たしかにジリアンとの一夜はかなり高くついていた。彼女を忘れることはないだろう。いつまでも。彼女は人生最後の数時間を彼とすごした。だからこそ、ともにした時間がこよなく心を打つのだ。

　とはいえ――そう、すべてをさらけ出してしまえよ、チーフ。だれもおまえの心を読めはしないんだから、せめて自分には正直になるんだ――ふたりですごした時間は早くも大事なものになっていたし、それはセックスのためだけではない。これまでにも素晴らしいセックスはしたことがあったが、帰ろうとした女性を引きとめたことはなかった。

　チーフは、彼女に押されて目を覚ましたことを思い出した。「起こしちゃって、ごめんなさい」彼は頰を彼女の胸にのせ、上腕に頭を抱かれて眠っていたのだった。「帰らなくちゃならないの」ジリアンは彼の髪を指ですいたあとで、彼の頭を持ち上げようとしながらささやいた。

　チーフは眠たげな声でぼそぼそと抗議し、相手の脇《わき》にいっそう頭を寄せた。

　彼女は含み笑いをした。「チーフ、帰らなくちゃならないのよ」

　頭がだんだんはっきりしてきた彼は、顔を上げた。「どうして?」

「もう夜遅いから」

「まだ朝早いとも言えるよ。どう考えるかによるね」彼は、彼女の胸にゆったりと横たわる柔らかい乳房を見た。そっと息を吹きかけると、乳首がつんと立った。ため息混じりに名前を呼ばれ、それに誘われるように、鎖骨から爪先《つまさき》までを彼女の信じられないほど美しい体にぴたりとつけた。「帰ってほしくない。いてくれ」

「朝になったら、わたしが邪魔になるんじゃない？」

チーフは腰をわずかに揺すり、ふたりの体のあいだで硬くなりつつある男性自身を彼女に感じさせた。彼女の目がかげりのある灰色に変わった。この数時間で、彼が好きになった色だ。顔を下げ、立っている乳首へ唇を近づけながら、彼はささやいた。「いてくれ」舌で乳首をころがす。

彼女は喉《のど》からセクシーな低い声を出した。「ずるいやり方ね、チーフ」

「うんとじらしてるんだ」反射的に彼女の体が弓なりに曲がり、勃起《ぼっき》した一物がさらに押されたので、彼は小さな声をあげた。「でも、きみだってそうじゃないか」

「あなたに勝ってほしいから」

彼は微笑《ほほえ》みかけながら、彼女の腕を取り、頭の上部へ伸ばした。彼の下で彼女は力を抜き、太股《ふともも》を開いた。その両手をつかんで、彼は彼女のなかへ入った。

「いい気持ち。すぐに帰るのはやめようかしら」

彼は前へと突いた。「行きそう？」

彼女は腰をくねらせ、ゆっくりした突きを受けた。「ええ、そのとおり。本当に行きそうよ」

「あの？」

チーフは我に返った。バーテンダーに何度声をかけられたのだろう。「何か？」

「お代わりはいかがです？」

「コーヒーはある？」

「三時間前のですが」

「いいよ」

運ばれてきたコーヒーは、ひどい味だった。だが、もっとまずいのを飲んだこともある。どろりとした液体をのぞきこむと、ジリアンの笑顔が見え、声が聞こえ、彼女の味がし、彼女の感触が甦《よみがえ》ってくるようだった。すべてが思い出された。何もかも。

いや、何もかもではない、と彼は苦々しく自分に言い聞かせた。理解できないでいるものがあった。心に引っかかって気になるのだが、はっきりとわからない何か大事なものが。いったい何なんだ？　なかば無意識に拾い、捨てきれないものは？

それはローソンが開いた話し合いのなかで浮かび上がってきたものだった。だれかの言葉に胸が騒ぎ、ほとんどすぐに消えたのだが、彼の心にいまだ残る影を落としていた。

それにしても、なんだろう？　だれが言ったのだろう？　ローソン？　ヘニングズ？

メリーナ？

なんであれ、彼がダラスを去らないのはそれが原因だった。そのせいで、追悼式のために滞在を延ばしていた。人生におけるこの大切なひとこまに背を向けられなかった。そのせいで、これが単なる不幸な事件で終わらず、大切なひとこまになったのだ。それは、だれとも関わらないという彼ならではの姿勢への脅威であり、きわめて重要なものであり、いったい何なのか見当がつかないことだった！

いまやバーは彼が入ったときよりも混んでいた。騒音がいちだんと増している。チーフは周囲のだれのことも気にとめなかった。警察署のあの狭苦しい部屋にあった絵画に集中していた。劇を見ているかのように、そこにいた全員の動きを追い、会話に耳を傾けた。ほぼ完璧《かんぺき》な記憶力で、彼は一度それをおさらいした。その後、二度目にかかった。三度目の途中で、わかった——その意味するところの衝撃は甚大《じんだい》だった。

それに気づいたとき、彼はバーのスツールから危うく落ちそうになった。バーのうしろに並んでいる色も大きさも形もさまざまな酒のボトルを、見るともなしに見つめた。隣のスツールに座っている女性の笑いが、耳に入らなかった。記憶がこれまで秘密にしていたことの衝撃に感覚をなくし、周囲の混雑や賑《にぎ》やかさに気をとられなくなった。

両手に顔をうずめ、小さな声で毒づいた。「ちくしょう」

「チーフ？　あの、ちょっと、だいじょうぶですか？」

ゆっくりと顔を上げたチーフは、彼が酔っていると思い違いをしているバーテンダーに、情けなく悲しい笑みを浮かべた。「きょうは葬式に出たもんでね。女性の葬式に」

「いや、それはお気の毒に」

チーフは礼の代わりにうなずいた。「もうおしまいにしよう」

なぜこの悲劇にとらわれているのかがようやく判明して、ほっとした。

ただ、それに対してできることがわかればいいのだが。

17

部屋の壁は、冷蔵庫に何日か入れられたままのマッシュポテトのような、緑がかった白だった。窓はひとつもない。ビニタイルの床はきれいなところも一度はあった。天井の防音タイルはしみだらけで、中央部が下がっている。

だが、コンピュータは新品だった。キーボードだけが桁《けた》はずれに傷《いた》んでいる。ルーシー・マイアリックは、時代遅れの機器がより新しい世代のコンピュータに取りかえられたとき、そのキーボードと別れるのを拒んだのだ。あまりに長いあいだ愛用してきたので、キーに刻まれている文字や印が薄れていた。ホームキーを知らない者は、途方にくれるだろう。だが、それは問題ではなかった。彼女が何かを貸すとなったら、キーボードよりも歯ブラシをさし出すだろうから。

ルーシー・マイアリックはFBI捜査官らしからぬ風貌《ふうぼう》をしていた。ニンジン色の髪は湿度が上がるとともに広がり、生まれてこのかたずっと悩みの種だった。カロリーは彼女を忌《い》み嫌っているらしく、毎日数千カロリー摂取しても、体内にはまったく残らない。祖母の言葉を借りれば、彼女は〝レールみたいにがりがり〟だった。百七十八センチという平均以上の身長と、頭から逆立つ真っ赤な髪のせいで、残酷なことに擦ったマッチにたとえられてきた。

とはいえ、ルーシーは外見が目立つからといって夢をあきらめなかった。からかわれても陽気に応じたし、落ちこんでも回復が早かった。決意の固さと鋭い洞察力のおかげで、ＦＢＩに入れた。アカデミーを卒業して、小火器を携行する許可を手に入れたが、彼女が選んだ武器はコンピュータだった。

現場調査に携わろうとは考えもしなかった。見かけのせいで、警官からも強盗からも一目置かれなかっただろう。諜報《ちようほう》活動など問題外だ――どんな状況でも、赤むけた親指みたいに目立つから。だが、そうした仕事はどっちみち彼女のやりたいことではなかった。好きなのは、情報収集だ。コンピュータ技術と、犯罪学への興味とが相まって、情報分析官という地位を得ていた。

基本的に、彼女は研究者だった。警察の記録をあらゆる面から検討し、犯罪を比較し、似た点や同じ手口を見つけ、偶然ではない一致や、なさそうに見えるつながりを探す。彼女の仕事は、法の手がなかなかおよばない連続犯罪や集団犯罪を嗅《か》ぎ出すことだ。ルーシーはそれを〝鬼ごっこ〟だと考えるのが好きだった。

そろそろ就業時間の終わりだった。彼女はあくびと伸びをしながら壁掛け時計にちらりと目をやった。時間ぴったりに退社してワシントンのラッシュアワーと闘ってもいいし、少し残業をして道路がすくのを待ってもいい。どっちでも帰宅は同じころになるだろう。だが、帰るのが遅くなって、八時から始まるテレビ番組を見のがしたくはなかった。今夜は一週間のうちで好きな番組ばかりあるのだ。今夜は――。

不意に、彼女は身を乗り出し、スクリーンに出たばかりの情報に集中した。それを三回読み、読むたびに心臓の鼓動が少しずつ速まった。これこそ、気をつけていてくれとトバイアスに命じられたものだった。彼女はトバイアスを喜ばせたかった。というのも、彼は……そう、彼はトバイアスであって、彼女は彼にべた惚《ぼ》れだったからだ。

十分後、ルーシー・マイアリックはエレベーターを待たずに階段を全速力で駆けのぼった。トバイアスのオフィスに電話して、自分が会いにいくまで帰らないでと言うこともできたが、興奮に頰を紅潮させ、貧弱な胸をふくらませ、少し息を切らしてオフィスに飛びこんでみたかった。

彼女はそのとおりにした。彼はコートかけからレインコートを取っているところだった。「いらしてよかった」彼女はあえぎながら言った。彼が振り向いたとき、彼女の胃が宙返りした。

「どうしたんだい、ミズ・マイアリック？」

ミズ・マイアリック。ほかの仕事仲間の呼び方と違って、単にマイアリックではない。

けっしてルーシーではなかった。こうした堅苦しさがいい印なのか悪い印なのかは、わからない。彼は彼女のファーストネームを知りもしないのだろうか。あるいは、あまりなれなれしくしないことにしているのかもしれない。そう思うほうが彼女は好きだった。

ハンク・トバイアスは、彼女がこれまでに見たなかでいちばんハンサムな黒人というだけではない。これまで見たなかでいちばんハンサムな男性だった。間違いなく。大学ではフットボールをやっていた。ランニングバックだ。オフィスにいる口先だけのクオーターバックたちの話によると、彼はプロ顔負けに上手だったらしい。彼女はそれを信じた。なんたって、あの体なのだから。

とはいえ、彼は法執行機関に就職するほうを選んだ。彼は頭がいい。服のセンスが抜群だ。おまけに、なんといっても独身だ。彼のラブライフは常に推測の的だったが、ハンク・トバイアスは仕事に熱中しているので意義ある関係に割く時間がないというのが、大多数の意見だった。ルーシーはその解釈に納得できた。

「レインコートを着るべきかな、元に戻すべきかな?」彼女は書類を持っていた。彼はそれがどれほど大事なのか、それを見たからにはどのくらいここにいることになるのか、尋ねていた。

「元に戻してください」

「そう言うんじゃないかと思ったよ」彼はレインコートをふたたびかけ、デスクの向こう側に座った。「何を持ってきたんだい？」

「不妊治療のクリニックについてです」彼女はオフィスの奥へ移動した。「そこで生まれた子どもと誘拐との関係について見張るようにと、おっしゃったでしょう」

「何か見つかったのか？」

「対象は誘拐だけですか？　ほかの重罪については？」

「たとえば？」

「殺人です」

彼は彼女がプリントアウトした情報に手を伸ばした。

「ダラスなんです」彼女は、彼が書類に目を走らせているあいだも話をした。「ジリアン・ロイド。白人女性。三十五歳。三日前に刺殺体がベッドで発見されました。ダラス市警が犯人と断定したのはデイル・ゴードンといって、職場は――」

「あそこだな」

「そのとおり。まさにウォーターズ・クリニックです。ジリアン・ロイドはそこの患者でした」

トバイアスは黙読していたものから目を上げた。「どんな患者かな？」

「それについてはなんの情報もありませんが、推測は十分可能かと――」

「推測はだめだ」

「はい、わかりました」彼女があまりに赤くなったので、そばかすがその色に溶けこみそうに見えた。「ジリアン・ロイドがそのクリニックを訪れた理由を追跡します」

「既婚者？」

「独身でした」彼はデスクを離れ、ファイルキャビネットへ向かった。彼が別の事件ファイルを探しているあいだ、ルーシーは情報の残りをかいつまんで話しながら、彼の尻《しり》をうっとりと眺めた。

探していたファイルを見つけて、彼はそれを掲げた。「アンダーソンの赤ん坊の誘拐だ。これもダラスだった」彼はファイルの中身にざっと目を走らせ、記憶を新たにした。「どう思う？　またウォーターズ・クリニックだ。人工授精で子どもを作った夫婦。五体満足な男の子を出産。翌日、その赤ん坊が病院から誘拐された」

「カンザスシティーに住む夫婦に去年起こったことと同じです。ダラスの事件のほうが最近ですね？」

「今年の二月だ」

「でも、記憶によると」ルーシーは言った。「カンザスシティーのクリニックはウォーターズの系列じゃありませんでした」

「ああ。だが、同じ種類だ。子どものできない夫婦にあらゆる治療をしている」

「あるいは、子どもを産みたい独身女性たちに」彼女は心のなかでそれについてしばし考えた。これまでのところ、将来の夫は現われていない。そういう意味では、それに少しでも近い男性も。子どもがほしかったら、伴侶《はんりょ》がいないまま産む可能性もありえた。

トバイアスはきっぱりとファイルを閉じた。「わたしが今夜行くことをダラス支局に連絡してくれ。ロイド殺害事件を捜査した殺人捜査課の刑事と話をしたい」

「ローソンという刑事です」

「ローソンか。デイル・ゴードンを尋問するとき、全面的に協力してもらいたいんだ」

「ああ、ごめんなさい、ミスター・トバイアス。それについてまだお話ししていませんでした」

ゴードンが自殺したことを聞いた彼は、喜ばなかった。「まいったな」

「殺人を犯した数時間後に自殺したんです。物的証拠が彼のアパートメントで発見されました。続いて、被害者の血液の付着したナイフが凶器だと判明したんです。彼の指紋が犯罪現場にあり、精液が彼女のパジャマのズボンについていました」

「至れり尽くせりだな」彼は静かに言ったあとで、深く考えこんだ。ルーシーは集中した彼が作る厳しい渋面をじっくり眺められる時間を楽しんだ。「ちょっと整いすぎていないか？　何か思い出さないかい、ミズ・マイアリック？」

ありがたいことに、思い出した。「カリフォルニア州オークランドの事件ですね。たしか、一九九八年の終わりごろでした。十月か十一月。独身で三十代初めのキャサリン・アッシャーが、人工授精によって妊娠した数日後に殺されました。殺人犯はほんの数時間後に発見されたんですが、みずから銃で頭を撃って死亡していたんです」

「たいへんよろしい。同じパターンだと思わないか？」

「もっと調べてみたいんですが。いっそう深くほじくり出します。似たような事件を見のがしているかもしれませんし。探しているものがはっきりしたので、さらにさかのぼって、より広く網をかけてみます」

「よし。ほかのことをあとまわしにして、この件に集中してくれ。情報は逐次知らせること。これらの事件にあまり関係のなさそうなことであっても、発見したら教えてほしい」

「何かを見つけたら、さっそくお知らせします。どれほど無関係そうなことでも」

ルーシーのあこがれのまなざしに気づかず、彼は彼女がダラスの殺人について集めた情報にまた目を走らせた。「きょうは追悼式だったのか。もっとも近い親戚《しんせき》は、妹のメリーナ・ロイド。彼女と話せればかなり役立ちそうだな」

「電話してみましょうか？」

「ああ。だが、いまは話せない。明日の朝に会う約束をしてくれ。急いでいることを強調し、その理由は曖昧《あいまい》にしておいてほしい」

「かしこまりました」失望が声に出ないようにしながら、彼女は言った。「では、どっちみちお出かけになるんですね？　彼女との話はダラス支局に任せられないんでしょうか？」

「もちろんできるが、前もってあっちの捜査官に状況を説明しなくちゃならないだろう。自分でやったほうが時間を有効に使えそうだ。それに、彼女とじかに話して、ジリアン・ロイドがどんな女性だったかをつかみたいし」

「お気の毒に」ルーシーは首を振りながら言った。「彼女がこれに耐えられるといいんですが。今週はもうショックなことをひとつ乗り越えなくてはならなかったんですから」

「姉の死が陰謀の一部かもしれないとわかったら、どんな気持ちだろうな」彼はすでに受話器をつかみ、ダラス行きの準備にかかっていた。

「どんな陰謀です？」ルーシーは尋ねた。

相手が出るのを待つあいだに、彼は苦々しい声で答えた。「それを見つけるのは、われわれだよ」

「メリーナ？」ジェムはバスルームのドアを叩《たた》き、彼女の名前を繰り返した。「だいじょうぶ？」

彼女は嗚咽《おえつ》をこらえ、無理に普通の明るい声を出した。「心配ないわ」

「何か持ってこようか？　ワインをもう一杯どう？」

「何もいらないわ、ありがとう」彼女が泣いていたとわかったら、彼はどうしても慰めにかかるだろう。彼女のいちばんの望みは、ひとりきりになることなのに。

「必要だったら呼んでくれ」ジェムがドア越しに言った。

彼女はジェムが立ち去ったとほぼ確信できるまで、すすり泣くのをつらい思いで我慢したあと、それまで十五分ほどしていたことをふたたび始めた――思いきり泣くことを。涙が目から止めどなく流れ、頬を伝い、胸まで張った湯に落ちた。しゃくり上げて体が震えると、湯面が激しく揺れた。

喪失感にすっかり包まれていた――頭も身も心も。自分の存在のあらゆる面でひしひしと感じた。それなのに、姉妹の死はときとして現実ではないような気がした。その午後に追悼式があったというのに、姉妹の死を受け入れるのは難しかった。

だが、それは現実なのだ。彼女は遺体を見ていた。

将来にちらりと目を向けると、何週間も何カ月も悲しみにくれる姿しか見えなかった。そうした月日をすごさなければならないなんて、こわかった。想像するだけで恐ろしく、落ちこんだ。姉妹を失ったのが事実であるからには、一、二年眠り続け、苦しみの最悪の部分がすぎ去ったあとで目覚められればいいのに。

やがて涙の量が減りはじめ、嗚咽による湯面の揺れがほんのわずかになった。ぐったりして、バスタブの縁に頭をのせ、目を閉じた。

電話の呼び出し音で、軽いまどろみから目覚めた。鳴るままにしておこうとしたが、あとでふたたびかけさせるよりは、いま出ておいたほうがいいと思い直した。風呂《ふろ》に持ちこんだコードレスホンに手を伸ばす。「もしもし？」

同時にジェムが別の受話器を取った。「もしもし？」

「ミズ・メリーナ・ロイドはいらっしゃいますか？」

「わたしです。もういいわよ、ジェム」彼女は彼が受話器を置くのを待ってから、送話口に話しかけた。「わたしがメリーナ・ロイドです」

「突然お電話して申しわけありません、ミズ・ロイド。きょうはお姉さんのジリアンの追悼式でしたね」

「あなたは？」

「ルーシー・マイアリックと申します。ＦＢＩの職員です」

彼女のなかのすべてが凍りついた。まだじわじわと出ていた涙がたちまち止まった。彼女はぴくりともしなかった。じっとしたまま動かなかったので、湯面にさざ波も立たなかった。体のまわりで小さな泡が芳香を放ちながらはじける音がした。こんもりと盛り上がった泡を、マントのように身に引き寄せたかった。湯が急に冷たくなったように感じた。ついいましがたまで、その心地よい温かさにひたっていたというのに。

だが、彼女が感覚を失い、ぞっとしたのは、驚きのせいではなかった。妙なことに、この電話が、このような何かが、あるような気がしていたのだ。この殺人はそう単純に片づくものではないと、なぜかわかっていた。ローソンが捜査を終了しようとしたときですら、もっと何かがあると、刑事の捜査は不完全だと、彼は明らかな点を発見しただけだと、双子の姉妹の殺害を取り巻く謎《なぞ》はまだ残っていると、心の底で感じていた。

彼女はから唾《つば》を飲みこんだ。「何かご用でしょうか、ミズ……すみません」

「マイアリックです。ハンク・トバイアス特別捜査官に代わってお電話しています。彼が明日あなたと話をしたがっているんです。なるべく早く」

「何について？」

「何時ごろがよろしいでしょうか？」

「姉が殺された件についてですね」

「なぜそうおっしゃるんです？」

「税金は払ってあるし、暴動をあおってはいないからです。それにしても」彼女はきっぱりと言った。「隠しごとをしないでください、お願いですから、ミズ・マイアリック。今週わたしが関わった事件は、姉の殺害だけなんですよ。どうしてほかの件でＦＢＩが電話してくるんです？」

「動揺させてしまって、ごめんなさい。本当に。ええ、ミスター・トバイアスはお姉さ

ん の殺害の件で、あなたに会いたがっています」

「事件の捜査にあたったのは、ダラス市警のローソン刑事です。わたしよりも彼のほうがよく知っていますよ。特に、細かい面については」

「実は、ミスター・トバイアスがあなたと話したいのは、より個人的なことなんです」

「ナイフで刺し殺されるよりも個人的なことなんて、あるんでしょうか?」

その皮肉を無視して、マイアリックはよどみなく続けた。「お姉さんがウォーター

ズ・クリニックの患者だったのは、たしかですね?」

「それがFBIの仕事なんですか? いつから?」

「明日は何時ごろがよろしいでしょうか、ミズ・ロイド?」

ふたたびきつい調子で言い返しそうになったが、自制した。ルーシー・マイアリック

は代理人なのだ。トバイアスが要求している話し合いの内容を知っているとしても、漏

らしはしないだろう。「九時では? このわたしの家で」彼女は自宅の住所を告げた。

「彼がそちらへうかがいます。ダラス支局のパターソン捜査官が同行しますので」

「ミスター・トバイアスはどちらからいらっしゃるんです?」

「ワシントンから」

「DC?」

「そのとおりです。ミスター・トバイアスは明朝九時にあなたに会いにまいります、ミ

ズ・ロイド。おやすみなさい」

考えこみながら、ボタンを押して通話を切ったあとで、彼女は受話器をひたいに押しあてた。FBI？　ワシントンからはるばる？　ウォーターズ・クリニックに興味を持って？　「いったい……」

「メリーナ？」ジェムがバスルームのドアを叩いた。

「すぐ出るわ」

のんびりと湯につかるのは、もうおしまい。そう考えながら、彼女は体を洗い流してバスタブから出た。ジェムがあれこれ提案したなかで心そそられたのは、入浴だけだった。今夜はひとりになりたかったのだが、ジェムは彼女の世話をすることに全身全霊を傾けていた。

約束どおり、ジェムはグラス一杯のワインを彼女に渡し、静かな曲を聴きながら夕食を用意していた。ワインと音楽に、屋根を濡《ぬ》らす雨のけだるい音が加わって、彼女は心やすらいだ。空腹ではないと思っていたのだが、ジェムが作った極細パスタ料理はおいしかった。夕食のあと、洗い物をすると申し出たのだが、ジェムは聞き入れず、泡風呂に入るようにと強く勧めたのだった。

だが、その晩のいちばんの気晴らしになるはずだったものは、ルーシー・マイアリックの電話によって重苦しくなってしまった。

着心地のいいフランネルのバスローブをまとってバスルームから出ると、隣の寝室でジェムが待っていた。電話に対する心配を隠し、彼女は微笑《ほほえ》んだ。「あなたの言うとおりだったわ。お風呂に入ってよかった」

「だれだったんだい？」

「だれって？」彼女は気づかないふりをして尋ねた。どうして電気がついていないの？

彼は電気を消し、部屋じゅうの蠟燭《ろうそく》をともしていた。彼女はナイトテーブル上のスタンドの明かりをつけた。

「電話の主だよ」

「ああ。知らない人よ。ジリアンのお客さん。街を離れていたので、きょうの午後に戻って訃報《ふほう》を聞いたばかりなんですって」

彼女は電話について彼に嘘《うそ》をつこうとはっきり決めていなかった──何も決めていなかった。ただ、ＦＢＩがなぜジリアンの殺害に関心を持っているのかがわかるまでは、それをだれにも、ジェムにすら、話さないつもりだった。

「風呂に入ってるきみの邪魔にならないように、もっと早く受話器を取るべきだったよ」

「どっちみち真っ赤にゆだりそうだったの。出るころあいだったのよ」

「さあ、最後の心地いい時間だよ」

「あなたは忙しかったでしょう」彼女は夜具がめくってあるベッドや蠟燭を見ながら言った。

「ここにいるかぎりはね」彼はなにげなく言った。「花束のいくつかが傷《いた》んできてたんだ。みんなキッチンへ運んだよ。雨じゃなければ外に出してもよかったんだけど」

「ありがとう。朝になったら外のゴミ箱に入れるわ」ＦＢＩ特別捜査官のトバイアスの訪問を受けたあとで。

　ジェムがベッドの端に腰かけ、かたわらの空間を叩いた。

　彼女はためらった。「絶対に約束を守らなくちゃいけないと思わないで、ジェム。もう遅いわ」

「そんなに遅くないさ」

「でも、わたしと同じくらい疲れているでしょう」

「無理強いはしないよ、メリーナ。ぼくは首と背中をもんであげようと言ったんだし、そうするつもりなんだ」

　気まずくなったり、残っているわずかなエネルギーを消耗したりする口論は避けたかったので、彼女はベッドの端の彼のかたわらに座り、背中を向けた。「五分ね。そうしたら、あなたはここから出ていって、わたしはおねむよ」

「きっと五分たったら、やめないでとせがむさ」

こうした状況に彼女は心からやすらがなかった。実際、まったくやすらいでいなかった。変な感じなのだ。いやらしい雰囲気はなかったが、彼はバスローブの襟を肩まで広げ、うなじに触れやすくした。彼の両手が肌に置かれたとき、オイルが塗ってあるとわかった。

「いまもペンダントをしてくれてるんだね」ジリアンはきみに持っててもらいたがると思うんだ」と。

どうしてもそのペンダントをもらってくれと言ったのは、彼だった。「ジリアンはきみに持っててもらいたがると思うんだ」と。

最初、彼女は固辞した。だが、あとで態度をやわらげ、いまではもらってよかったと感じている。この宝石は復讐《ふくしゅう》の誓いを思い出させてくれるだろう。もしや決意が鈍ったときには、その赤い石にさわり、寝室の壁に血で殴り書きされた文字を心に甦《よみがえ》らせることができる。いまそのことを考えて筋肉がこわばると、ジェムがそれと気づいた。

「きみにはマッサージが必要だよ。筋肉がこちこちだ」

彼女は頭を傾け、どぎまぎするほど耳の近くに寄せられた彼の唇から離れた。「驚くにはあたらないわね、いろいろあったから」

「つらい思いをしたよね、ほんと」一拍置いて、彼はつけ加えた。「でも、ジリアンは死んだんだよ、メリーナ。それに対処することを学ばなくちゃ。気を楽にして」

彼の親指が首のつけ根に深くくいこんだ。気持ちがよかったので、彼女はそう伝えた。

彼はくすくす笑った。「上手だって言っただろ」

「虚偽の申告じゃなかったわね」

「首のマッサージはジリアンが大好きだったんだよ」

「わかるわ」

「前戯になることもあったっけ」

彼女にとっては、その発言はひどく不適当だった。だが、そのことで騒ぎたてず、軽く受け流した。「それはよけいな情報よ、ジェム」

彼は声に出して笑った。マッサージが肩のほうへ伸びた。「なんだか妙な感じがするんだよ、メリーナ」

「何?」

「ジリアンが殺される前の晩、きみと入れかわったことにぼくはだまされたわけだからね。フィアンセだから、違いがわかってもいいのに」

「頭にタオルを巻いて玄関に出たのがわたしだとは、疑わなかった?」

「露ほども。キスをしたときですら」

「親密なキスにならないように、あなたを止めたでしょう。深いキスになったらいけないと思って」

「けっこう深いキスだったよ」彼はマッサージをやめ、両手を彼女の肩に置いた。「興彼女はベッドから勢いよく立ち上がって振り向き、バスローブを喉《のど》もとでかき合わせながら彼に面と向かった。「そんなことを言うなんて、不愉快だわ」

彼は笑った。「からかったんだよ」片手を伸ばして、彼女に訴えた。「メリーナ、頼む。ぼくが本気だったとは思わなかったよね？」

「そろそろあなたが帰る時間だと思っているわ。約束の時間はすぎたし」

「メリーナ。わかってくれよ。冗談だったんだ」

「面白くなかったわ」

彼はうなだれた。「ああ、そうだね」顔を上げたとき、彼は子どもっぽい悔恨の情を浮かべようとしていた。彼女はそれをかわいいけれども癪《しゃく》にさわる表情だと思った。

「ごめん」

「わかったわ。さあ、おやすみなさいを言ってちょうだい。わたしが眠れるように」

彼女はきびすを返して寝室を出た。そのきびきびした足どりと身のこなしに、ジェムは従わざるをえなかった。先ほどソファの背にかけた上着を取るときだけ立ち止まった。

彼女は玄関のドアをあけ、彼のために押さえた。「夕食を作ってくれたことに、もう一度お礼を言うわ」彼女はこわばった声で伝えた。

「この悲しい日が不愉快なまま終わるような気がするのは、どうしてなんだろう」

「悲しい日だからよ、ジェム。とっても悲しい日だから。きょうの残りはひとりですごしたいの。悲しみにひたって。警官が玄関前に姿を現わしてからというもの、一瞬たりともひとりになっていないのよ。悲しみにくれる必要があるわ」

彼はうなずいた。「人と分かち合えないこともあるよね」

「わかってくれて、ありがとう」

戸口で彼女と並んだとき、彼は足を止めた。「朝になったら、様子を見に寄るよ」

「あしたの朝はスポーツクラブへ行くわ」

「運動なんかできるのかい？」

「体を動かしたほうがいいの」

「だったら、もっとあとで来よう」

「その前に電話して」だんだん彼に我慢できなくなってきていた。とにかく彼を追い払いたかった。いますぐに。

彼は身をかがめ、頬にキスをした。彼女はあとずさりしないでいるのが精いっぱいだった。「おやすみ」

ジェムは雨のなかへ飛び出し、車まで走った。彼女はドアを閉めて鍵《かぎ》をかけたあとで、ドアにもたれ、何度か深く息を吸って胸のなかを洗い清めようとした。それでもすっきりしなかったので、急いでバスルームへ戻り、ジェムの感触と彼が使ったオイルをシャワーでせっせと流した。それらすべての痕跡《こんせき》が肌から消えるまで、ごしごしこすった。

「なにがお得意の首のマッサージよ」肩にパウダーをはたきながら、彼女はつぶやいた。耳をすました。不意に体の動きが止まった。空耳でないとしたら、家の別のほうから物音がした。耳にした不気味な音は、雨交じりの風に吹きつけられた木の枝が網戸にあたっているにすぎないとわかった。

FBIのせいで、過度にびくびくしているのだろう。当然じゃない？　この数日で、生まれてこのかた見てきたよりも多くの血を目《ま》のあたりにしたのだから。まずは姉妹の血を殺人現場で。次にデイル・ゴードンの気味悪くむさ苦しいアパートメントで。

寝室をまわり、ジェムがつけた蠟燭を消した。蠟燭を見ると、忌《い》まわしい祭壇があってバスルームとの境にすり切れたカーテンのかかったあの恐ろしい部屋や、そこに住んでいた病んだ人間を思い出した。

彼は写真を持っていたと、ローソンは言った。ゴードンは、ウォーターズ・クリニックでもっとも恥ずかしい格好をしているジリアンの写真を撮っていた。そう思っただけで、吐きそうになる。鳥肌が立ったので、バスローブの上から腕をこすった。

ずっと前からほしいのに、どうしてもつかまらない眠りは、今夜も手に入らないだろう。気持ちが落ち着けば望みはあるが、そうするには心を閉ざすしかない。ジェムに言ったこととは裏腹に、睡眠薬を飲むつもりはなかった。薬を飲みたくないのだ。とりわけ、明日の朝九時にトバイアスがここへ来るとあっては。そのために、頭を明晰《めいせき》にしておきたかった。トバイアスは質問への答えを手に入れようとやってくる。彼は夢にも思っていないだろうが、彼女にも彼女なりの質問があった。

ワインよ、と思った。眠れるくらいにやすらぎはするが、朝になっても頭がぼうっとしてはいないだろう。夕食のときにジェムが出したボトルを、ふたりは飲み干していなかった。

明かりを消したままキッチンへ行き、冷蔵庫からワインのボトルを出した。腰で扉を閉めながら空いたほうの手をワイングラスに伸ばしたとき、裏口のドアが荒々しく開いた。

最初に見えたのは、血だった。

これまでよりも大量の。

18

冷蔵庫の扉を閉めて明かりを消すのと同時に、彼女はワインのボトルを調理台に叩《たた》きつけた。カリフォルニア産のシャルドネとグラスが、体や床に飛び散った。

彼女はぎざぎざに割れた瓶の口を、ドアの側柱にもたれかかっている血まみれの男に振りかざした。「ここから出ていかないと、これで襲うわよ。警察を呼ぶわ」

男は家のなかへよろめいた。頬骨と目の上のひどい切り口から、血がしたたっている。目は腫《は》れ、変色していた。「見事なお手並みを披露した刑事、ローソンはやめたほうがいい」

「チーフ！」

彼女は割れたボトルを捨て、床にガラスが散らばっているのも忘れて彼のほうへ急いだ。まずはドアを閉めて雨が吹きこまないようにしてから、彼をキッチンのテーブルの椅子《いす》へと連れていった。「どうしたの？　事故にあったの？」

「消したままにしておいてくれ」彼女が電気のスイッチに手を伸ばしたとき、彼は言った。

「なぜ?」

「ここまであとをつけられなかったかどうか定かじゃないし――」

「車で来たの?」彼はほとんど立っていられない状態だった。

「いや。目撃者たちがタクシーに乗せてくれたんだ。わたしは角で下ろしてもらって、あとは歩いてきた」

「目撃者たちですって? なんの?」

「あとで。明かりはつけないでくれ。やつらがわたしをねらったのなら、きみをねらうおそれが充分あるから、明かりがついていたら攻撃されやすくなる」

「攻撃? だれから? やつらって、だれ? いったいなんの話?」

このかみ合わない話のあいだ、彼女はふきんを探していた。どこにしまってあるのか、しばし思い出せなかったが、やがて目当ての抽斗《ひきだし》を見つけ、ふきんを何枚か取り出した。ガラスの破片が素足のかかとに刺さったが、手当をしようとはしなかった。そんなことよりも、クリストファー・ハートの出血している頬骨にふきんを押しあてた。

彼女が手に力をこめると、彼は顔をしかめた。「あいつのせいで、ヘニングズにやられた傷がまた開いちまった」

「あいつ? わたしにわかるように最初から話して。だれにこんなことをされたの?」

「グリーンヴィル・アヴェニューのクラブの外で襲われたんだよ」

「襲われた？ 強盗って感じ？ 警察に知らせた？」

「いや」

「どうして？」

「鎮痛剤はあるかな？」

「ええっと……」

「どんなのでもいい」

「ここで待っていて」ガラスの破片が刺さったかかとをかばいながら、彼女は急いでキッチンを出た。

バスルームで、奥行きの浅い薬戸棚のなかを必死に探し、店で買った薬や期限切れの処方薬を流しに落とした。ようやく、探していたものが見つかった。

薬瓶を片手に持って振り向くと、チーフがバスルームの開いたドアのところに立って、血だらけの手でドア枠につかまり、もう一方の手でふきんを頬骨に押しあてていた。

彼女は手のひらに錠剤を出した。「歯の根管治療をしたの。去年」

「どんな薬？」チーフは彼女の返事にうなずき、錠剤を二本の指でつまんだ。「前に飲んだことがあるな。同じく、歯の治療のときに」

「穏やかな薬よ。ビタミンみたいに効能が薄れているかどうかはわからないわ」歯磨き用のコップに水道水を入れて、彼に渡した。

チーフは錠剤を飲み、コップを返した。「ありがとう」

「ジャケットを脱いで、ここに座って」彼女はトイレの蓋《ふた》を下ろした。革のジャケットを脱ぎながら、彼は頭上の明かりを指さした。「ここは外に面していないの」彼女は説明した。「明かりはだれの目にもつかないわ。それより、あなたの顔を見なくちゃ」

彼は腰を下ろし、頭をそらした。傷は長くないが深かった。「縫う必要があるわ」

「バンドエイドはある？」

「と思うけど」

「それでいい。最初に消毒してくれ」

「本当に？　醜い傷跡が残るかもしれないわよ。やっぱり縫ったほうが――」

「とにかく――」彼は開いた薬戸棚のほうへ手を振った。「そこにあるものでいい」

薬戸棚には消毒薬の瓶があった。彼女がそれを傷につけると、彼は思いきり悪態をついた。「宇宙飛行士養成所では、そんな言葉を教えるの？」彼女は訊《き》いた。

「必修科目なんだ」

「見事な成績をおさめたんでしょうね」

「どのテストでもAだったよ」

その傷の消毒が終わってから、彼女は消毒薬を含ませた四角いガーゼを彼に渡した。

「目の上の傷に。それほどひどくはなさそうだけど、清潔にしなくちゃ」

頰の傷には単なるバンドエイドでは不充分だと判断して、彼女はその代わりになるものの材料を化粧テーブルの上に集めた。

「銃を持っているかい、メリーナ？」

度肝を抜くような質問をされたのは、彼女が絆創膏《ばんそうこう》を切ろうとしているときだった。白い絆創膏の先が指の腹についたまま、金属製のリールが手から落ちた。リールはふりこのように揺れた。「銃？　ピストルみたいな？」

「持っている？」

「どうして？」

「持っている？」

「いいえ」

「手当を終えてくれ。話をする必要がある」

彼女は手早く両方の傷に抗生物質入りの軟膏をつけ、頰の傷にガーゼをあてて、端を絆創膏でしっかりとめた。「たぶんいまに血がにじんでくるわ。そうしたら、取りかえるから」

ガーゼを交換する必要があるほど長く彼がここにいるのか、どのくらいここにいるつもりなのか、襲われたあとでどうして彼女の家へ来たのか尋ねることには、思い至らなかった。彼女がチーフといっしょにこれに――〝これ〟がなんであれ――対処し、しばらく彼がここにいるのは、すでに決まった結論のような気がした。そのせいで心やすらぐと同時に、落ち着かない気分にもなった。

心やすらいだのは、味方がいたほうがいいからだ。知性と自制心のあるだれか。傷ついて血を流したときですら、動転せずに冷静なままでいるだれか。殺人に対する怒りだけでなく、できればある程度の罪悪感も共有できるだれかが。

落ち着かないのは、そのだれかがチーフであり、彼が部屋にいるだけで胸が沸き立つ思いがするからだ。いまのように近くにいると、もっと困ったことに、彼のせいでつい体が反応してしまう。ガーゼに絆創膏をもう一本貼《は》ろうとしたとき、指が震えてやり直しをしなければならなかったように。

こんなふうにふたりきりでそばにいると、彼の太股《ふともも》のあいだに立って、顔のほうへ身をかがめ、いまにも顔と顔が触れそうになっていて、実際そうしたいと思っていることが、かなり強く意識にのぼってきた。

絆創膏が貼れたので、彼女は急いで手を引っこめ、彼から離れた。しめった手のひらをバスローブで拭《ふ》いたり襟をつかんだりといった、彼に対する愚かな青臭い反応を悟られそうな神経質なしぐさをこらえるだけで、精いっぱいだった。

「そこをずっと押さえていて」彼女は言った。

チーフは立ち上がり、ガーゼをそっとなでながら、彼女に手当してもらったところを鏡で眺めた。「どうも」

「目はどうする？」

「氷かな」

「すぐに戻るわ」

彼女は割れたガラスの大きな破片を爪先立《つまさき》ちでよけ、暗くて見えない小さな破片を踏みませんようにと願いながら、また片足をかばいつつキッチンへ行った。攻撃の対象になっているという彼の言葉がむしょうに気になるので、頭上の明かりはつけなかった。冷凍庫の扉にある氷容器から出した氷をジップロックのビニール袋に手早く詰め、血のしみがついていない残り少ないふきんでそれを包んだ。

彼女が寝室に戻るとすぐに、彼が言った。「ここだよ」彼は薄暗い片隅の安楽椅子に寝そべり、片足を付属のオットマンにのせ、もう一方の足を床に置いたままにしていた。革のジャケットが膝《ひざ》にかけてある。ぐったりと疲れている様子だった。

「ひどい気分なのね？」

彼は顔をゆがめてにやりと笑いながら、急ごしらえの氷嚢《ひょうのう》を手に取って目にあてた。「もっと人心地つかないと、ひどい気分にもなれないくらいだよ」

彼女はチーフの膝からジャケットを取り、水滴を払ってドアノブにかけた。彼を振り返って、尋ねる。「タオルで髪を拭きたい？」

「そのうち乾くよ」

「目につかないほかの傷は？　あばら骨にひびが入ったとか、折れたとか？　頭のこぶは？　脳震盪《のうしんとう》は？　内出血は？」

　彼は首を振った。「目につくところだけだよ」

「念のために救急病院へ行かなくてもいいの？」

「きみが通ったあとの絨毯《じゅうたん》に血がついているね」

　見下ろすと、寝室へ出入りした道筋に血が点々としていた。「ガラスを踏んじゃったの」

「あの割れたボトルでわたしを脅そうとしたせいだな」

「あなただとわからなかったんだもの。普通、お客さまは玄関の呼び鈴を鳴らすものでしょう。裏口のドアから押しこんできたりせずに」

「足はどう？」

「ガラスがまだかかとに刺さっているわ」

「手当をしたほうがいい」

「でも、話を聞きたいし……」

　彼は聞いていなかった。目を閉じていた。予想以上に鎮痛剤が効いたのかもしれない。

あるいは、単に疲れていたのだろう。

バスルームの便器の蓋に腰を下ろして、足を膝にのせ、かかとを調べた。ガラスは見えるくらいの大きさだったので、ピンセットで取れた。化膿《かのう》しないよう、血のにじんでいるところへチーフに使った消毒液をつけると、ひどくしみた。傷跡にはバンドエイドを貼った。

その足をまたかばいながら、寝室へ戻った。チーフは軽くいびきをかいていた。彼女はベッドの端にそっと腰かけた。一時間足らず前にジェム・ヘニングズといっしょに座っていた場所のそばだ。短時間にたくさんのことが起こっていた。

だが、ジェムにおやすみなさいを言ってから彼女の身に降りかかった驚き――クリストファー・ハートの突然の出現、彼が襲われたこと、彼の怪我《けが》、銃を持っているかと彼に訊かれたこと――のなかで何よりも信じられないのは、彼が危機のまっただなかで眠りに落ち、やすらかにいびきをかいていることだった。

十分間、彼女は動かなかった。静かに座り、眠る彼を見つめた。やがて、きっかり六百秒眠ったあとで目覚めるようプログラムされたかのように、彼の目が開いた。彼女を見てにこりとし、小声で言った。「やあ」

彼女のほうへ片手を伸ばしながら、彼は間延びした声で言った。「そこで何をしているんだい？」

「わたし――」そのとき彼の間違いに気づいて、彼女はすまなそうな笑みを浮かべ、やんわりと注意した。「わたしはメリーナよ」

彼は残念そうに手を下ろし、椅子に座ったまま体の位置を変えた。やや身を起こして、髪に指を突っこむ。苛立《いらだ》たしげに言った。「わかっていたよ」

「一瞬、勘違いしたような気がして」

返事はせずに、彼は尋ねた。「うとうとしたのかな?」

「いいえ、ぐっすり寝ていたわ」

「すまない」

「あと八時間は寝なくちゃだめよ。脳震盪を起こしていないと思うなら、起きていてもいいけど」

「起こしていないって言っただろう」

「そうね」短い沈黙のあと、彼女は尋ねた。「わたしの住んでいるところがどうしてわかったの?」

「ローソンが住所を教えてくれたんだ。花を贈ったんだよ」

「まあ。添えてあるカードを全部は読んでいないの。ありがとう」

「どういたしまして」

チーフはブーツの爪先を見つめた。彼女は彼のジーンズの裾《すそ》が濡《ぬ》れていることに気づいたが、ブーツのおかげで足は乾いていた。血がしたたって革が変色していることに、彼は無頓着《むとんちゃく》なようだった。

ようやくチーフが彼女を見た。「どうしてわかった?」

「何を?」

「わたしとジリアンのこと」

「あなたたちが寝たことについて?」

彼はぶっきらぼうにうなずいた。

「姉が話してくれたの。あの夜、家に帰ってきたとき」

ふたたび彼はブーツの爪先に焦点を定めた。「彼女がいつ帰ったのか知らないとローソンに言ったことは、本当だよ。彼女はさようならを言わなかったんだ」彼は素早く彼女を一瞥《いちべつ》したあとで、またブーツの点検を始めた。「わたしが寝ているあいだに、こっそりと出ていった」

「きっぱり別れたほうがいいと思ったのよ。朝までぐずぐずしていたら、気まずい思いをしたかもしれないもの」彼はもっと納得のいく説明を待つかのように、彼女を見た。

「翌朝にひと悶着《もんちゃく》起こしたくない男性って、いるでしょう。ジリアンは、あなたがひとりで目覚めたいんじゃないかと思ったのよ」

「それは誤解だ」

「あら。そうなの」しばしの間があった。「姉にはそんなことわかりっこなかったわ。一夜かぎりの情事のやり方に、それほど詳しくなかったから」青い目が彼女を食い入るように見つめた。「嘘《うそ》じゃないわ」彼女は強調した。「その点では、わたしたちは違っていたの」

「彼女もそんなふうに言っていた」

「そう?」

「きみのふりをしているとき、自分のことを衝動的だと言ったんだ。メリーナ・ロイドはそのときにしたいことをするって」

　彼女は悲しげな笑みを浮かべた。「わたしはまったくそのとおりだけど、ジリアンは違ったの。もっと慎重だったわ。自信を持っていいわよ、チーフ。あなたは姉の寝てもいい相手の基準を超えたんだから。とても特別な人だったにちがいないわ」

「だったらどうして――」彼は怒ったように突然その質問を途中でやめた。

「姉がさようならを言わずに帰った理由は、説明したでしょう」

「ああ、そのとおりだ」彼はつぶやいた。「彼女が帰ったのは二時から三時のあいだだと言ったね?」

「ずいぶん遅くなったことを謝ったわ。わたしは姉を待っていたの」

「その夜がどんなだったかを聞くために?」

「ええ」

「それで？」彼は尋ねた。

彼女はむっとした。「何が知りたいの？　成績？　AからFまでのどれか？　一から十までのどのへんか？　それとも、合格か失格かだけでいい？　そういうのって、ちょっと子どもっぽくない？」

「双子が入れかわるのだって、そうだろ？」彼は声を荒らげて問いただした。「ふたりとも理性を失っているわ」

顔の前で両手を振りながら、彼女は立ち上がった。

足をかばうのを忘れてかかとに力をこめ、顔をしかめた。

「痛むのかい？」

「なぜここに来たの、チーフ？　ドアから押し入ってくるなんて、今夜どんなことが起こったの？」

「あのクラブにいたんだけど――」

「グリーンヴィルのね。そこまでは聞いたわ」

「車へ向かっているとき、ふたりの男が襲いかかってきたんだ」

「そして、あなたをさんざん叩《たた》きのめしたのね」

「ああ、そうだ。ヴァンのなかへ連れこもうとしながら、わたしを殺すと言っていた。別の車が駐車場に入ってこなかったら、そのとおりにしていただろうな。別の車が入ってきたんで、やつらはヴァンに乗って走り去った。別の車に乗っていた人がわたしの怪我に気づいて助けにきてくれて、911に通報しようかと言ったんだ。警察に。でも、仲間内の喧嘩《けんか》だから公《おおやけ》にしないでもらいたいと、わたしは頼んだ。タクシーに乗せてもらえれば……と。あとはきみも知ってのとおりだよ」

「男たちの人相は？」

「スキーマスクをしていたんだ」

「マスクを？　なんてこと。ヴァンのナンバープレートを見た？」

彼は首を振った。「暗すぎて。州名すら読み取れなかった。ヴァンは黒っぽい色だった気がする。よくわからないけど」

「彼らは何かを取ろうとしなかったの？」彼女はチーフの飛行士用の腕時計をちらりと見ながら尋ねた。

「あいつらは強盗じゃないよ、メリーナ。殺すとはっきり言ったし、絶対に本気だったと思う。ふざけていたわけじゃない。わたしは臆病者《おくびょうもの》じゃないけど……」彼女からそう言われたことを思い出して、さりげなくつけ加えた。「きみの考えはその反対だね。でも、とにかく、やつらの言葉には真実味があった。口にしたことを実行していたはずだよ」

チーフは素手での殴り合いを誇張するような男ではなかった。注意を引くのに劇的な効果は必要ない。何もせずにじっと立っているだけで、注目を集められるのだから。理想の男性に見せかけるために、火を噴く竜の話をでっち上げるにはおよばなかった。

「どうしてたまたまあなたを襲ったんだと思う？」

「たまたま襲ったんじゃないよ、メリーナ」彼は辛抱しきれなくなってきていた。「待ち伏せしていたんだ。ほかのだれかじゃなくて、わたしを」

「あなたの名前を呼んだ？」

「わたしの話を聞いているのかい？」

「わかった、わかった。彼らはあなたを知っていたのね。とすると、かなり深刻な事態よ。どうしてすぐ警察に通報しなかったの？」

彼は一瞬、唇の端をかんだが、静かなさし迫った口調で続けた。「考えてもごらん。ジリアンは三日前にベッドで殺された。ねらわれたんだ。壁に書かれた言葉は、わたしや、わたしたちが寝たことをはっきりとさしている。だれかが腹を立てているんだよ」

「デイル・ゴードンね」

彼はばかにしたような声を出した。「今夜わたしを襲ったのは幽霊なんかじゃない。きみは偶然を信じるかもしれないけど、わたしは信じない。それどころか、疑っているんだ。原因と結果があるはずなんだよ。ベルが鳴れば、その原因を、ベルが鳴る理由を探す。警告の印を見つけ、すみやかに対処するよう、訓練を通じて教えこまれてきたからね。たしかに、合図を読み誤ることだってある。間違った警告の可能性だってある。でも、ちゃんと調べなくては。警報はある目的のためになされるのであって、その目的とは危険を知らせることなんだ。わたしはひとつの殺人と、ひとつの自殺と、ひとつの殺人未遂を、この状況がとんでもなく変だという警報だと考えるよ」

「ジリアンの殺害と今夜のあなたへの襲撃につながりがあると思うの？」

「ああ。さらに言えば、きみだってそう思っているだろ」チーフは彼女をひたと見つめた。その目には、開いたバスルームのドアからの明かりが青みを帯びた鏡のようにきらめいていた。「わたしの想像が見当違いでなければ、きみはローソンの解決の仕方がどうも都合よすぎると思っている。彼が言ったとおりの状況だったと、すっかり納得していない。デイル・ゴードンがひとりでやったと信じきってはいない。そうだろう？」

ふたりは静かな半暗がりのなかで互いを見つめ合った。彼女は胸がきゅっと締めつけられ、息ができないほどだった。ようやく、彼女は言った。「紅茶はいかが？」

「紅茶?」

「リラックスしたいとき、たまに飲むの」メリーナが説明した。

「バーボンを試したことは?」

「鎮痛剤といっしょに?」

「いっそう効果が上がる」

「あるかどうか見てくるわ」彼女は部屋を出た。ひとりでいるあいだ、チーフはあたりを眺めた。部屋は住み心地がよさそうにしつらえてある。女らしいが、ごてごてしていない。整頓《せいとん》してあるが、窮屈なほどではない。ナイトテーブルの上に、額に入った双子のスナップ写真があった。椅子《いす》から出て写真を手に取り、笑顔を交互に見た。

「どっちがどっちだか、わかる?」メリーナがハイボールグラスをふたつ持ってきた。

「いや。どうも」

彼女は飲み物を彼に渡すのをためらった。「いや、どうも?」

彼は飲み物に手を伸ばした。「いや、区別はつかない。飲み物をどうも」

「どういたしまして」

「わたしの提案に従ったんだね」

「紅茶をいれるよりもお酒を用意するほうが、時間がかからないから」彼女は写真のほうへうなずいた。「わたしは右よ」

彼はふたたびスナップ写真を見て、首を振り、「だめだ、こりゃ」とつぶやいた。額をナイトテーブルへ戻し、また椅子に座る。メリーナはベッドに腰かけ、頭板にもたれたが、額入りの写真から目を離さなかった。「まだ悲しさがこみ上げてこないの」

「そんな時間がなかったからだよ」

「そうね」

「急にやってくるよ。思いがけなく。一トンもの煉瓦《れんが》が落ちてくるように。彼女が本当にいなくなったことを実感するんだ。悲しくなるのは、そのときだよ」

「経験があるみたいな言い方じゃない、チーフ？　だれか身近な人を亡《な》くしたの？」

「母親だよ。七年前に。つらかった」

「両親が相次いで亡くなったとき、ジリアンとわたしは心から頼り合って耐え抜いたのよ」

「じゃあ、家族はきみたちふたりだけだったんだね？　ほかのきょうだいは？」

「わたしたちだけ。いまは、わたしだけよ」彼女は思いに沈むようにグラスの縁に指を走らせた。そのあと彼を見上げて尋ねた。「お父さんは？」

「まだ生きている」その話題に関して言うべきことはそれだけで、彼女もそうと察したらしく、追及しなかった。亡くなった身内について話が終わったあとの長い沈黙のあとで、彼は口を開いた。「妙な状況だね、メリーナ」

「どんなふうに？　わたしもそう思うけど、あなたはなぜ特に妙だと思うの？」

「たいていの場合は、運よくきれいな女性といっしょに寝室にいて、酒を飲んでいるとき、生死や未解決の謎《なぞ》の話なんかしないからだよ」

彼女は微笑《ほほえ》んだが、面白がってはいないようだった。「わたしにとっても普通の状況じゃないわ。姉が殺されたことで、すべてが変わってしまって」

「とすると、ジリアンに会ってから、きみたちふたりが入れかわってから、わたしの人生が違うものになってしまったと言ったら、共感してくれるね」

彼女がベッドからぱっと降りると、素肌の脚がちらりと見えた。バスローブの下に何か着ているのかどうか推測する必要がないほどに。乱暴なくらいに飲み物をナイトテーブルに置き、むきになって彼に面と向かった。「わたしの身に起こったことがわかっているの？　あなたがいなかったら、こんなことにはならなかったのよ」

「そのとおりだね」冷静な発言に、彼女は呆気《あっけ》にとられた。反論を予想していたのだ。

何も言い返されなかったので、彼女は言葉を失った。「癇癪《かんしゃく》はおさまったかな、メリーナ？　話を聞ける状態になった？」

　彼女はいらいらして腕組みをし、またベッドに腰かけた。お代わりがほしいかと、チーフは丁寧に尋ねた。彼女は首を振った。「よし、それじゃ」彼は始めた。「すべてを説明し、検討し、筋道が立つかどうか考えよう。いいね？」

「どうしてそうするの？」彼女が訊《き》いた。「あなたはあの日、警察署ではっきり言ったでしょう。この件に関わったことを後悔している、自分は無実な第三者で、早く手を引けるほどありがたいって」

「初めはそう思っていたよ。自分が作り出したのでもないごたごたに巻きこまれたくなかったんだ。それに、きみは正しいよ。わたしがそんなふうに感じるのは利己的だった。でも、いまは違う」

「どうして急に心変わりしたの？　命が脅《おびや》かされたせい？　良心の痛み？」

「良心をともなう痛みだよ」彼はにやりとした。彼女は笑みを返さなかった。「いいよ、冷たくしたって、メリーナ。つまらないことにこだわったんだから、当然だ」

「さっさと答えて」

　彼はためらったあとで静かに言った。「わたしがここに来た理由は、言いたくないんだ」

「ジリアンに関係あるの？」

「一部は。大部分は」彼は詳しく説明しなかったが、ありがたいことに彼女はこの短い返答を受け入れた。

「ほかには？」

「ジリアンを殺しただれかが、わたしを殺そうとしたんだと思う」いまやチーフはメリーナの注意を引いた。彼女は耳を傾けていた。漂ってくる敵対心が、さほど強くなくなった。「少なくとも、わたしが殺されかけたことは信じざるをえない。脅し戦術にすぎなかったのかもしれないけど」

「じゃあ、おびえていると認めるのね」

「腹が立っていると言ったほうがいいな。かっとするのは単に先住民の血なのかもしれないけど、暗がりで飛びかかられて、誘拐されそうになり、ろくに抵抗できないまま殺すと言われたことなんかなかったから」

彼女はそれについてしばし考えたあとで、なすすべがないというふうに両手をあげた。

「でも、ジリアンを殺した犯人は死んだのよ、チーフ」

「デイル・ゴードンがひとりでやったんだと納得できるのかい？」

「筋が通っているもの」

「だったら、どうしてゆうべ彼のアパートメントへ行った？」

彼女は驚きのあまり言葉を失い、ぽかんと口を開いた。

「彼のアパートメントのそばを通ったんだよ」彼は告白した。「そこにはまだ犯罪現場用のテープがめぐらしてあったけど、心を病んだその男がひとりでジリアンを殺したんだと確信したくて行ったんだ。きみは車のなかに座って、あの気味の悪い家を一心に見つめていたから、わたしが通りすぎても気づかなかった。きみをあそこで見かけたことで、ローソンが何かを見落としているというわたしの思いが強まったんだ。この事件には、あの哀れな変人以外のものがからんでいる」

「わたしも同じことを願ってあそこへ行ったの」彼女は本音を語った。「気がつくことがあるとか、踏ん切りがつくとか。何かほしくて」

「そして、結局……？」

「あなたのように感じたわ、チーフ。これにはもっと何かがあるはずだと。あのみじめな男がひとりでやったとは思えない。むしろ、だれかにそそのかされたんだわ」

「ジリアンへの彼の思いを知っている人間がいて、彼女を殺すために彼を利用したというのかい？」

「そんなところよ」くやしまぎれに、彼女は両方の拳《こぶし》をマットレスに叩きつけた。「でも、だれ？　どうして？　ジリアンには敵なんかいなかったのに」

彼は酒を飲み干した。酒も鎮痛剤も、顔の片側の鈍いずきずきをやわらげてはくれなかった。氷のパックを押しあてているのに、目が腫《は》れていくのが感じられた。効果がないので、彼は氷を取り払った。

「わたしに会いにきたアメリカ先住民の男たちがいるんだ」彼はデクスター・ロングツリーやジョージ・アボットと二度会ったことについて話した。メリーナは口をはさまずに耳を傾けた。

「アボットは腰巾着《こしぎんちゃく》だが、ロングツリーは族長で、いかにもそれらしい風貌《ふうぼう》をしているんだよ。種族委員会の委員で、多大な影響力と財力があるらしい。彼らが作ろうとしているグループにわたしを引き入れたがっているんだ」彼はアメリカ先住民擁護協会とその目的について話した。「わたしを公的な代表者にしたいというんだよ」

「すてきじゃないの」

「とんでもない」

「いやなの？」

「わたしは先住民関係の問題に首を突っこんだことがないんだ。それに、だれかの代弁者、操り人形なんかにはけっしてならない」

「それが彼らの目的だと思うの？」

彼女の疑問に彼は戸惑った。「わたしは……そうとも！　彼らはその場で無理やり協力させようとしたんだよ。わたしは帰れと言ってやった。そういう意味のことを。する

と ロングツリーは、わたしがローソンに尋問された数分後に電話をかけてきて、〃不幸な状況〃や〃警察ともめている〃せいでわたしが心変わりしたかもしれないというようなことを言ったんだ」

彼の意図を伝えるために、それ以上話すにはおよばなかった。彼女は注意を集中して眉根《まゆね》を寄せ、唇をやや引き締めていた。「あなたを襲った男たちはロングツリーが送ってよこした可能性があると思うのね」

「そんな気がして」

「それは先住民だった?」

「わからない。マスクをしていたからね」

「でも、おかしいわ、チーフ。彼らはあなたに死んでもらいたくないはずよ。代弁者になってもらいたいんだから」

「言ったように、わたしに強力なメッセージを送ったのかもしれない」彼女をじっと見つめながら、彼はつけ加えた。「最初のメッセージにわたしが注意を払わなかったから」

「最初のメッセージ?」彼女は彼の目を探り、そのあとで小さく叫んだ。「ジリアンが殺されたこと?」

彼はベッドのほうへ行き、彼女の前に腰を下ろした。「彼らがジリアンを利用したなんて、ありうるかな?」

「姉をあなたと寝るようにしたという意味？」

「まあ、そんなような」彼女は短く笑った。「気でも狂ったの？　第一、姉はだれかのために売春婦になったりしなかったわ」

「そういう意味じゃ――」

「次に、あの夜、入れかわろうと言い出したのは姉じゃないの。わたしよ。ローソンに説明したけど、あなたはその会話に加わっていなかったわね。あなたに会うようジリアンに勧めたのは、わたしなの。彼女は断わったわ。最初は。でも、わたしがあとで電話をかけて説得したのよ」

「どうして彼女はとうとう根負けしたんだい？」

「あなたに会いたかったからでしょうね。あるいは……」

「何？」

「なんでもない」彼女は目をそらした。「どうして姉の気が変わったのかはわからないわ」

「嘘《うそ》つけ」彼はかっとして言った。「きみたちふたりには秘密なんかなかった。何度もそう言ったじゃないか」

「互いの秘密をばらしたこともなかったわ」

「もう関係ないだろ。彼女は死んだんだ」

彼女はいきりたった。「それを思い出させてもらう必要はないわ、せっかくだけど。それよりも、もう出ていってちょうだい。いますぐに」

彼女の目に涙があふれるのを見て後悔したが、強い態度に出たのは彼の安全だけでなく彼女の安全のためでもあった。なんの落ち度もないのに、ふたりは危険をはらんだ謎めいたことに巻きこまれていた。それが何かをつかまなければならない。すでに姉の死でいたく傷ついているこの女性を一時的に痛めつけることになったとしても、それを振り払わなければならない。

チーフは彼女の肩をつかんだ。「メリーナ、昼食のあと、わたしをエスコートする気になるまでのあいだに、ロングツリーかだれかがジリアンに接触した可能性はあるかな？」

「接触した？」

「彼女は脅されたのかもしれない」

「だったら、わたしに話したでしょうね。警察に通報したでしょうし」

「金でつられたとか？」

「どんどん失礼になってくるわね」

チーフは引き下がらなかった。「社会的な良心に訴えられて、少数民族に奉仕することになるんだと説得されたとか？」

「いいえ。ジリアンにはお気に入りの慈善団体があったの。いろいろな目的を支持していたわ。でも、特に先住民が好みだったわけじゃないのよ」

「わたしと寝るまでは」

「なんてこと言うの」彼女はのがれようともがいたが、彼は手を放さなかった。

「メリーナ、ジリアンはどうして心変わりしたんだい？」

「知らないってば！」

「知っているよ」彼は食い下がった。「あの晩、どうして彼女はわたしと出かけた？」

「話したでしょう」

「でも、きみは嘘をついている。彼女はどうして心変わりをした？」

「AIのためよ！」

彼女の叫び声のあとに、ふたりの荒々しい息づかいだけが続いた。「それはいったい何なんだ？」

「人工授精。ジリアンはその日に人工授精を受けたの。肩を放してくれる？」

チーフはすぐに彼女を放した。片手を口にあて、顎《あご》へ下ろす。「ああ、それは聞いたよ。いっしょに警察署にいるとき」

「ロングツリー族長陰謀説からはほど遠いでしょう？」

「どうして彼女とヘニングズは不妊治療の病院へ通っていたんだい？」

「ジェムは違うわ。子どもを作ることは、ジリアンひとりで決めたんだから。彼女は提供者の精子を使ったの」

「子どもはほしかったけど、ヘニングズのじゃなくてもよかった？」

「あの日、昼食のときの話ではそうだったわ」

彼は立ち上がり、歩きはじめた。そうすれば、考えがよくまとまることを願って。

「それがわたしとどう関係があるのか、まだわからないな」

彼女はこの話題に固執することが賢明かどうかをおしはかるように、下唇をかんだ。

「なんだい、メリーナ？」

「推測なの。ほんの推測よ」彼女は強調した。「いい？」

「わかった」

彼女は深く息を吸った。「人工的な方法で妊娠するカップルには……」彼はうなずいて、次を催促した。「同じ日に性交するよう専門家が勧めているの」

続きを待って、チーフは期待するようにメリーナを見た。彼女が口を開かないので、彼は自分で沈黙を埋めた。「よし。それはわかるよ。精神的にいいからね。どちらの親にとっても。とりわけ、男親にとって」

「そのとおり」

「だったら、その夜なぜジリアンは家にいて、ヘニングズと寝なかったんだい？」

「彼は子どもを作れないの。精管を切除したから」

彼女が話していることの重大さに、彼は膝《ひざ》が少しがくがくし、オットマンに腰かけた。

口調をやわらげて、彼女が言った。「ジリアンはあの晩、絶対にあなたと寝ようと決めてエスコートしたんじゃないわ。ほかの人をそんなふうに使ったりはしないもの。特に、相手に知らせて同意を得ないかぎりは。でも、あの夜、家に帰ってきたとき、姉は自分たちがどれほど互いに惹《ひ》かれたか話してくれたわ。少なくとも、互いに惹かれたと思ったの」

彼はうなずいた。

「たぶん心の奥で――ただ、これはわたしの憶測であって、まったくの見当違いかもしれないの。でも、たぶん意識の底で、ジリアンはあなたが望ましい精子の提供者になると感じたんだわ」一、二秒後に彼女は続けた。「あなたが何かを使ったとしても……」

彼は顔を上げて彼女を見たが、その視線を受けたままでいるのは難しかった。

「使ったの？」彼女が尋ねた。

「もちろん」

「そう」

「ジリアンは話さなかった？」

「そのことは」

「コンドームを持っていたんだ」

「まあ」

彼は目をそらし、しばらくどちらも何も言わなかった。気まずい沈黙は耳が痛くなるほどだった。中学生のころからコンドームのことは男友だちと話題にしてきたが、女性と話した経験はなかった。ともかく、ベッドの外では。

メリーナが口を開いたので、彼は心からほっとした。「ジリアンは隠れた動機を持ってあなたと出かけたんじゃないわ、チーフ」彼女は静かな声で彼に確約した。「純粋な感情から、仕事を引き受けたのよ。その日のストレスを発散しようと、楽しみのためにあなたと出かけたの。そもそもわたしが姉に勧めたのも、そういう理由からだったわ。人工授精や、そこに至るまでの意志決定から気をまぎらわせるために。姉は出かけて、あなたと会った。あなたたちふたりは性的に惹かれ合った。それに基づいて行動したのよ」

「要約すれば、そういうことだな」

「姉は大きな計画の一部じゃないわ。ロングツリーかほかのだれかのために行動したんじゃない」

「きみの言うとおりだよ」ため息をつきながら、彼はオットマンから椅子《いす》へと大儀そうに戻った。「きみの言うとおりであることは、わかっている。彼女はけっしてわたしをだまそうとしてる感じじゃなかった。それはなんとなくわかったんだ」彼はぼんやりとシャツの裾《すそ》をウエストから出し、腹をなではじめた。「じゃ、どうなんだ？」

「おなかがすいているの？」

「なんだって？」そのあと、自分のなにげないしぐさを彼女が見ていることに気づいて、彼は言った。「いや、腹は減っていない。痛むだけだ」彼はシャツのボタンをはずした。

腹部を調べると、あばら骨の上とその下部に黒っぽいあざがあった。

チーフが顔を上げたとき、彼女は興味深げに彼を眺めていた。「怪我《けが》をしているわ」

「たいしたことないよ」

「ジリアンはあなたのことをきれいだって言ったの」

「えっ？」

「〝きれい〟って言ったのよ。そのとおりの言葉を使って」

彼はそれに対する返事が何も思い浮かばなかった。ひとつも。なんと言ったらいいのかわからなかった。

彼女の目がベルトのバックルのそばへ移ろい、彼は柄にもなく照れくさくなった。ジリアンが彼とすごしたことについて話したと知って、まごついていた。ジリアンがなんと言ったのか、どのくらい突っこんだ会話だったのか、知りたかった。たとえ一卵性双生児でも、セックスに関する内緒話の場合、どこかで一線を引くはずだ。

そんな好奇心は子どもっぽいとメリーナに言われてはいても、ジリアンにどう評価されたのかを知るためなら金は惜しまないだろう。素晴らしかった？　悪かった？　それとも——セックスのやり方を品定めするときには、褒めているようでけなしている言葉——まあまあ？

永遠に続くように思われた時間のあと、彼女は彼の腹部から視線をはずし、目をまっすぐに見た。彼は顔が熱くなるのを感じた。ジリアンはあのことまで妹に話さなかっただろうな？　ジリアンが「彼にフェラチオをしたのよ」と言ったとは思えなかった。

彼の心はそのエロチックな記憶へと、あの夜ふたりでしたたくさんのことの最初の思い出へと向かった。それは心の端にあって、彼をからかい、苦しめ、意に反して興奮させていた。

だが、メリーナは何かを尋ねており、彼は適切な返事をする必要があるとわかっていた。

「ローソン？」彼女はその刑事についてなんと言ったのだろう？

「さっき、彼が無能だというようなことを、あたりさわりのない言葉で言ったでしょう」

「心からそう思っているよ」感情のはけ口ができたので、嬉《うれ》しくなった。「彼はたぶんけっこういい男で、なかなかできる刑事なんだろうな。誠意をもって事件にあたったと思うよ。でも、忙しいんだ。仕事が多すぎて、それに見合う給料をもらっていない。事件を早く解決するほど楽なんだよ。証拠を額面どおりに受け取っている」

「なんだか明らかすぎる証拠よね」

「まさにわたしもそう思うんだ。精神的にすっかりねじがはずれて、冷酷な殺人を犯したばかりの人間にしては、デイル・ゴードンは恐ろしくきちんとしている。救いようのない低能でも彼が殺人犯だとわかるように、あらゆる証拠をそろえたみたいだ」

袋に入れた氷はだいぶ解けてしまっていたが、ふたたび目にあてるとささやかな慰めになってくれた。そのあと、メリーナから言葉によるアッパーカットを食らった。

「まあ、たぶんＦＢＩがその謎《なぞ》を解明してくれるかもしれないわ」

彼は氷の袋を落とした。「ＦＢＩに電話したのかい？」

「いいえ。向こうから電話が来たの。九時にここへ来るんですって」彼女はナイトテーブルの上の置き時計をちらりと見た。「あなた、ここに泊まっていいわ」

「彼女はわたしに嘘をつきました」

スピーカーホンを通じて飛び出してきたその言葉に、ブラザー・ガブリエルは顔をしかめた。原則として、予定されていない真夜中の電話は嫌いだった。たいてい赤ん坊のようにぐっすり眠るので、深夜の電話は安眠妨害となる。おまけに、悪い知らせを運んでもくる。デイル・ゴードンの最近の電話が格好の例だった。

ゴードンは病的なほど興奮して電話をよこし、ジリアン・ロイドが宇宙飛行士と逢《あ》い引きしたことを報告した。あれはなんと長い眠れぬ夜だったことだろう。結局はすべてうまくいき、続く警察の捜査も難なく終わった。

だったら、いまさら何なんだ?

さし迫る悪い知らせの衝撃をやわらげようと、ミスター・ハンコックがホット・チョコレートを出してくれていた。ブラザー・ガブリエルはそれをひと口飲んだ。好みどおり、焼けるように熱く、ペパーミント・シュナップスが垂らしてある。ぬくもりが胴の中央を通るとき、彼は言った。「メリーナ・ロイドの話かな」

「はい」ジェム・ヘニングズが答えた。「彼女はわたしに嘘をつきました」

「どんな嘘です？」

「彼女はFBIと手を組んだんです」

軽い不快感が驚きにまでなり、ブラザー・ガブリエルは音を立ててホット・チョコレートのカップを置いた。「どうしてわかったんです？」

「その場にいて、電話の子機を取ったんです。彼女はわたしが受話器を置いたと思いましたが、わたしは聞いてました。ハンク・トバイアス特別捜査官の代理で、女性が電話してきたんです」

「ダラス支局から？」

「ワシントンです」

さらに悪い知らせだ。「なんてことだ」ブラザー・ガブリエルは声をひそめて言った。

「まったくです。きっと彼らは反キリスト者を生み出します」

「ばかな」ブラザー・ガブリエルはぴしゃりと言った。「彼らはそれほどの力を持っていません。あるいは、それほど賢くありませんよ」

彼らは厄介者、それだけだ。だが、その嘘が忠実な信者たちを動揺させる可能性がある厄介者だ。ブラザー・ガブリエルは政府機関など恐れていなかった。自己の能力と、彼らに対する説得力を信じていた。それでも、彼らが本気になったら、支障なく運営されている自分の宗教団体を妨害できるということに、かなり注意を払っていた。

　ジョーンズタウンでの集団自殺（訳注　一九七八年、新興宗教団体の人民寺院で、九百名以上の集団死事件があった）が起こったのは、彼が最初の教会で牧師をつとめているときだった。その話に彼はうっとりした。リーダーのジム・ジョーンズはマスコミに中傷され、政府から非難され、街頭インタビューでけなされた。アルヴィン・コンウェイ司祭ですら、日曜の朝の集会で、そこまで堕落してしまった人々のために祈った。だが、彼はひそかに、それほど強い影響力をおよぼして大勢の人間に突飛なことをさせるカルト集団のリーダーを高く評価していた。

　ジョーンズタウンでの事件以降、法機関は宗教のリーダーやそこに集まる信者たちに目を光らせてきた。テキサス州ウェーコにおけるブランチ・ダヴィディアン事件（訳注　一九九三年、新興教団が大量の火器を購入して籠城し、集団自殺と思われる火災を起こした）のせいで、彼らはいっそう手ごわくなった。ＦＢＩも、連邦アルコール・煙草・火器局も、デイヴィッド・コレシュのような宗教団体のリーダーに彼らの職員が翻弄《ほんろう》されるのを、ＣＮＮのニュースで全世界に公開したがらなかった。これら政府機関は、人々の心をがっちりととらえる宗教団体のリーダーに恨みをいだいているかのようだった。

　ブラザー・ガブリエルは信者たちをこうした種々の機関に送りこんでいた。そして、彼の運営する団体へのひそかな捜査を知らせてもらっている。だが、もっとも好ましいのは、好奇心や特別な興味を引くのを完全に避けることだ。

「トバイアスは明日の朝九時にメリーナと会うことになってます」ヘニングズが言った。

「で、彼女はどんな嘘を?」

「だれからの電話だったのかと尋ねたとき、作り話をしたんです。トバイアス特別捜査官と会うのをわたしに知られたくなかったんでしょう」

ブラザー・ガブリエルはわずかに目を細めた。「なぜそうしたと思いますか?」

「彼女が嘘をついたことですか? わかりません」

「きみを信用しない理由があったのかな?」

「ジリアンに裏切られて以来、彼女にはひたすら愛をもってやさしく接してきました」

ジェム・ヘニングズは、ジリアンがウォーターズ・クリニックで初めて診察を受けたあと、ダラスに赴任させられていた。彼女は提供者の精子を使って子どもを産めるかどうかについて、相談にきただけだった。そこで彼女を見かけたデイル・ゴードンは、例のプログラムのための理想的な候補者がまた見つかったと喜び勇んで聖堂へ連絡してきた。

ヘニングズは新しい任務につくため、ただちにダラスへ送られた。まずは不動産会社の彼女の同僚と親しくなることによって、その生活に近づいた。やがて、彼はうまく彼女に紹介してもらった。ヘニングズは自分の任務に非常に長《た》けており、経験もあった。

ジリアンとデートする仲になるまでに、さして時間はかからなかった。

彼は彼女との子どもに関する話題を持ち出さなかったが、彼女のほうからその話を切り出し、独身女性が人工授精で出産することについての意見を求められたとき、あからさまに勧めすぎないようにしながら励ました。

当然、彼がその子どもの父親になることは考えられなかった。ヘニングズがこの宗教団体の仕事につくにあたっての必要条件は、強制精管切除だったからだ（ブラザー・ガブリエルは、ヘニングズのような兵隊と、プログラムのために精選された候補者との性的な関係をなくす方法をまだ考えついていなかったが、考えついたらその規則も採用するつもりだった）。

ジリアン・ロイドはヘニングズが手がける三人目の候補者だった。ほかのふたりは子どもを産んでいる。素晴らしい成功率だ。彼らはジリアンに高い望みをかけていた。ところが、彼女はあの宇宙飛行士と関係を持ち、プログラムを台なしにした。少なくとも関係を持ったとは予想されたし、プログラムにおいては、そう予想されただけでも認められないのだ。

彼女を失ったことでは、かなり落胆した。だが、彼女の双子メリーナのおかげで、希望が甦《よみがえ》った。

ヘニングズはまだ話している。「トバイアスはウォーターズ・クリニックについてメリーナに質問したいようです」

声は荒らげなかったが、きわめて厳格なきっぱりした声で、ブラザー・ガブリエルは言った。「その出会いは阻止しなければ。わかっているでしょうね、当然」

「もちろんです」

「きみに任せていいかな？」

「できます」

「きみの得意分野じゃありませんよ。だれかを任命して――」

「できます」ヘニングズが断固として繰り返した。そのあと、やや口調をやわらげてつけ加えた。「お言葉を返すようですが」

ブラザー・ガブリエルはにやりとして、チョコレートをたっぷりと飲んだ。ちょっとした競争ほど効果的な動機はない。ヘニングズは自分の尻《しり》ぬぐいをするためにほかの兵隊が送られないよう、いっそう努力するだろう。「ダラスでのほかの問題は？」

わずかなためらいのあと、ヘニングズは答えた。「残念ながら、ひとつあります」

ブラザー・ガブリエルはミスター・ハンコックに目をやった。ミスター・ハンコックは問うように眉を上げた。「それは今夜、片づいたはずですが」

「わたしもそう思ってました」ヘニングズが言った。「襲撃が行なわれ、ある程度の損傷を負わせてます」

「〝損傷〟の予定じゃありませんでしたが」

「わたしもです。あなたと同じく、消したいと思ってます」

ジェム・ヘニングズの声ににじむのは、やきもちだろうか？　クリストファー・ハートのことになると、どうもヘニングズは命令どおりにきっちりと動かなかった。ジリアンがその有名な宇宙飛行士とすごした夜に対する嫉妬《しっと》に、突き動かされていた。

ブラザー・ガブリエルはそれを利用することにした。「あのふたりがいっしょにいることを考えると、いても立ってもいられないんです。彼女の写真を見ましたよ。あの肌。なんとも色っぽい顔。彼が彼女を愛撫《あいぶ》するなんて、考えたくありません。彼が彼女のなかで動くなんて。わたしはきみだけに、そんな喜びを得る資格を与えたんですから」

「はい」ヘニングズの声はこわばっていた。

「独身のハート大佐は名声のおかげでたくさんの女性とつきあってきたにちがいありません。女の喜ばせ方を知っているでしょうね」

「そうだと思います」

ブラザー・ガブリエルは人を操る自分の素晴らしい能力に、ひそかに微笑《ほほえ》んだ。それは赤子の手をひねるようなものだった。「いずれにせよ」彼は続けた。「わたしたちのジリアンを汚《けが》した男が罰を受けないままでいるのは、遺憾ですね」

「もうすぐです、ブラザー・ガブリエル」

「悪魔が彼を使ったんですよ。わかっていますね？」

「はい」

「わたしの信頼を取り戻すように、ジェム」

ジェム・ヘニングズが祝福を願ったので、ブラザー・ガブリエルはそれを与えた。電話を切って、ミスター・ハンコックのほうを向くと、ミスター・ハンコックは主人の暗い気分を難なく察した。「厄介なことですね。実に厄介な」

ブラザー・ガブリエルはホット・チョコレートを飲み干し、怒ったようにカップを押しやった。「ダラスのこの一件をうまく片づけたい」

「だいじょうぶだと思いますよ」

「ゴードンの代わりはどうなったかな？」

「クリニックのその仕事に五人の応募者がいます。そのうちのふたりがうちの信者です」

「どちらかが採用されるようにしてほしい。あのクリニックは、はやっていますからね。そこにだれかを置いておきたいんです」

「わかっております」

ブラザー・ガブリエルは机上にあるクリスタルの文鎮をうわの空でもてあそびながら、メリーナ・ロイドのことを思い出した。クリストファー・ハートのせいで貴重な財産を失っていた。それをふたたび繰り返すつもりはないが、ふたりのあいだの〝雰囲気〟をヘニングズはすでに感じていると言った。

ブラザー・ガブリエルは、ジェム・ヘニングズがメリーナをだます仕事にむかないのではないかと心配になってきた。彼女は双子の姉よりも感覚が鋭いかもしれない。その場合、ヘニングズにはひとつの過失も許されなかった。

「ほかに何かご用意しましょうか、ブラザー・ガブリエル？」

ミスター・ハンコックは、ブラザー・ガブリエルが多大な責任の重さを感じていると き、常に察することができた。「何がいいかな、ミスター・ハンコック？」

「レスリーはいかがでしょう」ハンコックは間髪を入れずに述べた。どうやら前もって考えていたらしい。「かわいい娘《こ》です。ブロンドで。去年アイオワからこちらへ来ました」

「ああ、なるほど」ブラザー・ガブリエルは、鼻にそばかすのある、長身でがっしりした農家の娘を脳裏に思い描いた。

「最近、彼女が両親に書いた手紙を押収《おうしゅう》したんです」ミスター・ハンコックが言った。

「かわいそうに、レスリーはホームシックにかかっています」

ブラザー・ガブリエルはむっとした。「お城に住む王女さながらの暮らしをしているくせに。どうしてアイオワなんかがなつかしいんです？」彼は何よりも恩知らずを嫌っていた。

「手紙によると、寂しくて、価値を認められていなくて、愛されていないと感じているようです」

ブラザー・ガブリエルはデスクを離れ、いそいそと寝室へ向かった。「レスリーを呼んでください、ミスター・ハンコック。わたしも今夜は少し寂しくて、価値を認められていなくて、愛されていないと感じているもので」

「メリーナ？」

彼女は枕《まくら》に不明瞭《ふめいりょう》な言葉をつぶやいた。

チーフは彼女の肩をゆすった。「ほら。起きて。来たよ」

彼女は寝返りを打ち、まばたきをして彼に焦点を合わせた。「何？　だれ？」

「ＦＢＩだよ」

彼女は上がけをはねのけ、あわててベッドから降りると、一瞬のうちに窓ぎわへ突進した。ルーバーを上げ、ブラインドのあいだからのぞき見る。ネイビーブルーのセダンが縁石のところに駐《と》めてあった。スーツを着たふたりの男――ひとりは黒人で、もうひとりは白人――が車から降り立つところだった。彼らは足を止め、近所の雰囲気をつかもうとするかのようにあたりを見まわしてから、歩道を進みはじめた。

部屋に向き直った彼女は、ナイトテーブルの上の置き時計を見た。目覚ましを八時半にセットしてあった。いまは八時二十五分だ。「早いわね」

「車の停まる音がしたんだ。それで起きたんだよ」

チーフは泊まってもいいという彼女の言葉に従っていた。客間で寝たが、どうやらつらい夜だったようだ。殴られた目はつぶれるほど腫《は》れ、彼女が頬骨にあてたガーゼの中央には黒っぽい血のしみがついている。ジーンズははいていたが、裸足《はだし》で、シャツは着ていなかった。

「急いで着替えて」彼はクロゼットから適当に取り出したスラックスとTシャツを彼女に放り投げた。「わたしがここにいることを知られないほうがいいだろうな」

チーフがクロゼットをかきまわして命じるのは気に入らなかったが、言うことには一理あった。ネグリジェのままFBIに会うわけにはいかない。化粧もせず、朝一番のコーヒーも飲んでいないのに来客の相手をするなんて、とんでもなかった。

どうもチーフはすっきりした頭でその場を取り仕切っているわけではないらしい。まごついたように、彼女の膝《ひざ》あたりを見つめていた。

「チーフ?」彼は戸惑いぎみの顔を上げた。「わたし、服を着なくちゃならないの」彼女はチーフがいきなり投げてよこした服を指さした。

「ああ、そうだね。わたしは客間にいるよ」そそくさと向きを変えた彼は、廊下へ出た。

「チーフ?」

彼が戸口から頭を突き出した。「なんだい?」

「どうしてあなたがここにいることを彼らに知らせたくないの?」

チーフは自分の顔をさした。「これの説明が必要だろ。これまでのところ、説明のしようがない。急いで」

彼は顔を引っこめた。彼女は短いネグリジェを脱ぎ、記録的な速さで着替えた。スニーカーに足を入れている最中に、ドアベルが鳴った。客間の前を通りしな、ドアがわずかにあいていることに気づいた。髪を指ですきながら居間を横切り、つまみをまわしてあける錠に手を伸ばしたとき、二回目のドアベルが鳴った。

「すみません」彼女はドアをあけながら息も切れ切れに言った。

「ミズ・ロイドでいらっしゃいますか?」

FBI捜査官の視線が、彼女のTシャツに描かれている鳥のトゥイティー（訳注　短篇漫画映画〈ルーニー・チューンズ〉に登場するかわいいカナリア）に注がれた。それを意識した彼女は、片手をその上にそっと置いて隠した。「三十分も早いですね」

「申しわけありません。予想したほど道路が混んでいなかったもので。わたしはハンク・トバイアス特別捜査官です。こちらはパターソン捜査官」彼らは同時に身分証明書を提示した。

彼女は脇《わき》に寄り、彼らをさし招いた。「おかけになって」

トバイアスは彼女が示したところに腰かけた。彼女の服装が整っていないことに気づいたらしい。「起こしてしまいましたかな?」

「実は。三時すぎまで眠れなかったものですから。姉が殺されてから、夜はひどく落ち着かないんです」

「そうでしょうね」パターソンが厳かな声で言った。「ご同情申し上げます」

「ありがとう」

「ご友人やご家族に泊まってもらわないんですか?」

客間に隠れているチーフのことを考えた。彼は友人でも家族でもないので、こう言っても必ずしも嘘《うそ》をついたことにはならなかった。「泊まってあげるという友人はいますが、プライバシーを大切にしていますので」

「おそらく賢い選択ですよ」トバイアスは微笑んだが、あまり笑い慣れていない感じだった。「悲しみというのは非常に個人的なものですからね」

「コーヒーはいかが?　わたしはできれば飲みたいんですが」

「いいですね。ミスター・パターソンは?」

「いただきます。ご親切にどうも」

「セットするのに一分もかかりませんもの。そのあと、ご用件に入りましょう。お話をうかがいたくてたまらないんです」

「こちらもですよ」トバイアスが言った。

彼女は彼らを居間に残し、キッチンへ行った。そのときまで、そこのめちゃくちゃな状態のことは忘れていた。キッチンは被災地と呼んでもいいほどだった。床にはまだ割れたガラスや、こぼれたワインや、彼女とチーフの血が点々としている。血だらけのふきんがダイニングテーブルの上に散らかっていた。

靴をはいていてすら、床を歩くのは安全なようでいて危険だった。スニーカーのゴム底の下で、ガラスがつぶれた。パントリーからほうきとちりとりを持ってきて、歩く部分を掃除しようとしたとき、トバイアスとパターソンがぶらりと入ってきた。

「これはいったいどうしたんです?」トバイアスが尋ねた。

真実を述べたら、チーフがいることを感づかれてしまうにちがいない。「それが、あの、ゆうべ、ちょっとした事故がありまして」

トバイアスはいかにもあらゆる事実を聞くのに慣れている様子で、彼女を見続けた。

「雨が降って雷が鳴ったとき、電気が消えたんです」彼女はとっさに出任せを言った。「急に暗くなったのに驚いて、ワインのボトルを落とし、割れたガラスを踏んでしまったんですよ」自分にあきれるように肩をすくめて締めくくった。「ゆうべは疲れきっていたので、掃除もできなかったんです」

トバイアスは床についた血のしみと、血を吸ったふきんを眺めていた。「足を切ったんですか？」

「かかとにガラスが刺さったんです」

「病院へ行きましたか？」

「病院？　いえ、いえ、それほどではありませんでしたから。ちょっと切れただけです」

「なのに、これほど血が出たんでしょうか？」

彼女はトバイアスからパターソンへ目をやり、その後またトバイアスに戻した。神経質に笑いながら、彼女は答えた。「小さな傷でもたくさん血が出るときって、ありますでしょう。止まらないんじゃないかと思いました」

「気をつけなければ、メリーナ」

「ええ。そのとおりですね。本当に気をつけなければ」彼女はさっと調理台のほうを向き、キャビネットに組みこまれた調理器具置場からコーヒーメーカーを取り出した。

「今朝はDCからの飛行機のなかで朝食を召し上がりましたか、パターソン捜査官？」

「ジュースと、コーヒーと、マフィンを。それを朝食と呼べるなら」

彼女は肩越しに愛想のいい笑みを送った。

そのせいで、ふたりとも次の行動が予測できなかった。

調理台に飾った花は、何日も前に盛りをすぎていた。捨てるようにと、ジェムがゆうべキッチンに持ってきていた。花びらがしおれ、黒ずみ、乾いている。花瓶の底の水はどろりとして、不快な臭《にお》いを放ちはじめていた。

いま、彼女はそれに手を伸ばし、まだお悔やみカードが細いピンクのリボンで結ばれた状態のまま、振り向きざま重いガラスの花瓶を花ごとトバイアスの頭に振り下ろした。花瓶は彼のこめかみにあたり、衝撃で皮膚が切れた。

「何をしやがる!」彼は苦痛のあまり怒鳴りながらテーブルのほうへよろよろとあとずさり、果物の入った木製のボウルを床に落とした。オレンジとリンゴが、いまや枯れかけた花が降り注いで濁った水が飛び散っている、割れたガラスのあいだに転がった。

トバイアスがバランスを取り戻そうとしているとき、パターソンが彼女に飛びかかった。彼女はそれをかわし、転んだトバイアスを飛び越えてドアから逃げようとしたが、彼の手が伸びて足首をつかまれた。前進しようとすると、鎖骨が戸口の側柱に強くぶつかり、彼女は悲鳴をあげた。

不意にチーフがゴルフのパターを持って現われ、キッチンに突進しながら彼女を脇へ押しやった。男ふたりは彼を見て驚き、彼はそれをうまく利用した。横からのスイングに全体重をかけ、ゴルフクラブをパターソンのあばら骨に叩《たた》きつけた。パターソンは体をふたつ折りにした。チーフが後頭部をふたたび強打すると、彼はうめき声をあげて倒れた。

だが、その背中がトランポリンの役目を果たし、トバイアスがチーフに襲いかかってきた。

「メリーナ、逃げろ！」

チーフの警告が唇から出たか出ないかのうちに、トバイアスがチーフをつかみ、文字どおり頭から壁に投げつけた。ゴルフのクラブを落としたチーフは、くずおれても無理なかったが、トバイアスの喉仏《のどぼとけ》に肘鉄《ひじてつ》を食らわすだけの力が奇跡的に残っていた。トバイアスはよろめいてあとずさったが、ふたたび頭を下げて突進し、よろよろするチーフをドアから廊下へと出したところで、くるりときびすを返した。ドアをばたんと閉めてから向きを変え、一方の手を彼女のほうへ伸ばしながら、隠したホルスターからもう一方の手で拳銃《けんじゅう》を出そうとした。

彼の動きは素早かったが、メリーナが対応できないほどではなかった。彼女はゴルフのパターを手にしていた。彼の手がジャケットからすっかり出ないうちに、手首を骨が折れるほど強く打った。

チーフが駆け戻ってきて、トバイアスのうなじに空手チョップを見舞った。トバイアスの麻痺《まひ》した手から拳銃が落ち、彼は白目をむき出し、膝からくずおれてセメント袋さながらに倒れた。

パターソンはまだ意識を失っている。

チーフは両手を膝で支え、頭を垂れた。息づかいはせわしく荒々しかった。咳《せき》をし、血のしたたる鼻を手の甲でぬぐった。「きみにちゃんとした理由があることを切に願うよ」

「この人たちはFBIじゃないわ」

「確信はあるのかい？」

「彼はわたしをメリーナと呼んだの」

「彼はきみをメリーナと呼んだ」

「杓子定規《しゃくしじょうぎ》で保守的なFBI捜査官にしては、ちょっと変じゃない？」

「かもしれない。でも、それだけじゃFBI捜査官を襲う立派な理由にならないよ、メリーナ」

「ほかにもあるわ。ゆうべの話では、パターソンはダラス支局から来るということだったのよ。今朝のDCからの飛行機について質問をしたとき――」

「聞いたよ」

「なぜFBI捜査官が嘘をつくの？」

「くそ食らえ」彼は言った。それは、すべてに対する彼の気分を集約していた。特に、血がぽたぽた垂れ続けている鼻に対して。「降参だ。なぜ？」

「わからない」

闘いが終わったいま、彼女の生存本能が弱まり、常識がふたたび盛り返してきた。想像力が過度に働いたのかもしれない。さまざまなことがあった週だから、大げさに反応し、あまりにも恐ろしいことを予測したせいで、いい人たちだと気づかなかったのかもしれない。自分が厄介ごとに巻きこまれるだけでなく、チーフまで引きずりこんでしまった。

「間違っていたかも」彼女は心配げに言った。

チーフはそれについて考えてから、トバイアスのかたわらにひざまずき、ポケットから小さな黒い財布を取り出した。それを調べたあとで、メリーナのほうへひょいと投げた。「本物みたいだ」

写真つきの身分証明書は正式のものらしかった。彼女は口を押さえ、ささやいた。

「まあ、どうしよう」

チーフは立ち上がり、ふたりは長いあいだ互いの目をじっと見つめた。

やがて、彼は言った。「やっぱり、そうは思えない」

「わたしも」彼女はそっと息を吐き出しながら同意した。

彼は寝室のほうへ首を曲げた。「キーを持っておいで」

21

メリーナ・ロイドのキッチンでハンク・トバイアス特別捜査官と合流したパターソンFBI捜査官は、絶句した。

「なんと……！」

しばし、ふたりともその場の荒れ具合を黙って眺めた。やがてパターソンはワシントン本部から来た特別捜査官のほうを向き、より経験豊富なその意見を求めた。「どう思います？」

トバイアスは枯れた花びらを靴の先でそっとつついた。「明らかになんらかの争いがあったこと以外、さっぱり見当がつかないな」

ドアベルを鳴らしてもメリーナ・ロイドが出てこなかったので、トバイアスは玄関のドアに手をかけ、鍵《かぎ》がかかっていないことを発見していた。ドアをあけて、彼女の名前を呼んでみた。彼の声はからっぽの家のうつろな静寂に吸い取られた。

彼女はわざと約束をすっぽかしたのだろうか？　だとすると、隠しごとがありそうだ。

質問されるのをいやがるのは、たいてい犯罪になんらかの形で関わっていることを意味する。あるいは、彼女が鍵もかけずにほったらかしにしたまま家を出るしかなかったとすれば、無数の理由が考えられる。どれも好ましくなかった。それとも——この可能性に彼は恐ろしさでいっぱいになったが——彼女は姉と同じ運命に見舞われ、応対できないのだろうか。

無言のまま手で合図して、彼とパターソンはなかに入った。二手に分かれ、トバイアスは居間とダイニングとキッチンがあるほうの片側を担当した。パターソンは廊下をそっと進んだ。じきに、彼らは家のなかにだれもいないことを声で知らせ合った。トバイアスは拳銃を肩かけホルスターに戻し、キッチンのドアのすぐ内側に立って、パターソンが来るのを待ちながら、いったい何が起こったのかを考えようとした。

いま、彼は家の反対側のほうへ顎《あご》を上げた。「あっちはどんな様子だった？」

「寝室がふたつ。両方とも寝た跡。バスルームに血のついた手形とふきん。ガーゼ。客間らしき部屋には、カーペットと枕《まくら》の上に乾いた血が点々と。水の入った袋」

「水？」

「急ごしらえの氷嚢《ひょうのう》にちがいありません」

「納得できるな。だれかがあの花瓶で頭を殴られたのなら」

パターソンがうなずいた。「そんなところでしょうね。クロゼットのドアは開いていましたが、そこもタンスのなかも荒らされていません。宝石箱はいっぱいで、盗まれた形跡なし。ここ以外、争った跡もありませんでした」

パターソンの報告を心のなかでふるい分けながら、無意識にトバイアスは高価なシルクのネクタイに手を滑らせた。色はシルバーで、ネイビーブルーのチョークストライプのスーツに合うシャツに、ぴったりだった。彼は毎日ジムでトレーニングをするくらいしか趣味がない。わくわくする場所へ休暇で出かけたりもしない。ボートやスキーやゴルフクラブのセットも持っていない。運転している職場の車だけが、彼の車だ。小さなアパートメントにひとりで住み、ふたつ目の寝室を予備のクロゼットとして使っていた。服が唯一《ゆいいつ》の道楽であり、モデル顔負けに服を着こなした。

「じゃあ、争いはここだけで行なわれたんだな」彼は声に出して考えた。

「わたしが何かを見のがしていなければ」

「ちょっと調べてこよう」トバイアスは言った。

「どうぞご遠慮なく」

だが、寝室のほうへは向かわず、あとで証拠になりそうなものを台なしにしないようキッチンの端を歩いて、反対側へ用心深く移動した――どんな犯罪の証拠になるのか、まだわからなかったが。裏口のドアノブにハンカチをかぶせて、開いた。

「ガレージがからっぽだ。車はどこにあるんだ？」そう尋ねたが、答えが知りたいわけではなかった。

「ダラス市警に通報しますか？」

「そうだな」

「なんと言いましょうか？」

「それがわかりゃいいんだが。家宅侵入の形跡はない。死体もない」

「誘拐？」

「たぶん」トバイアスはぼんやりとうなずいた。

パターソンが電話をした。

特別捜査官はキッチンを出て、乱れていない居間を通り抜け、廊下を歩いた。まずは客用の寝室があり、ベッドを調べると、最近だれかが寝たらしかった。パターソンが気づいたように、枕に血のしみがついている。ほかにもあった。身をかがめて、じっくりと眺めた。それが何かを見極めて自分の情報データに加えたが、のちのダラス市警による収集と目録作りのため、触れないでおいた。

そこから主寝室へ行き、女性用ベッドの脇《わき》に立った。ネグリジェは投げやりに脱いだらしいが、激しく抵抗しながら強引に脱がされたものではなさそうだ。ベッドにある枕のひとつだけに、頭の形が残っている。彼女はひとりで寝たのだ。

ナイトテーブルの上の額に入ったスナップ写真に目を引かれて眺めているとき、パターソンがやってきた。「こちらに向かっています」そのあと、トバイアスが注意を向けているものに気づいて言った。「さっき見ましたよ。驚きですよね？」

トバイアスはロイド姉妹が双子であることを知っていた。その朝、ローソンと会ったときに聞いたのだ。「どこから見たって、入れかわれますよ」その刑事は言っていた。「違いがないんです。ジリアンが死んだこと以外は」

トバイアスの求めに応じて、殺人捜査課の刑事は個人的な情報も与えてくれていた。「両方ともそれぞれの選んだ職業で成功しています。どちらも独身で、結婚歴はありません。ジリアンは婚約していましたが」

「婚約者は？」

「間抜けです」ローソンはずばり言った。

「もっと詳しく説明できますか？」

「第一級の間抜けです」

続いてローソンがジェム・ヘニングズについて話したことすべてが真実なら、その言葉は的を射ていた。トバイアスはこう言った。「当然ながら、彼のアリバイはたしかめたのでしょうね」

「彼は潔白です。しかも、考えられる動機が何もありません。心の底から悲しんでいる様子でした」

「メリーナは？」トバイアスは探りを入れた。

「どういうことです？」

「動機はありましたか？」

刑事はきっぱりと首を振った。「生命保険さえも。双子はそれぞれ気に入った慈善団体を受取人にしていたんです。葬儀代やすべての未払い代金を払ったあと、ジリアンの全財産はそこへ贈られます」

「メリーナはそれに納得しているようでしたか？」

「尋ねませんでしたが、そうするにはおよばないと感じました。数年前、ふたりは両親の遺産を寄付しているんです。大金ではありませんが、まとまった金額です。ふたりは一セントももらいませんでした」

その話し合いの終わりに、ローソンが言った。「わたしの意見を言わせていただければ、メリーナ・ロイドに怪しいふしはまったくありませんよ」

「彼女は生きているジリアンを最後に見た人物じゃありませんか？」パターソンが訊《き》いた。

「そうです」刑事が言った。「殺人犯をのぞいて。それは彼女じゃありません。なんらかの陰謀をお探しなら、彼女が関わっていないほうに左の金玉を賭《か》けましょう」

トバイアスはメリーナ・ロイドと亡《な》くなった双子の姉妹について、明確な印象を受けて話し合いを終えた。どうやら、ふたりは同じ価値観を持っていたらしい。しかも、この写真からわかるように、不気味なほど見た目も似ている。「ローソンは誇張していたわけじゃなかったな」彼はそう言いながら、上着から携帯電話を取り出した。

「ローソンに電話するんですか？」

「彼の事件は落着しているが、念のため……」彼は電話をかけた。「わたしが彼と話しているあいだ、自動車局に連絡して、彼女の車のナンバーを調べてくれ。見つかるかどうか、やってみよう。彼女が血のついた絨毯《じゅうたん》をきれいにする洗剤を買いにいった地元のスーパーの駐車場に、あるかもしれない」

「そう思っているんですか？」パターソンが訊いた。「散らかしたせいで、彼女がわれわれとの約束を忘れてしまったと？」

トバイアスは、あるパターンを見出《みいだ》すきっかけとなった殺人や誘拐事件の捜査について考えた。女性が明らかな動機のない他人によって惨殺《ざんさつ》され、その殺人犯は尋問されもしないうちに自殺した。赤ん坊が跡形もなく消えた。共通の特徴は、人工授精が日常的に行なわれている不妊治療の診療所。恐ろしいほど似通っている。

おごそかに、トバイアスはパターソンの質問に答えた。「いや。そうは思っていない」

かなり苛立《いらだ》ちながら、ジェム・ヘニングズはデスク・パッドをペンで素早く叩《たた》いた。

株式市場が開き、売買が活発に行なわれているというのに、自分は何をしている？　被害対策に追われ、貴重な収益産出時間を失っていた。

この数日というもの、悪い知らせが波頭を立てた大波さながら押し寄せてきていた。ジリアンの死体が発見されて以来、彼は息を押し殺しているような感じだった。空気を吸うのがますます難しくなってきて、いまや肺が破裂しそうだ。

「で、どうしたんだ？」彼は携帯電話に尋ねた。

「やつがそこにいたんです」

「だれだ？」

「宇宙飛行士ですよ」

ジェムは素早いペンの動きを止めた。「クリストファー・ハートがメリーナと？　彼女の家に？」

ハートはゆうべ、彼の息の根を止めることに失敗したあの男どもをまいて逃げていた。それは、地球保護のためによりよく活用できる資金を奪う宇宙計画に反対の環境保護論者たちのしわざに見えるはずだった。ジェムは、頭に弾丸を撃ちこまれてトリニティ川に浮かんでいるところを発見されるハートの死体につけることになっていた手紙を、作成していた。

ところが、ハートは運がよかった。通りがかりの人間に目撃されると、スキーマスクをつけたその〝環境保護論者たち〟は逃げてしまった。彼らがのちに別の車で、マスクをはずしてその場に戻ったとき、ハートはどこにも見あたらなかった。

ジェムはハートをダラスじゅう探させた。彼が車をひと晩置きっぱなしにしたバーの駐車場や、ザ・マンションや、そのあいだのあらゆる場所を。そして、ブラザー・ガブリエルに悪い知らせを伝えたあと、眠れぬ夜をすごした。

そのあいだ、ハートはメリーナと楽しくやっていたのだ。

ハートに対する怒りが彼の奥底で熱く燃えた。ゆうべ、メリーナは疲れたのでひとりになりたいと言って、彼を自宅から追い払っていた。どうやらクリストファー・ハートはそばにいてほしくない相手ではなかったらしいな、とジェムは苦々しく考えた。それだけでも、彼を憎むに充分だった。

だが、ジェムの憎悪《ぞうお》は嫉妬《しっと》にとどまっていなかった。ハートは、ブラザー・ガブリエルに対する自分の印象を悪くしている。ハートのせいで、ジェムはブラザー・ガブリエルの信頼と敬意を失うおそれがあった。それはハートを殺すに足る理由だった。

株式市場や、客と自分自身が失いつつある潜在的な収益を忘れ、しつこい秘書が鼻の先に絶えず突き出す電話メモを無視し、Eメールが入っていることを知らせるコンピュータ画面の明滅するアイコンが目に入らないふりをして、ジェムは電話の送話口に向かって怒鳴った。「最初から何があったのかを話せ」

予想以上に悪い事態だった。「メリーナがきみを見破っただって？」

「あるいは、彼女はＦＢＩに洟《はな》もひっかけてないんでしょう」

その殺し屋はブラザー・ガブリエル自身が見つけ出して雇い、洗礼し、エリート軍団に入れ、旧約聖書の勇士にちなんでジョシュアと名づけていた。ジェムは本名を知らない。だれも知らなかった。無数の別名で生きてきたので、たぶん本人ですら正式な名前を忘れてしまっているだろう。

ジョシュアは、ハイチのデュヴァリエ大統領の暗殺指令を受けたことで名をあげた。彼は流血を恐れなかった。それどころか、流血が好きだった。もうひとつ好きなのはブラザー・ガブリエルで、崇拝しているほどだった。ブラザー・ガブリエルがジョシュアの無条件の愛と忠誠を得たのは、やはり傭兵《ようへい》であるその弟をマレーシアの刑務所から出してやったからだ。ブラザー・ガブリエルのためならば、ジョシュアは火のなかだって歩くだろう。

ジェムは彼の忠誠心を知っていたし、その殺人技術に一目置いていた。彼が自分たちの計画に加わってくれて嬉《うれ》しかった。だが、いまは彼の首を絞めたいくらいだった。

ジョシュアは、メリーナのＦＢＩに対する嫌悪《けんお》の証拠として、こめかみにこぶができたことで不満を言った。「手首まで折れてるかもしれないんです。どうして正体を見破られたか、わかりません」

「一夜で身分証明書を手に入れなくてはならなかったからね」

「でも、金で買えるのはあれが精いっぱいだったんです」ジョシュアが反論した。「本物のトバイアスだって、あれが偽物《にせもの》だとはそう簡単に気づかないでしょうね」

「だったら、きみがしゃべったことが原因にちがいない」ジェムは会ったときの会話をひとつずつ、一語一句を詳しく述べさせた。「それだよ、この間抜けが」パターソンがDCから飛行機で来たという部分で、ジェムはうなった。「彼はダラス支局から行くことになってたんだ」

「そんなこと聞いてませんよ」

「絶対に話した」

「話してません」ジョシュアは冷たく言い放った。

「とにかく、それで彼女にわかってしまったんだ」

ジョシュアは乱闘の様子を説明した。「意識を取り戻してすぐに、その場を離れました」

「メリーナやハートがいる気配はなかったのか？」

「ふたりとも逃げましたよ。彼女の車がありませんでした」

ジョシュアはハートを消すのに失敗した。メリーナを行方不明にした。あまたの宗教的な教えのせいで、手ぬるくなったのかもしれない。このふたつの仕事でどじを踏むとは——それも、相当などじを踏むとは——ほかに説明のしようがあるか？

それこそ、人の影響を受けやすい輩《やから》を使うことのリスクだった。あまりにも簡単に操れる人間は、さほど頭がよくない。たとえば、デイル・ゴードンだ。彼は科学の天才だった。プログラムに全身全霊を傾けた。だが、その目的を果たしてしまうと、使い捨てもいい存在になった。残念なことに、彼はさっぱり機転がきかず、アパートメントに集めたジリアンの写真やデータのいっさいを破棄しなかった。そのせいで、あの診療所は捜査される羽目になったのだ。

ジェム・ヘニングズだったら、そんなへまはしなかっただろう。ブラザー・ガブリエルが彼に相談もせずにジリアンの殺害とゴードンの自殺を命じたことには、いまだに腹が立つ。ジリアンが死んだと聞いたときは、心の底から動転した。壁に書かれた言葉は、彼女がプログラムにふさわしくないことが問題視されたという最初の鍵《かぎ》だったが、何がなぜ起こったのかに気づいたのは、ローソンに会い、クリストファー・ハートがデイル・ゴードンの風貌《ふうぼう》を描写したときだった。

ブラザー・ガブリエルに間違いがあるはずはない。彼は完璧《かんぺき》なのだ。じっくりと考え、徹底を期さなかったのは、ゴードンの過失だ。とんだ抜け作だよ、ゴードン、とジェムはいま思った。ゴードンの手落ちがなかったら、自分はまた無能な男の相手をしなくてもよかっただろうに。

「きみには失望したよ、ジョシュア」ジェムは絞首刑《こうしゅけい》を言い渡すのが好きな裁判官のような口調で言った。「二度もな」

「どうしてあの男を撃つだけじゃだめだったんです？　ドアをあけたときに女を捕まえるとか？　そのほうが簡単だったのに。あんな芝居なんか、くだらないですよ」彼はせせら笑った。

ジェムは自分の戦略への批判を無視した。「きみの失敗をブラザー・ガブリエルに報告するしかないな」

その名前は不安と尊敬の念を呼び起こした。ブラザー・ガブリエルは神が選んだ代弁者、神が世界の将来を委《ゆだ》ねた地上で唯一《ゆいいつ》の人間なので、彼に非難されるのが怖くて、最強の男ですらかしこまってしまうのだ。ブラザー・ガブリエルに逆らうのは、神に拳《こぶし》を振り上げるのと同じだった。

「しくじっちゃいませんよ」ジョシュアが言い返した。ジェムが期待したほど反省している口調ではなかった。「ちゃんと策は講じてありますからね。覚えてます？」

不意にジェムは思い出した。失敗に心底うろたえていたので、代わりの計画をうっかり忘れていたのだ！　彼は目の前が開け、ほしくてたまらなかった空気を吸った。「絶対にうまくいくか？」

「うまくいきます。逃げられはしませんよ。あの女と男をどうします？」

それは非常によい質問だった。メリーナはどの程度まで察し、手がかりをつなぎ合わせただろうか。彼をのぞけば、今朝ＦＢＩが彼女の家に来ることをだれが知り得た？　それを正面きって質問されたら、どう説明する？　彼女が警察かＦＢＩに知らせたら？　考える時間、これを分析して不測の事態に備える時間が必要だ。「やつらの居場所がわかったら、何よりもまずわたしに知らせてくれ」ジェムはジョシュアに命じた。

それは傭兵とその相棒に受け入れられなかった。いまやクリストファー・ハートに倍の恨みをいだいている、行動の男たちなのだ。よし。その思いを助長してやれ。

「クリストファー・ハートはプログラムの敵だ。ジリアン・ロイドを汚《けが》した。メリーナのこともすでに汚してるかもしれない」

「やっつけなければ」

「わたしたちに声がかかったのは、そのためなんだ」ジェムの声は正義に熱く燃えていた。ハートに向けられるべき仕返しの念がこもっていればいいと思った。個人的には、この男たちがハートを粉々にし、カウボーイブーツをはいた彼を血祭りに上げることを願っていた。「姿を見られないよう、できるだけ近くにいろ。いまでは顔を知られてるからな。見られたら、おしまいだ」

ジョシュアはむっとした。「おれはばかじゃありませんよ」

「あらゆる証拠はその反対をさしてるがな」ジェムは声を落として言った。「また連絡してくれ」

電話を切ったとたん、秘書がやってきて別のメモを鼻先に突き出した。「あとにできないかな？」

「無理だと思いますよ」彼女は小鳥さながらの、やさしい声で答えた。そのあときびすを返し、つんとしたように歩き去った。

「ミスター・ヘニングズ？」

ジェムは椅子《いす》をくるりとまわした。ふたりの男が彼の仕事場に立っていた。ひとりは背が高く、黒人で、非の打ちどころのない服装をしており、生真面目《きまじめ》そうだった。ジェムの視線をあまりにも堂々と受けとめるので、もうひとりの男は視界の隅に入っただけだった。その存在は取るに足りないように思えた。

ジェムは急に腹から力が抜けたが、立ち上がろうとしながら、感じがいいけれども怪訝《けげん》そうな笑みを浮かべた。「ジェム・ヘニングズです。何かご用で？」

男は小さな革の身分証明書入れを開いた。「ＦＢＩのトバイアス特別捜査官です」

S・ブラウン
長岡沙里訳

私でない私

墜落事故で上院議員候補夫人と取り違えられた女性記者エイブリーは、候補暗殺の陰謀に気づき、真相を探ろうと演技をつづける……。

S・ブラウン
長岡沙里訳

心までは消せない

自分と同じ日に心臓移植手術を受けた人たちが次々に事故死してゆく……。元女優の恐怖と濃密な愛を描く迫真のラヴ・サスペンス。

S・ブラウン
長岡沙里訳

追わずにいてくれたら

見てはいけないこと。してはいけない恋——。女性弁護士の、秘密同盟からの必死の逃亡を描く。5千万読者を魅了した著者の会心作。

S・ブラウン
吉澤康子訳

あきらめきれなくて

フリーのパイロットと、その兄の死の原因を作った女医。反発しあう二人が密入国先で知ったこととは……。ラヴ・サスペンスの快作。

S・ブラウン
長岡沙里訳

知られたくないこと（上・下）

愛児を突然死で失った大統領夫人に招かれたTVリポーターのバリー。夫人の暗示に動かされて真相を探り、驚愕の事実を知らされる。

S・ブラウン
吉澤康子訳

口に出せないから（上・下）

障害にもめげず、義父と息子とともに牧場を守る未亡人アンナ。だが、因縁の男が脱獄し、危険が迫る——。陶酔のラヴ・サスペンス。

M・H・クラーク
宇佐川晶子訳
小さな星の奇蹟
富くじで四千万ドルを当てた強運の持ち主アルヴァイラおばさんが探偵業に精を出す、ハートウォーミングなクリスマス・サスペンス。

M・H・クラーク
宇佐川晶子訳
月夜に墓地でベルが鳴る
早すぎる埋葬を防ぐために棺に付けられたベル。次にそれを鳴らすのはいったい誰なのか？　悲劇が相次ぐ高齢者用マンションの謎。

M・H・クラーク
深町眞理子
安原和見訳
見ないふりして
殺人を目撃したレイシーはFBI証人保護プログラムを適用される。新しい人生で理想の人に出会ってしまった彼女に迫る二つの危機。

M・H・クラーク
宇佐川晶子訳
君ハ僕ノモノ
著名な心理学者のスーザンは、自分の持つ番組で、ある女性証券アナリストの失踪事件を取り上げた。その番組中に謎の電話が……。

J・クランツ
小沢瑞穂訳
スプリング・コレクション
初恋、同性愛、ひと目惚れ。恋の街パリで新人モデルたちが出会う、さまざまなロマンス。おかしくって、セクシーな、極上の恋物語。

J・クランツ
小沢瑞穂訳
恋する宝石（上・下）
人気女優がひた隠しにしてきた秘密とは、たった一インチの過ちで生まれた一人の娘だった。ロマンス小説の女王が贈る、愛の物語！

D・ケネディ
中川 聖訳
ビッグ・ピクチャー
ヤッピー弁護士ベンは妻の不貞に気づき、激情に駆られて凶行に及んでしまう。そして過去の自分を葬ろうと……。全米震撼の問題作。

D・ケネディ
中川 聖訳
仕事くれ。
落ちる、墜ちる、堕ちる……。栄光を摑みかけたネッドはいかにして奈落へと誘いこまれたのか。血と涙に彩られた再就職サスペンス。

D・ケネディ
中川 聖訳
幸福と報復（上・下）
赤狩り旋風吹き荒れる終戦直後のマンハッタンを焦がす壮絶な悲恋――。偶然がもたらす運命に翻弄される男女を描き切る野心作。

R・ウェストブルック
新藤純子訳
インソムニア
毎朝夜明けに鳴る電話のベル。勝ち誇る犯人の非情な声は、腕利き刑事の不眠症を加速し、罪悪感と恐怖が彼を狂気の淵に追い詰める。

J・J・ナンス
飯島 宏訳
最後の人質（上・下）
ハイジャック発生！ 意外な犯人と追尾するFBI女性捜査官、人質たちが織り成す緊迫した高空のドラマ。迫真の航空パニック巨編。

J・J・ナンス
飯島 宏訳
ブラックアウト（上・下）
高度8000フィートで、乗客乗員256名の命を預かるジャンボ旅客機のパイロットが突然失明した！ 機は無事に着陸できるか？

Title : THE SWITCH (vol. I) by Sandra Brown

First published in the United States by Warner Books, New York.
Japanese translation published by arrangement
with Sandra Brown Management, Ltd.
c/o Maria Carvainis Agency, Inc.,
through The English Agency (Japan) Ltd.

いたずらが死を招く（上）

新潮文庫　フ-31-14

Published 2002 in Japan
by Shinchosha Company

平成十四年九月一日発行

訳者　吉《よし》澤《ざわ》康《やす》子《こ》

発行者　佐藤隆信

発行所　株式会社　新潮社

郵便番号　一六二—八七一一
東京都新宿区矢来町七一
電話　編集部（〇三）三二六六—五四四〇
　　　読者係（〇三）三二六六—五一一一

価格はカバーに表示してあります。

乱丁・落丁本は、ご面倒ですが小社読者係宛ご送付ください。送料小社負担にてお取替えいたします。

印刷・二光印刷株式会社　製本・憲専堂製本株式会社

ISBN4-10-242514-4 C0197